QED 憂《う》曇《どん》華《げ》の時

高田崇史

講談社ノベルス
KODANSHA NOVELS

カバーデザイン＝坂野公一（welle《ヴェレ》 design《デザイン》）
カバー写真＝Shutterstock　Adobestock
ブックデザイン＝熊谷博人＋釜津典之
地図制作＝ジェイ・マップ

ちはやぶる金《かね》の岬《みさき》を過ぐれども
われは忘れじ志賀《しか》の皇神《すめかみ》

『万葉集』巻第七

目次

《プロローグ》

　憂曇華の花が咲いた。

　三千年に一度だけ花開くという、伝説の植物。

　開花したその時には、仏陀の如き聖人がこの世に顕現するといわれ『源氏《げんじ》物語』の「若紫《わかむらさき》」にも、光源氏《ひかるげんじ》を目の当たりにした僧都《そうず》の「優曇華の花待ち得たるここちして――」と詠んだ歌が載っている。また『竹取物語』にも、かぐや姫に難題を出された庫持《くらもち》皇子が蓬莱《ほうらい》から持ち帰った（結果的には偽物だったが）と書かれ、『うつほ物語』には「悪魔国に優曇華」という一文が見える。

　このように珍しく貴重な花であるにもかかわらず、いつしか不吉な出来事の前触れと言われるようになった。それは、あの世の「曇《くもり》」がこの世に現れて、憂曇華の花を形作ったと考えられたからだ。

　百二十年に一度咲くといわれる「竹」の花も、同じように不吉と呼ばれ、その年には必ず凶事が起こるという。しかし、たかだか百二十年。憂曇華に比較すれば、わずか二十五分の一の周期に過ぎない。それでも我々にとって不吉な現象が起きるというならば、憂曇華の花が咲くことによって、一体どれ程の災厄がこの世にもたらされるのだろうか。

　今見たように「優曇華」とも書き表されるこの花だが私は「憂曇華」が正しいと思っている。「優《やさ》しく曇った華」「優《すぐ》れて曇った華」などあり得ない。当然「憂《うれ》いに曇った華」だ。凶事をもたらす花が「優しい」わけもない。「憂心《ゆうしん》、惨憺《さんたん》たる」華だ。

　この憂曇華の名前を色に置き換えてみれば、

「憂」は憂鬱な心情の「黒」。

「曇」は空を覆う雲の「白」。

「華」は煌《きら》びやかさの「赤」。

「黒・白・赤」の、実に見事な三色となる。

その花が今、私の目の前にある。

　これは、俗に言う芭蕉《ばしょう》の花でも、もちろんクサカゲロウの卵でもない、本物の憂曇華の花が咲いている。「咲」という文字は「笑」と同意。笑った口元がほころびる様子を、花が開くさまに喩《たと》えた文字だからだ。そして「笑」は巫女《みこ》が両手を挙げて舞う姿。神と相対し、御神楽《みかぐら》のように喜び舞う姿だ。今まさに、彼女は神と向かい合っているはず。

　私は足元に横たわっている女性に目を落とした。

　底知れぬ夜の闇を思い起こさせる艶《つや》やかな黒髪。

　夏の日差しを一杯に浴びてきた白いワンピース。

　その胸から溢れている真紅の華――真っ赤な血。

　美しい「黒・白・赤」の三色。

　まさに正真正銘憂曇華の花だ。

　私は、手にしているナイフを拭った。

　つい先ほどまで息づいていた彼女の血が指先に触れる。しかしもう、それは何の温《ぬく》もりも残っていない。冷《ひ》え冷《び》えと赤黒い染みを残すだけだった。


天罰――と彼女は言った。

　彼女にとっては、これが天罰なのか。

　その「天罰」は、これから私が背負うのか。

　しかし……どちらにしても大差ない。私は彼女の体を引きずり、ようやくのことで川にゆらゆらと浮かんでいる古ぼけたボートに移した。

　ここでお別れだ。

　私は、もう既に冷たくなりつつある彼女の頬にそっと手を当てた。然様《さよう》なら、またいつか必ず。

　そう呟くと、静かに送り出した。

　物言わぬ彼女を載せたボートは、波に揺られながら闇に包まれた夜の川をゆっくりと下って行く。

　もう少し行けば、大きな川と合流してそのまま海へと辿り着くだろう。今夜中に彼女は、大海原へと旅立って行く。やがて彼女の体を暗い海が呑み込むに違いない。そして彼女は、母なる海へと回帰するのだ。懐しく甘い自らの故郷へと。

　そう。

我々は誰もが皆、海からやって来た。

大脳皮質――海馬《かいば》の奥の閉じられた書棚を開けて、遠い記憶を探ってみれば良い。必ず、母なる海へと辿り着くはずだ。遥かなる海の記憶が、懐かしい磯の香りが、押し寄せて来る波濤《はとう》が、松風と海鳴りの音が……心の中に蘇るはずだ。

小さなボートが、完全に夜の闇の中に吸い込まれて消えて行ったのを見届けると、私は静かにその場を後にして一旦家に帰る。

その後、私の行うべきことは既に決まっている。

彼女以上に罪深い人間を、この世から葬り去ること。ただそれだけだった。

《安曇野《あずみの》》

お盆明けの午前中の業務が終了して、棚旗奈々《たなはたなな》は「ふうっ」と大きく嘆息すると、薬歴簿の整理に取りかかった。

目黒区祐天寺《めぐろゆうてんじ》、ホワイト薬局の調剤室である。

例年なら、お盆休み明けの薬局は暇だ。奈々も、そんなつもりで出勤したのだが、今日だけは違った。いつも見える患者さんたちが何故かたまたま同時に訪れて、お盆休み中の話を延々と聞かされてしまった。楽しい話だったから良かったとはいえ、そのために奈々の仕事が止まる。おかげで店長の外嶋《そとじま》一郎《いちろう》と、アシスタントの相原美緒《あいはらみお》はきりきり舞いだった。スタッフは奈々を含めて三人しかいないのに、待合室は大混雑になったのだから。

でも、とにかくこれで昼休み。

三人で薬歴簿を片づけると、奈々たちは休憩室に移動して昼食を摂る。それぞれが持参した弁当を広げた時、

「あの……」奈々は二人を上目遣いで見て「先日のお土産です」

と言いながら金沢土産を差し出した。

「ほう」

外嶋は、モアイ像を彷彿《ほうふつ》させる大きな鼻の上に載った眼鏡を、くいっと押し上げて奈々を見た。

「つまり、そういうことか」

外嶋は、奈々の母校・明邦《めいほう》大学薬学部の一回り以上年上の（少し変わった）大先輩。縁があって、知人を通して奈々をこの薬局に雇ってくれた。薬局はもともと、外嶋の叔母が経営していたが、今は外嶋が任されている。実質上のオーナーである。

外嶋の前に座っている美緒は、彼の遠い親戚に当たるらしい。二十代の可愛らしい女性で、確か今年

の九月で八年目になるはず。外見はまだ少し子供っぽいところもあるが、すっかりベテランで、外嶋や奈々の右腕として、こんな時はとても頼りになる。

その美緒も、

「やっぱり！」

と声を上げる。

何が「そういうことか」で「やっぱり！」なのかといえば——。

このお盆休みの間に奈々は、妹の沙織《さおり》が嫁いだ先の金沢へ桑原崇《くわばらたかし》という、これも奈々の母校の一歳年上の男性と一緒に遊びに行くことになった。崇は、奈々と同じ地区にある老舗漢方薬局勤務の薬剤師。それなのに、何故かここ何年も奈々を巻き込んで、さまざまな事件に関わってしまい、特に二人で出かける旅行先では、毎回のように（正確に言えば毎回）殺人事件が起こっている。

そこで、崇と金沢まで出かけるという話を聞いた美緒が、

「例によって例の如く、殺人事件に巻き込まれるのであった」

などと言い、外嶋も同意したため奈々は大いに憤慨して、今回は沙織を訪ねていくだけの旅行なのだから、そんなことが起こるはずもない。もしも今回そんなことがあったら、

「お二人にお土産を買って来ますよ。金沢ですから、金製品を」

と豪語してしまった。それを聞いた美緒は、

「自爆発言！」

とまで言った。

たった一泊二日の旅行でそんなわけもないと、奈々は胸を張って約束したのだけれど……見事に、殺人事件に巻き込まれてしまった。

当初は崇と二人、のんびりと白山比咩《しらやまひめ》神社などを見物していたのに、その当の沙織の旦那や親戚が関わってしまった。

しかし、あんな展開になるとは、とても想像でき

なかった！

そのために――こうして外嶋には、金箔入りの地酒を一本。美緒には、金箔入りラメスプレーを二種類買って帰って来た。

これを「金製品」と呼んで良いかどうかは微妙なところだったが何とか認めてもらい、金沢での出来事を話しながら二人に手渡す。

「言った通りじゃないですかあ」美緒は笑った。

「事件は大変でしたけど……でも、おかげでラッキー。ラメスプレー、欲しかったんです」

「言った通りも何も」外嶋は礼を述べながらつけ加えた。「言うまでもない、とはこういうことだ。いつも通り。全て世はこともなし、だ」

「そんなこと！」奈々は反論する。「たまたまですからっ」

「確かに、偶然が重なっただけだろう。しかし、ぼくの記憶によれば、十年ほど前から年に二度くらいずつ、きみたちに『偶然』が降りかかっているようだが」

「凄い偶然だ！」

お土産を、そそくさとしまいながら叫ぶ美緒を見て、話題を逸《そ》らすように奈々は、

「あ、あと、もう一つずつ買って来ました」と言って、二人に小さなプラスティックの箱を手渡した。

「食用の金箔です。何にでもかけて食べられるんですって」

わーい、と美緒は子供のように喜ぶ。

「豪華、豪華」

ありがとう、と外嶋も受け取った。

「怪しいレストランならば、食事にこれを少し振りかけて五百円は高く取るな」

「また、そんな身も蓋もないことを」美緒は嫌な顔で外嶋を見た。「あれ。でも今気がついたんですけど『身も蓋もない』って変ですよね。中身と蓋がないの？」

「恥ずかしい」外嶋は、美緒を睨んで顔をしかめ

た。「この場合の『身』というのは、外側の箱のことだ。つまり外側の容れ物も蓋もないというわけだから、意味は合っている」

「そうかあ」と納得しながら、美緒は金箔をキラキラと眺めた。「じゃあ、ぜひ外嶋さんもお家でお食事しながらのオペラのお供に。きっと凄く贅沢なディナーになりますね」

いや、と外嶋は答える。

「オペラはオペラで良いし、今年も色々と予定が入ってる。ついこの間もNHKホールで『ばらの騎士』を観たし、オーチャードホールで『椿姫』も観た。来月の、東京文化会館の『フィガロの結婚』や、年末の新国立劇場『ドン・カルロ』も行くつもりだ。しかし最近は、更に興味を惹かれるものを見つけてね」

「まさか！」外嶋といえばオペラ、という構図が完璧に頭の中で構築されている奈々は驚く。「それは何ですか」

ああ、と外嶋は答えた。

「文楽《ぶんらく》」

「文楽って……あの文楽ですか？」

「あのも何も、文楽だ」外嶋は眼鏡を再び、くいっと上げた。「先日、姉に無理矢理、大阪までつき合わされて、国立文楽劇場で観た」

ああ、と美緒は大きく頷いた。

「常に全身から強烈なオーラを発しておられる、駒《こま》子《こ》伯母さまですね」

「そうだ」

「お医者さんを続けてらっしゃるんですか」

「第一線だ」

奈々は、その駒子とはまだ面識はなかったが、二人の噂話で名前だけは知っていた。かなりバイタリティ溢れる女性だと聞いている。

「それで」と美緒は尋ねる。「強烈なお二人で、何を観られたんですか？」

「『勧進帳《かんじんちょう》』『夏祭浪花鑑《なつまつりなにわかがみ》』などなど」

「寝なかった？」

「どこで寝るというんだ」外嶋は呆れた顔で美緒を見た。「寝る暇など、全くなかった。心底、感動した。どうして今まで観劇しなかったのかと酷く後悔したから、帰りの新幹線の中で姉から色々と情報を仕入れ、すぐさま国立劇場の会員になったので、これからは一人で好きな時に行くことができる」

へーえ、と美緒は肩を竦める。

「それは、びっくり。文楽なんて、私テレビで少し観たことあるけど、三分で眠くなっちゃった」

「三分で？」

「あ、嘘でした。一分半です」

「全く恥ずかしい」外嶋は情けない表情で頭を振った。「きみは、日本の文化にそぐわない体質らしい」

「外嶋さんだってこの間までは、イタリアかぶれのおじさんみたいに、オペラオペラって言ってたじゃない」

「では言い直そう。きみは『文化』にそぐわない体質だ」

「それはどうも。そのうちきちんと勉強させていただきます」

「姉に頼んで相原くんも一緒に、国立劇場に連れて行ってもらうとするか」

「その件に関しましては、二重の意味で丁重にご辞退させていただきます。でも、どうしてまた急に、オペラから文楽へ？」

「ぼくも今年、四十九歳だからね。あと一年足らずで五十歳。人間は、変わってゆくんだよ」

「最初から変わってたけど」

「きみの日本語は、おかしい」

「いえ。外嶋家は変人一家」

「文脈のつながりが全く見えない」

「お気になさらずに」

二人がいつものように言い争い、全員で昼食になった。

食事が終わって、コーヒーを淹れる。

通常であればオペラのプログラムを広げる外嶋が、今日は本当に文楽の床本《ゆかほん》を開き、

「この世の名残《なごり》。夜《よ》も名残。死にに行く身をたとうれば、あだしが原の道の霜……」

などと小声で謡《うた》っていた。

そんな外嶋と美緒に向かって、奈々は申し訳なさそうに小声で言う。

「あの、それで……」

「どうしたんですか、そんな遠慮がちに」美緒が、キョトンとした顔で尋ねる。「何か？」

「休み明けからいきなりこんなお願いで申し訳ないんですけど……来週の頭に、また一日お休みをいただきたくて」

「何かあったんですか」

「いいえ、その……」奈々は、二人から視線を逸らして答える。「ちょっと出かける用事が」

「…………」

「ダメでしょうか。いえ、ダメならば無理に——」

「相手によるな」外嶋が奈々を見た。「誰と出かけるのかということだ。その相手が桑原だったら仕方ない。きみの制御の範囲を超えているのだから」

うんうん、と隣で頷く美緒をチラリと見ながら、

「……タタルさんです」

奈々は蚊の鳴くような声で答えた。

タタル、というのは崇のことだ。「崇」という文字と「祟」という字が似ているので、大学時代から皆にそう呼ばれている。だが理由はそれだけではなく、崇の趣味は「神社仏閣巡りと墓参り」。そこで「タタル——くわばら・タタル」と呼ばれていた。

「やった！」美緒が声を上げた。「いいなあ。タタルさんと、どこに行くんですか？」

「山梨県に」

「というと、富士急ハイランドですか。それとも甲州ワイン？」

「いや」と外嶋は言う。「富士の浅間《せんげん》神社か、甲府

の武田《たけだ》神社か、金櫻《かなざくら》神社だろう」

いきなり突っ込んで来る質問に奈々は、

「いえ」おずおずと答える。「石和《いさわ》に」

「石和？」

「鵜飼《うかい》を見物に」

えっ、と美緒は不思議そうな顔で奈々を見た。

「鵜飼っていうと、あの鳥が川に首を突っ込んで魚を捕る」

「そう」

「何という地味な旅行」

「そんなことも……」

すると、

「素晴らしいじゃないか」と外嶋が言った。「相原くんは当然知らないと思うが、鵜は何故か日本史上で非常に重要な位置を占めている鳥だ」

「そうなの？」

「確か『君が代』の二番にも登場していたんじゃないかな」

「『君が代』の二、番？」美緒が素っ頓狂な声を上げた。「そんなもの、あったんですか」

「勘違いかも知れないが」

「そうに決まってます。何しろ変人外嶋家だから」

「脱力感に苛まれながら何度も言うのは疲労困憊するが、きみの日本語と文脈、全てがおかしい」

「それでそれで」美緒は外嶋の言葉を無視して身を乗り出した。「鵜飼見物の後は？」

さあ、と奈々は首を傾げる。

「どこか、寺社を回るんじゃないかな」

「ということは、またしても事件に巻き込まれるのであった」

「そ、そんなことは絶対に！」

「じゃあ、賭けます？」

いたずらっぽい目で覗き込んでくる美緒を見て、

「今回は……」奈々は弱々しく苦笑した。「止めておく」

＊

長野県安曇野《あづみの》市穂高《ほたか》町。

この地名は、昭和三十九年（一九六四）から執筆された臼井吉見《うすいよしみ》の大長編小説『安曇野』によって、一気に全国に知られるようになった。

その小説の冒頭のように、

「水車小屋のわきの榛《はんのき》林を終日さわがしていた風のほかに、もの音といえば、鶫《つぐみ》撃《う》ちの猟銃が朝から一度だけ」

という風情とはいかないものの、信濃《しなの》富士と呼ばれる有明山《ありあけやま》の背後には、標高三千メートル近い常《じょう》念《ねん》岳を中心に据えて、北アルプスの山々が連なり、春ともなればこの地には色取り取りの草花が咲き乱れ、夏は緑色一色の森林浴と、冷たく澄んだ川の流れ。秋は一面の紅葉と、たわわに実る果実。冬は、北アルプスの雪化粧。特に、満天の星を眺めた後の、朝陽に淡く染まる山々の姿を目の当たりにすると、心の奥底から浄化される気がする。

そして再び季節が移ると、今度は「春は名のみの風の寒さや」と『早春賦《そうしゅんふ》』に歌われたように、誰もが遅い春の訪れをじっと待つ。

本当に素晴らしい土地だ。そのため、近年には都会から移住してくる人々も増加していると聞く。

また安曇野には、何故か道祖神《どうそじん》がたくさん鎮座している。一説ではその数、五百体以上。夫婦神がぴたりと寄り添ったもの、仲良く手を握り合っているものから、抱擁して口づけを交わしている像まで。珍しい物では「文字碑道祖神」や、神代《じんだい》文字碑などなど。

まさに神坐《かみいま》す地ではないか。

その安曇野の中心に鎮座しているのが「日本アルプスの総鎮守」とされる、信濃国三《さん》の宮《みや》・穂高神社だ。この神社では秋に「御船祭《おふねまつり》」と呼ばれる、大きな例大祭が執り行われる。大勢の観光客が集まる、穂高最大の祭りだ。

そして、その祭礼の一ヵ月半ほど前に、穂高から少し離れたこの穂高町鵜《う》ノ木《き》の天祖《てんそ》神社で、もう何十年も続いている夏祭りと、それに伴う神楽《かぐら》が演じられる。そこに、鈴本順子《すずもとじゅんこ》は、妹の理恵《りえ》や麻里《まり》と一緒に、お囃子《はやし》方として参加するのだ。

祭りのお囃子は男性のみ、という地域もあるようだが、この小さな町ではそんなことも言っていられないので、毎年順子たちが受け持っている。境内には立派な舞台もわざわざ拵えられるし、鈴本三姉妹のお囃子を楽しみにしているお年寄りも多いというから、順子たちも真剣だった。

太鼓や笙《しょう》も含めた他の人たちと、舞い手との音合わせは、ほぼ毎日午後七時から九時まで、公民館で行われている。しかし今日、順子たちは皆よりも一足先に待ち合わせた。今年はいつもとは少し違った趣向の神楽を舞うということで、笛の調子の取り方が難しいのだ。みんなの足を引っぱっては申し訳ないと思い、順子たちは特訓することにした。もちろん、自宅でも練習が不可能ではないが、やはり本番さながら、思い切り大きな音を出したいので、三人でそう決めた。

理恵と入り口で会った順子は、町会長の飛田《とびた》から借りてきた鍵で入り口を開ける。

「麻里は？」

尋ねる順子に理恵は、

「まだみたい」と笑った。「相変わらず」

「まあ、そのうち走って来るでしょう。ごめんなさーい、って叫びながら」

靴を脱ぐ順子の隣で、

「絶対にそう」理恵も笑いながら公民館に上がる。

「でも姉さん、今回の新しい曲っていっても、舞の振り付けと曲調が少し変わってるだけで、それほど大きく違ってなくて良かったね」

「これからだって、鷺沼《さぎぬま》さんが言ってたわよ」

「今から変えるっていうの！」理恵は目を丸くしな

がら電気を点ける。「もうそんなに日にちがないじゃない」

「仕方ないでしょ」順子は肩を竦めながら冷房を入れた。「鷺沼さんの意見じゃ。誰も反対できないわ」

鷺沼というのは、鷺沼湛蔵《たんぞう》。自他共に認める地元の名士だ。代々続くこの辺りの大地主だった上、何代か前の祖先が、北前船《きたまえぶね》の交易で莫大な利益を上げた。ところが鷺沼家は、その財産を独り占めせず、惜しげもなく地元に注ぎ込んだ。この天祖神社を始めとして、穂高神社や有明山神社などへの寄附はもちろん、各地の道祖神の修復まで。全ては神様からいただいたものだと言っては、援助した。

そのため、地元の人々から今でも篤い信頼と尊敬の念を抱かれている。特に今の鷺沼家当主の湛蔵は「湛さん、湛さん」と親しげに呼ばれている。理恵は「湛蔵」という名前は変わっていると思ったが、本人に言わせれば、

「武蔵坊弁慶《むさしぼうべんけい》の父親といわれる熊野《くまの》別当湛増《べっとうたんぞう》と同じ呼び名で、光栄である」

ということで、むしろ自慢らしい。順子はその辺りの歴史に詳しくなかったが、本人が喜んでいるから良いのだろうと納得していた。

順子と理恵が床に正座して準備をしていると、公民館の入り口が勢いよく開いて、

「ごめんなさーい！」

という大きな声と共に、麻里が入って来た。バタバタと靴を脱ぐ麻里の姿を見ながら順子たちは、くすくす笑う。

順子が小声で言うと、

「まあ、予想通りね」

「何、何」麻里が息を切らしながら二人に近づいてきた。「何が予想通りなの？」

「どうしたの、麻里」順子がじろじろと見る。「あなた、汗びっしょりじゃない。どこから走って来たの？」

「内緒」

「またデートね。仕方ない子」

「違うわよ」

それで、と理恵が尋ねた。

「首尾はどうだったの？」

「え」どぎまぎと答える。「まずまず……」

視線を逸らして俯《うつむ》く麻里を見て、順子と理恵は顔を見合わせて笑った。

「でも、それよりも大変なのよ」理恵は真剣な顔つきに戻る。「今度演奏する曲がね——」

と言って、これから振り付けもお囃子も変わりそうだという話をする。

「えーっ」麻里はバッグから笛を取り出しながら、眉根を寄せた。「だって、本番はもうすぐじゃない。無理だよ」

「あなたは若いんだから、すぐに対応できるでしょう」順子は苦笑する。「問題は、私たちよ」

「そうそう」

理恵も頷いた。

長女の順子と三女の麻里は、年齢が一回り以上違い、次女の理恵と順子とは、三歳違い。麻里だけが大きく離れている。四年前になくなってしまった両親も、麻里を特に可愛がっていたし、順子や理恵たちにとっても、いつまでも幼い子供のように思える。実際、まだ十八歳なのだから。

しかしそれが麻里にとって、少し不満でもあるようだ。いつまでも子供じゃない、と言いたいところなのだろう。

「さあ」順子は姿勢を正すと譜面を広げた。「皆がやって来る前に始めましょう。最初からね」

「はーい」

麻里は答えたが、カタンと笛を取り落とした。

「こら、麻里。何をやってるの」理恵が叱る。「いくら走って来たからといって。深呼吸して落ち着きなさい」

「はい」

麻里が目を閉じて大きく深呼吸して、理恵たちも

笛を唇に当てたその時、
ガタン！

大きな音が部屋に響いた。

三人は、ハッと顔を上げるとお互いを、そして恐々と、音のした方を見た。

「なに？」

理恵が改めて不安げに呟くと、

「あっ」順子が息を呑んだ。「今、窓に人影みたいな……」

その声に麻里は立ち上がり、

「何、あれ……」

と呟きながら窓に近寄ると、

「嫌あッ」

叫んで硬直する。

順子たちも、バタバタと駆け寄ったが、

「嘘……」息を呑む。「血？」

順子は窓を開けようとしたが、ふと思い留まって、隣の窓の鍵を開けると、そろそろと首を出して覗き込み、視線を下に落とした。

「ちょっと……」

真っ青な顔になって二人を振り返り、震える声で告げた。

「人が倒れてる！」

「ええっ」

理恵と麻里が覗き込むと、窓の下、草むらの中に誰か男性が倒れていた。俯せになっているために顔は判別できなかったが、上半身は大量の出血で、べっとりと血まみれだった——。

「どういうこと！」麻里が叫ぶ。「どういうことなの、姉さんっ」

順子は首を横に振る。

「と、とにかく救急車。警察も！」

順子の言葉に、

「う、うん」麻里は涙声で頷くと携帯を取り出し、「もしもしっ」と相手に向かって早口で、現在の状況を説明し始めた。

「で、でも、どうしてこんな……」

順子と理恵は震えながら抱き合う。

しかし理恵の視線は、先ほどから窓ガラスに釘付けになっていた。逸らそうとしても、逸らすことができない。

さっきは、ただの血痕だと思っていた。でも今こうして改めて眺めると、

〝文字……？〟

確かにそうだ。既に流れ始めてしまっているが、間違いなく血文字だ。草むらに倒れている男が、公民館にいた理恵たちに向けて、この文字を最後に書き残したのだ。

理恵は、大きく目を見開いたまま窓ガラスの文字を瞬きもせずに見つめる。

そこには赤黒い血で、

「S」

と書かれていた。

＊

長野県警捜査一課警部補・黒岩武《くろいわたけし》と、同じく巡査部長・吉田直樹《よしだなおき》が連絡を受けて、町の公民館に到着したのは、午後八時を過ぎた頃だった。現場には立ち入り禁止のロープが張られ、警官や鑑識たち、そして地元の住人と見られる人々が大勢取り囲んでいた。

「お疲れさん」黒岩は顔見知りの鑑識に声をかける。「それで、どんな状況だね」

はい、と鑑識は硬い表情で答えた。

「被害者の持ち物から身元は割れました。北川洋一《きたがわよういち》郎《ろう》二十八歳。地元の工務店に勤めていたようです。凶器は出刃包丁のような物。それで背後から一突きですね。それと」と言って顔をしかめる。「被害者は、耳を削がれています」

「耳を？」黒岩は声を上げてしまった。「どういう

ことだ」

「全く分かりません」鑑識は首を横に振る。「しかも、両耳です」

「まさか、猟奇殺人の類いじゃないだろうな。それとも、怨恨からか」

「その点に関しても、全く」

「何てことだ……」

嘆息する黒岩たちに向かって、

「その後」と鑑識は続けた。「ここまで必死に歩いて来て、倒れました。第一発見者の女性たちの通報によって、心肺停止状態のまま救急病院へ運ばれましたが、残念ながら到着前に死亡」

「刺された現場は？」

「あちらの公園です」

鑑識は後ろを振り向くと、雑草を踏みしめながら黒岩たちを案内する。今にも消えそうな弱々しい灯りに照らされている空間には、古ぼけた滑り台とブランコが設置されていた。公民館からは二十メートル程だろうか。

「常夜灯の近くに、被害者の物と見られる血痕が見つかっています。あと足跡も」鑑識は説明する。

「おそらく被害者は、犯人にここまで呼び出され、いきなり背後から襲われたのではないかと」

現場から見ると公民館は、街灯の光の届かない闇の中に煌々《こうこう》と明かりが点っている、暗い夜の海にポツンと浮かんだ漁船のように見えた。被害者も、助けを求めて暗い草むらを歩いたのだろう。

「犯人の足跡は？」

「まだ判然としていませんが、公園から川に向かって逃走したようで、現在捜索中です」

「遺留品も？」

「今のところは、何も」

「そうか……」

三人は再び公民館に戻ると、鑑識に誘導されて窓へと進む。

「警部補」鑑識は窓ガラスを指差した。「ここに、こんな物が残されていました」

鑑識の言葉に黒岩たちは、窓ガラスに顔を近づける。そこには、乾き始めた赤黒い血の跡があった。しかもそれは、

「血文字かよ」

顔をしかめる黒岩に、鑑識は言う。

「被害者が書いた物と思われます。自分の二本の指を使って」

「何なんだこれは？」

問いかける黒岩に、

「さあ……」吉田も首を捻った。「逆S文字……ですかね」

「どういうことだ？」

しばらく血文字を眺めながら、無言のまま首を捻っていた吉田は、

「ひょっとすると！」ハッと顔を上げた。「その時被害者の目には、公民館の中にいた女性たちの姿が映っていたんじゃないでしょうか。そこで、わざと『逆S』の文字を書いた」

つまり、と黒岩は無精髭を撫でた。

「中の人間に『S』と教えたかったってことか」

「はい」

だが、と黒岩は首を捻った。

「断末魔の時に、そこまで頭が回るもんかな。後ろから刺されたあげく、両耳まで削ぎ落とされるという状況で。かなり混乱していただろう」

「そう言われてしまうと何とも……」

自信なげに答える吉田に、

「まあ、そいつは後回しで良い」黒岩は言う。「とにかく、第一発見者の話を聞こうか」

「では、公民館の中へ」吉田は答えて、窓から中を覗いた。「あそこに座ってる女性たちがそうでしょう」

「よし、行こうか」

黒岩は鑑識たちに「よろしく頼む」と言い残して、吉田と共に公民館の入り口へと回った。

余り効いているとはいえなかったが、それでも室内は冷房中だったため、黒岩たちはホッと汗を拭う。そこには警官に付き添われてイスに腰を下ろしている初老の男性二人と、その横で抱き合っている女性三人がいた。黒岩たちが挨拶すると、警官が彼らを紹介した。

白髪頭を短く刈っている男性は、飛田新八《しんぱち》五十八歳。町会長だという。もう一人、太い杖を手にした黒っぽい和服姿の男性は、鷺沼湛蔵六十歳だった。

〝この男が、鷺沼か〟

黒岩は目を細めた。初対面だが、湛蔵の名前だけは耳にしたことがある。この辺りの大地主で、穂高神社を始めとする地元の寺社に、毎年多額の寄附をしているという話は有名だった。

若い女性三人は、鈴本順子・理恵・麻里の三姉妹で、四年に一度の女《おんな》御輿《みこし》が出る祭りには毎回、三姉妹揃って参加しているらしい。町内では「夏祭り美人三姉妹」と呼ばれて、こちらも有名なようだった。しかし今は、まだしゃくり上げている三女の麻里を、長女の順子と次女の理恵が、こわばった表情のまま抱きしめていた。無理もない。まさか、こんなのどかな町で突然の殺人事件が、しかも自分たちの目の前で起こるなど、全く想像もしていなかったろうから。

黒岩たちが、当時の状況を尋ねると、

「私らは、まだ来ておりませんでしたが——」

三姉妹をチラリと見ながら、飛田が説明する。

今夜、一時間ほど前から夏祭りの神楽の練習が行われる予定だった。そこへ一足早くやって来ていた鈴本順子・理恵・麻里の三姉妹が練習を始めようとした時に、公民館の壁にぶつかる大きな物音がしたので、驚いて見に行ったところ、窓の下の草むらに被害者が倒れていた——。

「一足早くというと、何時頃に？」

尋ねる黒岩に、順子がおずおずと答えた。

「飛田町会長から入り口の鍵をお借りして、公民館で七時に待ち合わせました……」

「その後、みなさん揃って中へ？」

「ええ……」

麻里をチラリと見て口籠もる順子に、

「何か？」

黒岩が尋ねると、今度は麻里が、

「私は……少しだけ遅れました」と答えた。「多分、五分くらい」

「そうですか」

黒岩は頷く。五分では殆ど何もできない。というより、万が一事件に関与していたら、おそらく大量の返り血を浴びているはずだから無関係だろうとは思ったが、念のために吉田にメモを取らせる。そして三姉妹を見て尋ねた。

「もちろん、被害者と面識はありますね」

はい、と飛田がおろおろしながら答えた。

「洋一郎くんは、今度の神楽でも舞う予定でおりましたし」

「被害者は、舞い手の一人だったんですか」

「舞い手の一人も何も」飛田が黒岩たちを見た。「まだ三十前でしたが、それは熱心に参加してくれていました。おかげで、私らや五十代のみんなは、安心して彼らに任せられて」

ほう、と黒岩は感心したように答えた。

「それは、助かりますな。祭りというと、今はどの地方でも若い人たちの人手不足のようだから」

この町の人口も、おそらく数百人というところだろう。その中で若者となると、数十人。いや、十数人かも知れない。

「しかし、被害者は熱心だった」

「ええ」と頷く飛田に黒岩は訊く。

「誰からも恨みを買うというようなこともなく？」

「さあ……」飛田は何度も首肯した。「そのあたりは良く分かりませんが、うちの家内などは、洋ちゃん洋ちゃんって言って可愛がっていましたし、彼がいたおかげで渡部《わたべ》くんたち十代の子らも、参加してくれるようになりましたから」

「なるほどね」黒岩は理恵たちを見た。「あなた方も、そうですか」

一瞬、ドキリとしたように顔を上げてお互いを見ると、

「はい」順子が答えた。「もちろんです。私たちにも、熱心に色々と指導してくれていましたし」

「プライベートな面では、いかがでした」

「個人的なことは――」順子は顔を曇らせた。「北川さんとは、夏祭りとか青年会でしか――こういったような場所以外では殆どお会いする機会もないので何とも」

「妹さんたちも？」

はい、と弱々しく頷く理恵と麻里を見て、

「私は残念ながら」と黒岩は尋ねた。「この町会の神楽を拝見する機会がありませんでしたし、そういった分野には余り詳しくないのですが、参考までに、どんな演目だったのか伺っておきたいのですが」

「基本的には」と、今度は湛蔵が口を開いた。「細男《せいのお》の舞と、傀儡《くぐつ》舞です。但し、現在この町会に伝わっているものは、非常に大衆的になっていて本家とは全く違っています」

「せいのお、というのは」吉田がメモ帳を片手に、キョトンとした顔を見せる。「それは、どんな？」

ええ、と湛蔵が説明した。

「奈良の春日《かすが》大社で執り行われている神事で、若宮《わかみや》おん祭《まつり》で舞われている非常に静謐で珍しい舞です。顔の前に白い布を垂らした六人の舞人が登場して、二人は素手、二人は腰の前に小鼓、二人は笛を吹きながら静かに歩くという」

「くぐつ、は？」

「福岡の八幡古表《はちまんこひょう》神社や、大分の古要《こよう》神社で行われる人形相撲で、こちらは何体もの人形が登場して相撲を取り、細男とは真逆で、演じる方も観る方も大騒ぎで楽しみます」

但し、と湛蔵はつけ加える。

「我々の町では、それを実際に面や衣装をつけて神に扮した人間がやってみせる。いわば、人形浄瑠璃《にんぎょうじょうるり》だった文楽を、歌舞伎《かぶき》として人間が演じてみせるようなものです。ですから、春日大社や八幡古表神社、古要神社の神事と比べるのもおこがましい。正確に言えば、神楽というよりは、単なる夏祭りの余興です」

「ご謙遜でしょうが」黒岩は微笑んだ。「やはりこちらの神楽も、伝統ある祭りの一環だったということですね。それで、こちらの女性方は、そのお囃子の係に？」

「その予定でした」

「お祭りに関与している女性は、あなたたちだけですかね」

「いいえ」理恵が首を振った。「三丁目の山岸《やまぎし》さんとか、五丁目の蜂谷《はちや》さんとか……」

「今夜も見える予定だった？」

「多分……」

それなのに、と黒岩は言った。

「こんな事件が起こってしまったわけですね――。そこでお尋ねしたいんですが、あなた方が最初に」黒岩は、鑑識が立ち働いている窓ガラスを指差した。「あの血文字を発見されたとか」

「は、はい」

「現在は少し乱れてしまっていますが、その時は、はっきりと文字が読めましたか」

「はい……」

「何と？」

「『S』の字でした」と言ってから、理恵はあわてて言い直す。「で、でもそれが何を意味していたのか分かりません。ただ、指を当てただけかも――」

いや、と黒岩は首を横に振る。

「手のひらならば分かります。あなたたちを呼ぼうとしたのかも知れない。しかし被害者は、わざわざ二本の指で書いたと鑑識が言っていました。となればおそらく『S』という文字をあなた方に知らせたかったのかも知れませんね」

「ダイイング・メッセージ——ということですか」

理恵が小声で呟くように言った。「でもそんな、小説みたいなことが……」

「現実の事件でも意外にそんなことが多いんですよ、余りニュースになりませんがね。さて」

　黒岩は三姉妹を見た。

「もしも、被害者があなた方に『S』だと知らせたかったとすると——良いですか、もしもの話です。何か思い当たる節はありませんか？」

「もしかして……何かの頭文字という意味ですか？」

「頭文字でなくても、結構です。何かの出来事や、あなたたちの間での合図や暗号とか」

　いいえ、と順子が答える。

「今言ったように、私たちは北川さんとは、それほど親しくなかったので、そんな私たちだけの合図なんて——」

「だが被害者は、何かをあなたたちに伝えようとした。ということは、分かってもらえると思ったんでしょう。となれば……やはり人の名前、頭文字でしょうかねえ」

「そうしたら！」理恵が叫んだ。「私たち三人とも『S』です。鈴本ですから」

「そうですね……」

「私もそうなります」湛蔵が口を開いた。「鷺沼ですからな」

「確かに確かに」

「その他にも、この町内には大勢いますよっ。洋一郎くんと一緒に神楽を舞う予定だった、澤村《さわむら》くんもそうですし」

　その言葉を受けて、

「本当にその通りですよ」飛田は大きく頷いた。

「苗字ではなく名前までいわれたら、私も同じです。新八なので」

「確かにキリがなくなりそうですね」黒岩は苦笑いした。「念のために、神楽に参加する方で、今ここにいらっしゃらない方々のお名前と連絡先を後ほど教えてください」

「それは、もちろん」

飛田は上目遣いで答えた。

その他、いくつかの細かい質問を終えると、飛田から参加予定者の名前と連絡先を入手して、黒岩たちは公民館を後にした。

吉田の運転する車が現場を離れると、

「何か嫌な事件だ」

思わず呟いた黒岩の言葉を聞き逃さず、

「そう思われますか」吉田がハンドルを握ったまま応える。「自分も、どことなくそんな印象を受けました。何しろ犯人は、被害者の両耳を削ぎ落としているんですから」

「とはいえ、事件の概要は、はっきりしている。被害者・北川洋一郎が、何者かに襲われた。そこで被害者は必死に『S』というメッセージを残して絶命した」

「故に我々は、その『S』に関する何者かを追えばいい——と」

「だが……」

黒岩は頭を振ると、帰り際に飛田にもらったメモに目を落とす。そこには、飛田新八町会長や、鷺沼湛蔵名誉会長。そして鈴本順子・理恵・麻里を始めとする、今回の神楽に参加する予定だった人物の名前と連絡先が書かれていた。

澤村公二《こうじ》・四十八歳。山岸冴子《さえこ》・四十二歳。

畔倉誠一《あぜくらせいいち》・三十歳。蜂谷明美《あけみ》・二十八歳。

細男舞はこの四人と、今は裏方に回っている五十代の男性から二人参加する予定だったらしい。それでも急に欠員が出てしまった場合の予備委員として、町会長の飛田。また、傀儡舞の相撲は、さっきの話に出た、渡部勇人《はやと》・十七歳。

たち、参加が可能な男性全員で盛り上げることになっていたという。

「どちらにしても、聞き慣れないことが多い」黒岩は頭を振る。「とにかくこの事件《ヤマ》は、目に見えている以上に、根が深そうだ。それだけは、ひしひしと感じる」

「せいのお舞とか、くぐつ舞とか」吉田は苦笑した。「生まれて初めて聞きましたよ」

「俺もだ」

「そんな話を、まるで常識のように言う鷺沼湛蔵は、一癖も二癖もありそうな男性でした。大地主っていうのは、誰もあんな感じなんでしょうかね」

「あいにくと俺は大地主じゃないから分からんな」

「自分の山に、二つもゴルフコースを持っているようですからね。自宅の庭園もへたな日本旅館より広くて素晴らしいそうです。でも、奥さんを亡くされてからずっと独身だと聞きましたけど、これからその財産はどうなっちゃうんでしょうね」

「身内はいないのか」

「確か、妹さんが一人いるとかいないとか。地元の警官に調べさせましょうか」

「いや、いいだろう。今は関係なさそうだ」

「でも、あの三姉妹も噂に違わず美人でしたね。事件が終息したら、夏祭り関連でもっと押し出せば、立派な町興しになりますよ、きっと。その怪しい神楽舞とセットにすれば」

「確かにな」

　黒岩は軽く目を閉じた。

「だが今は、取りあえず救急病院で被害者の最期の様子を聞こう。そして署に戻ったら地道に一つずつ当たるとしようか。監察医や鑑識からも、何か報告が届いているかも知れない」

「はいっ」

　吉田は大きく頷くと、アクセルを踏み込んだ。

崇と奈々を乗せた「かいじ」は、定刻通りに新宿駅を出発した。これで、午後早い時間に石和温泉に到着できる。

鵜飼は、すっかり日が落ちた午後八時頃から始まるということなので、旅館にチェックイン後、例によってその前に寺社をいくつか回る予定らしい。その後、一旦旅館に戻ってサッと汗を流し、夕食を摂ってから鵜飼見物に出発する予定だと聞かされた。

八月の後半ということで「かいじ」は、ほぼ満席だった。

誰もが楽しそうに話をしたり、綺麗な写真入りのパンフレットを開いて見入ったりしている。

奈々も崇の隣で、あらかじめインターネットで調べてプリントアウトしてきた資料を広げて視線を落とす。

*

この「石和鵜飼」は、毎年七月の後半から八月の後半にかけて石和町の中心部を流れる笛吹川《ふえふき》で行われ、鵜飼後の花火大会と相まって、大勢の観光客が訪れる。あらかじめ申し込んでおけば、鵜匠《うしょう》と同じ衣装をまとって鵜飼体験もできるというのだから大人気のようだ。

二十五年ほど前に観光として復活した時は、しばしば行われていたらしいが、今は曜日を選んで、期間中は週に三、四日ほど開催されている。

鵜飼といっても長良川《ながら》の舟鵜《ふなう》をテレビで見たことしかなく、直接見物するのは初めてだった奈々が、食い入るように資料を読んでいると、崇がチラリと横目で見てきた。

「とっても楽しみです」

微笑み返す奈々に崇は、

「鵜には海鵜《うみう》と川鵜《かわう》の二種類があるが」などと言う。「わが国の鵜飼に使われるのは全て海鵜だ」

「わが国の——というと、鵜飼は日本だけではなく、他の国でも行われているんですね」

「中国でね。但しあちらの国では、川鵜を使うという。これは習慣の違いらしいがね。その鵜といえば、概ね黒褐色で、全長が一メートル前後の鳥だ。しかし翼自体は小さいため、水中では水の抵抗も少なく、楽に潜れる。嘴《くちばし》は長く、先が鉤状になっているから、魚を捕るには最適な体型の鳥だ」

「そういえば……」奈々は、石和鵜飼についてばかり調べていたので今まですっかり忘れていたことを思い出す。「鵜に関して、外嶋さんが何かおっしゃっていました」

「何と？」

「ええ」

奈々は薬局での話を伝える。鵜は何故か、わが国の歴史上で非常に重要な位置を占める鳥で、勘違いかも知れないけれど「君が代」の二番の歌詞に「鵜」が登場したのではなかったか——。

「外嶋さんも良く知っていたな」崇は苦笑する。

「あの人は本当に変人だ」

外嶋の勘違いではなかったらしい。

また、誰が誰を評しているのか何とも言い難いところだったので奈々が黙っていると、崇は続けた。

「実は『君が代』の歌詞は三番まである。但し三番の歌詞は色々と変遷してしまったようで定まっていないんだが、二番はこうだ。

君が代は千尋《ちひろ》の底のさゞれいしの
　鵜のゐる磯とあらはるゝまで

源　頼政《みなもとのよりまさ》の歌だ」

「源頼政というと……」

「鵺《ぬえ》退治でも有名な武将だな。鵺は、頭は猿、胴は狸、尾は蛇、手足は虎という化け物だ。内裏の紫宸殿《ししんでん》に現れたその怪物を、頼政は勇敢にも退治した。近衛《このえ》天皇、あるいは二条《にじょう》天皇の御世だったともいわれている」

「鵺の話は聞いたことがあります。天皇を苦しめたという、伝説上の生物ですよね。ということは、頼政は文武両道に秀でていた武将だったんですね」

「彼は平安時代末期、源平合戦の頃の武将で、保《ほう》元《げん》・平治《へいじ》の乱に生き残り、その後は平 清盛《たいらのきよもり》の篤い信頼を受けて、ついには従三位まで昇った。そのために『源三位《げんざんみ》頼政』とも呼ばれた。しかし、治承四年（一一八〇）四月、以仁王《もちひとおう》の平家追討の令旨を受けて、清盛討伐のために立ち上がった。七十七歳だった」

「七十七歳で！」奈々は目を丸くする。「どうしてまた」

「それには一般的に知られている以上の真実があるように思えるんだが、話が大きく逸れてしまうから、また別の機会にしよう。とにかく頼政は挙兵し、息子の仲綱《なかつな》らと共に奮戦したが、戦い敗れて宇《う》治《じ》の平等院《びょうどういん》で切腹して果てた」

「それは……」

「だがきみも知っているように、この以仁王の令旨と頼政の敗死が全国に散らばっていた源氏を奮い立たせ、木曾では義仲《よしなか》、伊豆では頼朝《よりとも》が挙兵。後に義《よし》経《つね》も頼朝のもとに駆けつけて、結果的に平家を滅亡させることになった。そのきっかけを作った武将・頼政の詠んだ歌が『君が代』の二番の歌詞に選ばれているんだ」

全く予想もしていなかった展開になってきた。

しかし――。

ということはきっと「怨霊」関係の話が絡んでくるのだろう。奈々は心の中でうっすらと想像しながら、尋ねる。

「でも、どうしてここに『鵺』が？」

「鵺は、古代から非常に重要な鳥とされていてね。『古事記』には、大国主命《おおくにぬし》のために神殿を造った際に、櫛八玉《くしやたま》神が鵜となって海に潜り、海底の粘土をくわえ出て土器を作ったと書かれているし、そもそもわが国初代天皇・神武《じんむ》天皇の父親の名前は、鵜《う》葺草葺不合命《がやふきあえず》じゃないか。母親である豊玉《とよたま》姫が命を産む際に、産屋《うぶや》の屋根を鵜の羽で葺いたが、まだ葺き終えないうちに生まれたので、そう名づけられたという——。そういえば、奈々くんの地元近くの江の島を題材にした『江野島』という能があるんだが、観たことは？」

「いいえ」

首を横に振って答える奈々に、崇は口を開く。

「ストーリーは、以前に何かの機会に説明したような、江島《えのしま》弁財天と五頭龍《ごずりゅう》の話で、江の島に出現した弁財天が、辺りを荒らし回っていた五頭龍をたしなめて夫婦神となり、国土は安穏になったという騙《かた》り——一種の鎮魂だ」

その話は聞いた。

本当は、もともと夫婦神だった弁財天と五頭龍を、時の朝廷が無理矢理に別れさせたのだという。だからこそ、現在でも弁財天は江島神社に、そして五頭龍は海を隔てた龍口明《りゅうこうみょう》神社に祀られ、怨霊神として閉じ込められているのだと。

「しかし、重要な問題は」崇は言う。「その内容ではない。実はこの能には『小書《こがき》』、つまり通常とは異なった演出があってね。そこには、こんな詞章《ししょう》がある。江島神社への参詣人たちを前にして、神職が言う。参詣人たちがここで本当に信心を起こすのであれば『真鳥《まとり》』が出現するであろう、と」

「まとり？」

「非常に立派な鳥、という意味なんだが、この場合は鵜のことだ」

「えっ。立派な鳥って」

改めて驚く奈々に、崇は続けた。

「先日の金沢でまわりたかったが断念した、氣多《けた》大社でもそうだ」

「けた大社……ですか」

「一緒に行った白山比咩《しらやまひめ》神社は加賀国一の宮だったが、能登半島のつけ根に位置する羽咋《はくい》市に鎮座している氣多大社は、能登国一の宮だ。旧国幣大社で、主祭神は大己貴命《おおなむち》。強力な縁結びの神徳で有名なんだが、とても有名な奇祭がある」

「それは？」

「鵜祭《うまつり》」

「ここも鵜？」奈々は目を丸くする。「どんなお祭りなんですか」

「基本的には毎年——というのも、野生の海鵜を使うため捕獲できなかった年は中止になるんだが——十二月の中旬に生け捕りにした鵜を竹籠に入れ、その年の係の『鵜捕部《うとりべ》』が、七尾市《ななお》鵜浦《うのうら》から氣多大社までの約四十キロの道を、三日間かけて徒歩で運ぶ。これは『鵜様道中《うさまどうちゅう》』と呼ばれて『うっとりべ、うっとりべ』と口にしながら歩く一行を見かけた人々は、皆駆け寄って手を合わせ、ありがたく『鵜様』を拝むという」

「本当に、奇祭ですね。その後、鵜は？」

「氣多大社に到着すると修祓《しゅばつ》を受け、いよいよ神事に臨む。その神事は午前三時から始まり、神職と鵜捕部が問答を交わした後に鵜が放たれる。その歩き方や飛び方を見て、古老が一年の吉凶を占う」

「まさに神事の中心にいたんですね。そんなに重要な鳥だったなんて、全く知りませんでした」

「そんな『真鳥』の鵜を使う鵜飼に関して、きみは？」

こうやって下調べをしているけれど、おそらく崇の知識には及ばないだろうと思い、

「こんな程度で……」

と資料を見せる奈々に、崇は言った。

「鵜飼の歴史も非常に古くてね。『源氏物語』の『松風』にもこうある。

『にはかなる御饗《あるじ》し騒ぎて、鵜飼ども召したるに、海士《あま》のさへづりおぼし出でらる』

源氏が鵜飼の者たちをお召しになった、とね。また、それこそ頼朝も長良川で鵜の捕った鮎を口にしている」

「えっ」

「実はもっと古く『日本書紀』にも載っている」

「『書紀』にもですか！」

ああ、と崇はバッグから文庫版の『書紀』を取り出すと、ページをめくった。

「『神武天皇即位前紀』秋八月《はつき》の条だ。

『亦梁《やな》を作《う》ちて取魚《すなどり》する者有り……

此則《これすなわ》ち阿太《あだ》の養鸕部《うかいら》が始祖なり』

神武天皇が、大和に入るために吉野川・紀ノ川を進んでいた時『取魚』をする者があった、という。『阿太』は、大和国の阿陀郷の地とされ、現在の奈良県五條《ごじょう》市の辺りで、阿陀比売《あだひめ》神社という由緒正しい神社が鎮座している」

鵜飼も、奈々の想像以上に昔の人々の中に滲透していたのかと驚いていると、崇は続けた。

「知っているように鵜飼は、鮎などの川魚を捕る漁法の一種で、篝火《かがりび》の火の粉で髪や眉毛が焦げるのを防ぐために麻布《あさぬの》を烏帽子《えぼし》のように頭に巻いた風折《かざおり》烏帽子を被り、漁服《りょうふく》、腰蓑《こしみの》などで身を包んだ鵜匠が、喉に紐を巻きつけてある鵜を数羽、時には十数羽、舳先《へさき》に篝火を焚いた小舟の上から操る。水面を照らす篝火に驚いた鮎などが近づいて来ると、鵜がそれを捕らえて呑み込む。ところが鵜の喉には紐が巻きついているため、それを通り抜ける小さな魚しか呑み込めず、立派な鮎は鵜匠によって船に積んである竹籠の中に吐き出させられる」

テレビ番組では、水面に映る篝火と鵜匠の衣装が、何とも言えない風情を醸し出していて、うっとり見とれてしまった記憶がある。

だが、こうして崇の話を聞きながら改めて考えてみると、かなり残酷な漁法ではないか。自分が捕った獲物を呑み込もうとするのに、それは叶わず、問答無用で人間に奪われてしまうのだから。しかも、首を絞められて。

「この漁法で捕った鮎は」崇は続けた。「殆ど傷がつかず非常に美味なため、皇室に献上されたり、神社に奉納されたりもした。だから昔は、全国百五十ヵ所以上で行われていたという。それが現在では十二ヵ所ほどに激減してしまった。しかも、いわゆる漁としての鵜飼は、岐阜《ぎふ》県・長良川の鵜飼のみで、他は全て観光のために行われている。そのため長良川の鵜飼は、宮内庁の管轄下にある。『御料鵜飼』と呼ばれて、鵜匠も宮内庁式部職の世襲制の国家公務員だ」

「公務員ですか」

驚く奈々を見て、崇は言う。

「ただ、これから見に行く石和の鵜飼は少し違っていて、独特なんだ」

「私も少し調べてみたんですけど、石和では舟ではなくて直接川に入って歩いて鵜を操る、って書いてありました」

そう、と崇は頷いた。

「『徒歩鵜《かちう》』といって全国でも珍しく、鵜匠が舟に乗らず、笛吹川——昔は石和川、あるいは鵜飼川と呼んでいた川に入って、歩きながら鵜を操る」

「鵜飼と聞くと、すぐに篝火を焚いた舟を思い浮かべてしまいますけど、確かに珍しいですよね。でもそれじゃ、たくさんの鵜を操ることはできないんじゃないんですか?」

「その通りだな。舟鵜ならば、鵜匠一人で十羽ほどの鵜を操ることができるが、徒歩鵜では一人一、二羽しか操れない。更に、鵜匠自身が川に流されてしまう危険性もある。また、石和鵜飼でも鵜匠は腰蓑をつけているが、殆ど役に立っていないらしい。もともと腰蓑は、水飛沫を避《よ》けたりするなどの防寒対策が主な目的だからね。そのまま川に浸かってしまっては、何の意味もない」

「そういうことですよね。じゃあ、どうして徒歩鵜に?」

「一方で、とても大きなメリットがあるからだ」

「それは?」

「舟がなくても鵜飼ができる。この大きな意味が分かるかな」

「……誰にでもできるということですか。今回の鵜飼も、申し込んでおきさえすれば、全くの素人でも体験できるようですし」

それもそうだが、と崇は言う。

「こんな話がある。平家全盛の時代に、

『此一門《このいちもん》にあらざらむ人は、皆人非人《みなにんぴにん》なるべし』

という暴言を吐いたことで有名な、権大納言・平時忠《たいらのときただ》がいた。彼は、清盛の正室の二位尼・時子の弟なんだが、平氏が滅亡した壇ノ浦の戦いで源氏に降《くだ》り、その後、義経に自分の娘を嫁がせたりして命乞いをした結果、命までは取られず能登へ配流になって一生を終えたというのが定説だが、また違うエピソードも残っている」

崇は奈々を見た。

「実は、時忠は密かに能登を抜け出し、甲斐国・石和までやって来たというんだ。そして、今から約八百年も前に石和鵜飼を初めて行ったのが、この時忠だという」

「本当なんですか」

「それがたとえ時忠本人ではなかったとしても、何の関係もなく『時忠』という名前が出てくるはずもないから、少なくとも彼の関係者であることだけは間違いない。そして、京で暮らしていた公家であれば、鵜飼を良く知っている。また、他の漁と比べればかなり楽だしね。首に紐を巻きつけた鵜と篝火さえあれば、確実に漁ができる」

「だから徒歩鵜を？」

「ただ、ここで重要な点は、今きみが言ったように、誰にでも可能だった漁法であると同時に、人に知られることなく行えるということだ」

「内緒で……」

「当時、笛吹川——石和川は殺生禁断の地、禁漁区だったという話もある」

「だから、こっそりと」

「しかし」と崇はつけ加えた。「石和川から朝廷などに鮎を献上したという記録がないことから、単なる密漁だったのではないかとも考えられる。そこで時忠は、密かに川の中を歩いて漁をした。それが現在の徒歩鵜となって伝えられたという」

「でも、密かにと言っても、篝火を焚くんですから、いずれ見つかってしまうんじゃないんですか」

「その通り」崇は頷いた。「やがて密漁が露見してしまい、今度は命乞いの甲斐もなく、村人に取り押さえられて『罧《ふしづけ》』——簀巻きにされ、石和川に沈められたといわれている」

「簀巻きって！」

「人間の体に簀——葦などで粗く編んだ筵《むしろ》をきつく巻きつけて身動きができない状態にし、そのまま川に投げ込む」

「い、いえ。簀巻きそのものの説明ということじゃなくて——」

これが後世、と崇は続ける。

「摂津《せっつ》の榎並左衛門五郎《えなみのさえもん》が書き世阿弥《ぜあみ》が改作した、能『鵜飼』になった。旅の僧の前に、密漁の禁を犯してしまって簀巻きにされて殺された鵜使いの男の霊が現れ、自らの供養を頼む話だ。『阿漕《あこぎ》』『善知鳥《うとう》』と共に、殺生を犯してしまった者の苦しみを描いた代表的な能の一つだ。但し世阿弥は、石和鵜飼を舟鵜としている」

「事実と違うじゃないですか」

「そこで以前に俺は、地元の役所に尋ねてみたんだが、石和では最初から徒歩鵜だったので、おそらく世阿弥が勘違いしたんでしょうという回答だった。但しこれに関しては、国文学者の田中貴子《たなかたかこ》のように、世阿弥は敢えて『舟鵜』という設定にしたのだという意見もある。というのも、男は最終的に仏の力によって救われる。それを『舟』に乗ると表現したんだとね。実際、能舞台には舟が登場しないし、また男も右手に松明を持って歩いて登場する」

「なるほど……」

奈々は頷いた。

世阿弥は、その辺りの伝承を充分に知っていたけれど、敢えて詞章の中に、「救いの舟」を登場させたというわけだ。さすがと言うか何と言うか——一筋縄ではいかない。

「どちらにしても」崇は言う。「今言ったように時忠、あるいは関係者の誰かが一人でこっそり始めたのだとしたら、当然、徒歩鵜だったろう」

「外嶋さんの言葉ではないですけど」奈々は素直に認める。「本当に、日本人と鵜や鵜飼との歴史は深かったんですね」

「石和では、鵜飼の様子が描かれた九世紀頃の土器も出土しているという」

「九世紀の土器にも！」

やはり、間違いなく凄い歴史だ。

呆然とする奈々の隣で、しかし崇は、

「だが」と言って眉根を寄せた。「ここで一つ、大きな疑問があってね」

「それは？」

「『古事記』の記述などを始めとして見られる『鵜』という文字は、中国ではペリカンを表しているんだ。いわゆる鵜を表す文字は『鸕《ろ》』なんだよ。あるいは『鸕鷀《ろじ》』と書いて『う』と読ませている。ちなみに『鸕』も『鷀』も『黒』を表している」

「黒……ですか」

「『後漢書』によれば」

崇は、持参した電子辞書を開いて奈々に見せる。

「この『鸕鷀』は『能《よ》く深水に没し、魚を取りて之を食らふ』とあるから、そのまま鵜のことだ。また『字統《じとう》』には『鵜はペリカンで、鵜飼いに用いるものは鸕鷀というのが本名である』から『鵜飼いの鵜にこの字を用いる』のは『誤用』であるとはっきり書かれている。『万葉集』にも『鸕養《うかい》』と記されているしね。また、今の鵜葺草葺不合命も『日本書紀』では『鸕《う》鷀草葺不合《がやふきあえず》尊』と表記されている。その『鸕鷀』がいつの間にか『鵜』という名称になってしまった」

「まさか『鸕鷀』という文字が余りにも難しいから

……って、そんな単純な理由だったわけもないですよね」

「俺も、もっと何か深い理由が隠されているんじゃないかと思う」

「それは？」

「まだ分からない。何かヒントになりそうな物を見つけられれば良いんだが……」

崇は腕を組むと口を閉ざしてしまった。

実を言えば奈々も美緒と同じように、鵜飼見物がメインとなると、かなり地味な旅行だと（心の奥で密かに）思っていた。ところが「鵜」一つ取っても、想像していた以上に奥が深い。また、その鵜を使って日本と中国だけで行われていたという「鵜飼」。そして今や、長良川の鵜飼は宮内庁の管轄だという。

これはきっと、どこかに大きな謎が隠されている。崇もおそらく、そう感じて今回足を運んだに違いない。


目を閉じている崇の隣で、奈々は一心に資料を読んだ。


石和温泉に到着して、駅近くの旅館にチェックインを済ませると、荷物を預けてそのまま移動した。鵜飼の会場近くにある「遠妙寺《おんみょうじ》」という寺に向かうのだという。「おんみょうじ」という名前も凄いが、山号もそのまま「鵜飼山」というらしい。

もうすぐ夕方とはいえ、まだまだ暑い。奈々は汗を拭いながら歩き、

「この寺はね」やはり隣で、首すじに流れる汗を拭きながら崇が説明する。「能『鵜飼』伝説発祥の地といわれているんだ」

「さっきの、世阿弥のですか」

そうだ、と崇は頷いて手にしたパンフレットを広げた。

「今の石和鵜飼伝説に関して、もう少し詳しく説明すると――」

と言って、手元に視線を落としながら続けた。

「文永《ぶんえい》十一年（一二七四）というから、鎌倉時代、北条時宗《ほうじょうときむね》の頃だな。佐渡配流を赦免になった日蓮《にちれん》は、弟子たちと共に全国行脚を始め、その際に石和の地にもやって来た。但しこれも『鵜飼』では日蓮とは特定されていない。しかし『安房《あわ》の清澄《きよすみ》』で生まれた僧とあるし、山梨県には日蓮宗総本山の久遠《くおん》寺《じ》があるから、日蓮をモデルにしているのは明らかだ。だからここでも、日蓮としておこう。さて、日が暮れて日蓮たちが川辺に建てられたお堂で宿っていると、鵜舟がゆっくり近づいてきて、そこには一人の老鵜匠の姿があった。実はこの老人は、簀巻きにされて水底に沈められた『鵜飼勘作《かんさく》』——平時忠の亡霊で、自分の罪を懺悔し、供養して欲しいと頼む。その姿を目にした日蓮は哀れに思い、弟子たちに河原の石をたくさん集めさせると、自ら墨を磨り筆を取って、その石一つに一文字ずつ『法華経《ほけきょう》』一部八巻六万九千三百八十余文字を書きつけて、鵜飼川——笛吹川に沈めて施餓鬼《せがき》の法要を修した。それによって勘作が成仏したのを確信すると、川のほとりに塚を拵えて日蓮たちは去って行った。後世、その塚近くに鵜飼堂が建立され、それがこの、鵜山遠妙寺になったのだという。ちなみにこの場面は『日蓮上人石和河にて鵜飼の迷魂を済度《さいど》したまふ図』として、月岡芳年《つきおかよしとし》の浮世絵にもなっている。さあ、到着した」

崇の言葉と同時に、奈々の目の前には「鵜飼山」と右から大書された額の掛かった、古めかしい山門があった。それをくぐって行くとその先には、やはり右から「遠妙寺」と書かれた額の掛かった二階建ての立派な楼門——仁王門が建っていた。

奈々は見上げるようにしてくぐると境内へ進み、由緒書きを読む。そこには、

「当山は、往昔文永十一年夏の頃高祖日蓮大上人御弟子、日朗日向両上人と共に東国御巡化の砌《みぎ》り鵜飼

漁翁（平大納言時忠卿）の亡霊に面接し、之を済度し――」

云々――と、日蓮と明記してあり、

「謡曲『鵜飼』はこの縁起によって作られたものであります。

鵜飼山遠妙寺」

と結んでいた。また「謡曲史跡保存会」が制作した「謡曲『鵜飼』と鵜飼勘作」という説明板も立てられて、やはり祟が説明してくれたようなことが書かれている。この「鵜飼」と日蓮の供養に関して、この地元ではかなり有名な伝説らしかった。

古めかしく立派な本堂脇には、日蓮の像、少し離れた場所には勘作を祀っていると思われる「漁翁堂」と「一字一石供養塔」「鵜供養塔」そして「開運大黒天像」も建てられていた。

ちなみに、ここからもう少し南西に川を下ると、日蓮が用いたという「お硯井戸」も現存しているという。

奈々たちは本堂に参拝後、寺のすぐ隣に鎮座している、武田《たけだ》家鎮守という「普賢願生《ふげんがんしょう》稲荷堂」にも参拝し、文字通り鵜飼一色の場所を後にした。

その後は、実際に鵜を飼育している温泉旅館の「うかい屋」を見学させてもらった。そこには、鵜の飼育スペースや練習用のプールまで用意されている本格的な施設が併設されていた。残っていた鵜も何羽かいて、たまに「コウコウ」と鳴いていた。鵜の鳴き声を聞くのはもちろん初めてだったが、鳥の鳴き声を半オクターブほど低くして、くぐもらせたような鳴き声だった。

奈々たちは一旦旅館に戻って、温泉でサッと汗を流してから夕食を摂る。初めて食べる鮎の刺身から、鮎の塩焼き、鮎の甘露煮、鮎寿司などなど、鮎づくしの会席だった。

そしてもちろん忘れてはならないのが地酒。

山梨県といえば甲州ブドウのワインを連想するが、実は日本酒も美味しい。富士山麓の澄んだ水のおかげなのだろう。「七賢《しちけん》」や、与謝野晶子《よさのあきこ》ゆかりの「春鶯囀《しゅんのうてん》」などが有名だが、何となく目出度そうな名前の「太冠《たいかん》」を注文する。

早速二人で乾杯すると、やはり南アルプス山系の仕込み水を使っているというだけあって、とてもスッキリとして飲みやすい。気をつけないと危ない、と心の中で思って奈々はセーブする。

次々に運ばれてくる鮎料理に舌鼓を打ちながら地酒を飲み、一段落するといよいよ出発。奈々たちは浴衣のまま下駄をつっかけ、ほろ酔い気分で旅館を出た。

鵜飼の会場は先ほどの「うかい屋」のすぐ近くだから、旅館から歩いて数分。夜風に当たってちょうど良い酔い覚ましと思ったけれど、すっかり陽が落ちて辺りは真っ暗だというのに、まだ昼間の熱気が充分に残っていた。戻ったら、もう一度温泉に入り直さなくてはならないかもと思いながら歩き、やがて会場に到着した。

鵜飼は既に始まっていた。

漁服に身を包んだ数人の鵜匠たちが篝火を片手に、それぞれ一、二羽の鵜を操り、笛吹川に腰まで浸かって歩いている。土手から川へと下りる広い護岸階段が、鵜飼の見物席となっていて、大勢の人々が並んで腰を下ろしていた。夏休みということで子供連れの家族が多く、何人かの子供たちは土手の上をはしゃぎながら走り回っている。また驚いたことに、少し離れた場所にはバーベキューができるスペースも用意され、楽しそうに飲んで食べている若者のグループまでもがいた。

「暑いな」

崇は言って、一体いつ目をつけたのか、生ビールを売っている屋台に近づくと、

「奈々くんは？」

と尋ねる。断る理由もない奈々も、つき合うことにした。

生ビールのカップを手に二人で土手を下り、川面近くへと進む。暗い星空の下、これも暗い川面に篝火が揺れる。鵜匠たちの操る鵜が見事に鮎を捕ると、見物客たちから大きな拍手が湧いた。

そんな優雅でのどかな夏の夜……なのだが、やはりさっき崇が口にした、時忠や能『鵜飼』の話が引っかかる。知らなければきっと奈々も、あの子供たちや若者たちのように、素直に鵜飼を楽しめたに違いない。しかし、知ってしまった以上、複雑な気分になってしまう。それはそれ、これはこれと割り切って考えられれば何も問題はないのに。伝説は遠い昔の話なのに。

いつも、こういった些末な事柄に引っかかってしまう。

でも時代が違っても、同じ国の同じ場所で起こった出来事だ。同じ「場」で展開された「歴史」なのだ。そう思うと、何となく胸が騒いで落ち着かなくなる。これがきっと、自分の短所。つまらぬ変な所にこだわりすぎてしまうのだ……。


やがて鵜飼も滞りなく終了して、たくさんの鮎を竹籠に捕獲した鵜匠たちが意気揚々と、あるいはホッと一安心したような表情で引き揚げていくと、花火大会になった。すると今度は、先ほどのバーベキューの若者たちから大歓声が上がる。彼らのメインは、最初からこっちだったのだろう。微笑ましくなって、奈々はクスッと笑った。

彼らとは反対に、花火などには興味がなさそうな崇に視線を移すと、珍しいことに土手の上にじっと立ったまま花火を見つめていた。そこで奈々も崇の隣で、夜空に咲いては儚く散ってゆく色取り取りの花々を見上げた。

花火は十五分ほどで終了し、奈々たちも旅館への

道をカラコロと下駄の音を立てながら戻る。暗い夜道を並んで歩きながら、

「徒歩鵜の鵜飼はもちろん、花火も素敵でしたね」奈々は笑いながら言った。「でも私、タタルさんは花火なんかに興味はないと思ってました。あんな真剣に眺めるなんて」

するとと崇は、チラリと奈々を見て答えた。

「花火は鎮魂だからね」

「えっ」

「亡くなった人への供養だ。だから参加した」

そういうことか。

奈々は微笑みながら手を伸ばすと、そっと崇の左手を握った。


旅館に戻ると、予定通りもう一度温泉に浸かって汗を流し、これも予定通り飲み直す。旅館内の和風バーのカウンターに並んで腰を下ろすと「七賢」を冷やで二合注文した。今日、三回目の乾杯が終わると、奈々は早速尋ねる。

「鵜飼はいかがでした？　疑問は解けましたか」

いや、と崇は小振りのグラスを傾けながら顔をしかめた。

「全く進展しなかった」

「そうですか……」

残念そうに頷く奈々を見て「だが」と崇は言う。

「俺は多分、答えを知っている」

「えっ」

「どうして鵜飼が日本各地で行われていたのか。また何故『鸕鷀』ではなく『鵜』という文字が使われるようになったのかも」

「じゃあ、それは？」

身を乗り出した奈々に向かって、

「分からない」崇は苦笑した。「まだ何も」

「だって、知っているって――」

「知っている、いや当然知っていて良いはずだと、そんな声が聞こえてる。でも……表に出て来ない」

「そういうことなんですね」

俯く奈々を見ながら崇はグラスを空けると、手酌で注ぎ足しながら、気持ちを切り替えるように口を開いた。

「明日は、諏訪を回ってから帰ろう。ちょっと行ってみたい神社が、いくつかある」

「以前にも行った、諏訪大社ではなくてですか？」

三年前。御柱祭《おんばしらまつり》を見るために、崇と一緒に諏訪大社に行った。祭りは実に壮大で勇壮で感動したし、その際に諏訪大社にまつわる数々の謎の答えも、崇が解明してくれた。

但しそこでも、例によって殺人事件に巻き込まれてしまったけれど……。

そうだな、と崇はグラスに口をつける。

「先宮《さきのみや》神社、手長《てなが》神社、足長《あしなが》神社だ」

「は？」

どれも初めて聞く名前だった奈々は、どういう神社なのか尋ねると、崇は説明する。

「先宮神社は、諏訪湖畔近くにある古社で、祭神は高光姫命《たかてるひめ》。別名を稲背脛命《いなせはぎ》とも呼ばれている神だ。高光姫は、大国主命の息子神で、国譲りの際に建《たけ》御雷神《みかずち》との戦いに敗れ、諏訪まで逃げて来た建御名《たけみな》方《かた》神の姉神ともいわれる、さまざまな説話を持つ謎の神だ」

建御名方神は、もちろん諏訪大社の主祭神の一柱。もう一柱は、建御名方神の妃神である、八坂刀《やさかと》売《め》神。

「一方の稲背脛命は」崇は続けた。「国譲りの際に、建御名方神の兄神の事代主《ことしろぬし》神への使者になったとされている神だ」

「『別名』といっても……微妙に違いますね」

「この辺りも謎だね。そして先宮神社は『堀に橋を渡さず』といわれて、参道前に流れている川には橋が架かっていない」

「橋がないって、どうやって参拝するんですか？」

「川と言っても、細い溝のような川だから、ふつうに跨げるらしい。しかし、いくら細いとはいえ『橋のない川』が流れていることに違いはない」

「ああ……」

　これは「怨霊を祀る神社」の特徴の一つだ。

　最近は奈々にとって、すっかり常識となっているが、怨霊を祀っている神社には数々の特徴がある。最も代表的なのは「参道が折れ曲がっている」こと。福岡県・太宰府《だざいふ》天満宮。奈良県・大神《おおみわ》神社（旧参道）。三重県・伊勢神宮。東京・明治神宮。寺院では、吉野の金峯山《きんぷせん》寺。神奈川の総持《そうじ》寺などなど、挙げてゆけば切りがない。

　その次の特徴が「川を渡る」。これは、あの世（彼岸）とこの世（此岸）を峻別しているためらしい。しかし、今回のような「橋がない」という神社は、初めてだった。かなりの念の入れようというわけか――。

　奈々が驚いていると、崇は続けた。

「やはり諏訪にある、手長神社と足長神社も変わっていてね。祭神が、手摩乳命《てなずち》と、脚摩乳命《あしなずち》なんだ」

「その神って――」

「そうだよ」崇は首肯した。「素戔嗚尊《すさのおのみこと》の妃神・櫛《くし》名田比売《なだひめ》の両親だ。娘が八岐大蛇《やまたのおろち》の生け贄になってしまうと言って嘆き、その姿を見た素戔嗚尊が大蛇退治を決心した」

　そして見事に仕遂げて、素戔嗚尊と櫛名田比売は結婚した……というのが神話のストーリーだ。

　でも。

「その二人を祀る神社って、珍しくないですか」

　珍しいね、と崇は言う。

「出雲の須佐《すさ》神社では、素戔嗚尊や櫛名田比売と一緒に祀られているが、一人一人単独で祀るというのは殆ど聞いたことがない」

「それじゃ、明日も楽しみです」

　奈々が微笑んだ時、携帯に着信があった。それを何気なく覗き込んで「えっ」と驚く。

　小松崎良平《こまつざきりょうへい》からだった。

小松崎も奈々の母校の先輩で、崇と同学年。但し、奈々たちと同じ薬学部ではなく、文学部社会学科卒。

奈々がディスプレイを見せながら小声で、

「小松崎さんからです」

と告げると、崇はわざと無視するようにグラスを空け、手酌で注ぎ足した。

幸いカウンターには他の客がいなかったので、バーテンダーに一言断りを入れてから奈々は応答する。

「もしもし……」

「おお」と相変わらず元気の良い声が耳に飛び込んできた。「先日はどうもな。それで、また今日も急用なんだ」

「いえ、こちらこそ。どうされたんですか」

「何か嫌な臭いのする事件が起こってな」

現在、小松崎はフリーのジャーナリストとして、色々な事件を追っている。そのため、大抵は仲良く三人で巻き込まれる……。

「できれば、タタルの智恵を借りてえんだ」

これもまたいつも通りの、べらんめえ調で言う。小松崎は生まれも育ちも東日本橋。三代以上続く江戸っ子だった。

「タタルは携帯を持ってないだろう。それに、部屋に電話しても、なかなか出ないしな。何とか、奴と連絡が取れないかな」

「え……」

「どうした？」

「い、今、タタルさんと一緒にいるんです……」

横目でチラチラと崇を見ながら答える奈々に、

「何だって」小松崎は電話の向こう側で声を上げた。「そりゃあ絶好のタイミングだった。悪いが、ちょっくら代わってもらえないか」

「は、はい……」

おそらく漏れ聞こえていただろうと思い、奈々はそのまま崇に携帯を差し出した。崇は苦い顔でそれを受け取ると「もしもし」と気のない声で応えた。

「おう！」小松崎は大声で言う。「タタルとは、去年の京都以来だから一年ぶりだな。元気でやっていたか」

「まあな」

「また奈々ちゃんに迷惑かけてるんじゃねえのか」

「大きなお世話だ」

それでな、と小松崎は真剣な声に戻る。

「こっちは、また怪しげな事件が起こってな。知り合いの刑事さんが担当ってことで、取材に行くつもりなんだ」

「頑張ってくれ」

「もちろん、タタルと一緒だ」

「俺は忙しい。お断りだ」

「忙しいって、今どこにいるんだ？」

「どこでも良い」

「いや、二人の時間に割り込んじまって、悪いと思ってるんだが、ちょっと手を貸してくれねえかな。都内にいるのか？」

「いいや。残念ながら」

「じゃあ、どこだ」

「山梨県の石和だ」

何だって！　と小松崎は叫んだ。

「あのな。よく聞いてくれ。現場は安曇野、穂高なんだよ。だから、どうにかしてタタルをつかまえて長野県まで引っぱって行こうと思ってたんだが、手間が省けた。天の配剤だな」

「語法が不適切だ」

いや、と小松崎は言う。

「俺も明日一番でこっちを発《た》つつもりなんだが、何てこった。タタルの方が近いじゃねえか」

「そうかな」

「そうかなも何も明々白々、地図を広げるまでもなく一目瞭然だぞ」

「そうかも知れないが、そういう問題でもない」

「明日の予定は？」

「神社巡りが目白押しだ」

「じゃあ悪いが、そいつはまた日を改めてもらって、合流しよう。こいつは話が早い。ええと——」

電話の向こうで、時刻表をめくっているらしき音が聞こえ、苦虫を噛みつぶしたような顔でそれを聞いている崇の横で、ハラハラしながら奈々は見守る。すると、

「おう、これだ。決まった」小松崎は言う。「俺は、早朝の特急『あずさ』で新宿を発つ。甲府には九時七分に到着するから、そこから乗り込んでくれ。自由席で穂高まで一緒に行こう。甲府から穂高までは、二時間ほどだから、その間で事件の概要を伝える」

「勝手なことを。俺たちは明日も忙しい——」

「ってことは」小松崎は崇の言葉を完全に無視して続けた。「タタルたちは、石和温泉駅八時半発の中央本線に乗って甲府まで出てくれ。もう一本後だと、俺の乗ってる『あずさ』に間に合わない。朝早くて悪いがな」

「どちらにしても、明日はその頃に出発しようと思ってる。何しろ諏訪に——」

「じゃあ、ちょうど良かったな」

「決して、ちょうど良くはない」

「まあ、そう言うな。奈々ちゃんには申し訳ないが、事件が片づいたら埋め合わせをさせてもらうよ。明日は、穂高を見物していてもらいたいと伝えてくれ」

「穂高か……」

「穂高が、どうした?」

いや、と崇は真顔で答えた。

「俺も穂高には興味がある」

えっ、と驚く奈々の横で、崇は続ける。

「あの地の中心ともいえる穂高神社には『御船《おふね》祭《まつり》』という、とても有名な神事がある。毎年九月二十六日・二十七日に催されるんだが、船形の山車《だし》に勇壮で豪華な穂高人形を飾った大小五艘の船が、笛

や太鼓のお囃子と共に神社へ曳き入れられて、境内を練り歩いた後、そのうちの大きな二艘の船がお互いに激しくぶつかり合う。しかし、穂高は山の中の土地だ。では、どうしてそんな場所で、船を中心に据えた祭りが執り行われるのかといえば――」

「そいつは確かに興味深い話だ」小松崎は崇の言葉を遮る。「事件の目処がついたら、ゆっくりと穂高神社を参拝してくれ」

「その他にも、住吉《すみよし》神社に、川会《かわあいの》神社に、有明山神社――」

「いやあ、充実してるな。それじゃ明日、よろしく頼むぞ。今夜は余り飲み過ぎるんじゃねえぞ。奈々ちゃんにも、よろしく」

小松崎が一方的に電話を切ると崇は、奈々に携帯を返す。そして、今の話を改めて伝えた。

「相変わらず」崇は眉根を寄せながら、地酒に口をつけた。「人の迷惑を微塵《みじん》も考えない男だ。とても三十半ばの社会人とは思えない」

「それもこれも、誰よりもおつき合いが長いからですよ」奈々は、微苦笑する。「それだけ信頼されているんだから、仕方ないですね」

「俺はともかく、奈々くんには申し訳ないことになった」

いいえ、と奈々は真顔で首を横に振る。

「小松崎さんにお目にかかるのも楽しみですし、私、その穂高神社にも興味が湧きました。ぜひ行ってみたいです」

「それならば良かった。小松崎を放っても、穂高神社に行こう」

「さすがにそういうわけには――」

苦笑いする奈々を見て、

「しかし」と崇は言った。「奈々くんは、相変わらずだな」

「何がですか？」

「嵐を呼ぶ海燕のように、事件を呼び込む。いや、これは決してきみのせいではない。生まれつきなのだろうから、仕方ない体質だな」

そんなっ。

奈々は驚いて、グラスを取り落としそうになる。

違う！

それは決して自分ではなく、タタルさんで……と言いかけたが。

まあ、いいか。

奈々は唇を尖らせながら思い直した。

何とも言えない微妙なところだから。

でも。

どちらにしても今回は、美緒たちと「賭け」をしなくて正解だった。それだけは、正しい選択。奈々はグラスに口をつけながら、そっと肩を竦めた。

《曇天《どんてん》の川波《かわなみ》》

お盆明けの曇り空の下、仲代源太《なかだいげんた》は土手沿いのバス停に向かって歩いていた。

標高五百メートルを超える安曇野も、さすがにこの時期は暑い。夜になれば、北アルプスからの涼風が吹き下りてくるというものの、晴天の昼間には三十度を超える日も多くある。今日はまだ雲が出ているが、おそらく暑くなるだろう。

そんな予感がする早朝、源太はいつものようにバス停へと向かう。

定年後、知り合いの伝手でキャンプ場の清掃のアルバイトをしている。一日中家にいるのも精神衛生上良くないし、それならば若い頃に散々遊んだキャンプ場に恩返しするべきだと思って、勤めることにした。しかしその結果、運動不足の解消になるという、一石二鳥のアルバイトになった。だから余程の天候不良でもない限り、できるだけ車を使わずに徒歩とバスで通っている。

土手の遥か向こうでは、今日も信濃富士——有明山が、形の良い青いお椀を伏せたようにそびえ立っていた。季節ごとに違う顔を見せる、早朝の有明山を眺めながらの出勤も楽しい。

有明山神社を麓に持つこの山は、魏石鬼窟《ぎしきのいわや》の話が有名だ。

昔——。

この辺りの土地に魏石鬼八面大王《ぎしきはちめんだいおう》と呼ばれる悪鬼が棲みつき、大勢の手下を使って、村の家々を壊しては、財宝を強奪していた。その出来事に心を痛めた地元の仁科和泉守《にしないずみのかみ》は、朝廷に訴え出る。その命《めい》を受けた坂上田村麻呂《さかのうえのたむらまろ》は、魏石鬼たちの隠れ家の「鼠穴《ねずみあな》」を突き止めると、一斉に襲いかかって見事に彼らを退治した。

但し、魏石鬼はそれほどの悪鬼ではなかったという説もある。ただ単に仁科氏の勘違いだったのではないかとも……。

その辺りの詳しい話は源太には分からないが、とにかく昔は、そんな鬼たちが棲みついていた。

また「おとぎ話」として有名なのは、この魏石鬼八面大王と、長野県の鬼女「紅葉《もみじ》」との間に生まれた男子こそ、あの坂田金時《さかたのきんとき》——金太郎だったというものだ。これはあくまでも「おとぎ話」だから真偽のほどはともかくとして、それほどまでに魏石鬼は地元、安曇の人間にとって身近な存在なのだ。

そんなさまざまな歴史を抱いている有明山を遠く眺めながら土手を歩く源太の目の隅に、チラリと白い物が映った。視線を落とせば、草むらの中から少しはみ出すように転がっている。

誰かが捨てて行ったゴミならば仕方ない、自分が拾って行こうと思いつつ近寄ってみると、

「うえっ」

声を上げてしまった。

人の手じゃないか。

思わず二度見する。

本物の？

分からないが、本物だったら大変だ。

源太はあわてて走り寄ると、ガサガサと草むらを掻き分けた。

〝何てこった！〟

誰かが草むらの中に倒れて、片手を突き出していたのだ。

「……どうしたんだ」

恐る恐る覗き込んだ源太は思わず「うっ」と顔をしかめた。

倒れている女性の背中が真っ赤だったのだ。

最初はそういう模様かと思ったが違った。むせ返るような臭いと共に、大量の血が白いシャツを染めている。

「だっ、大丈夫かいっ」

源太が声をかけると、まだ何とか息があったようで女性はそれに応えて、泥にまみれた顔を弱々しく上げた。

だが、その顔を見た源太は、

「明美ちゃんじゃないか！」

大声を上げた。

間違いない。五丁目の蜂谷明美だ。

しかし、

「どうしちゃったんだよ！」

と呼びかける源太の声に、明美は力尽きたように草むらに顔を突っ伏した。

源太はその側にしゃがむと、大声で呼びかける。

「今すぐ、救急車を呼んでやるからな。しっかりしろよ！」

その言葉に、明美の真っ白な唇が微かに動いた。

源太は急いで耳を近づける。

「どうした？　何か言いたいんか」

すると明美は、消え入りそうな声で一言呟き、そのまま動かなくなってしまった。

源太は、ブルブル震える手で携帯を取り出すと、取り落としそうになるのを一所懸命にこらえて開き、一一九番通報する。

この状況を、どうにかこうにか伝え終わって土手を見れば、砂ぼこりを上げてバスも走って来た。おそらくいつもの運転手だから、手を貸してもらおう。そうだ。警察にも連絡しなくてはならない。

源太は両手を大きく挙げてバスに合図を送った。

しかし――。

さっきの言葉は、一体どういう意味だったんだろう。源太は首を捻る。

間違いなく明美は、こう言った。

「……黒鬼《くろおに》……」と。

＊

黒岩と吉田は、朝の爽やかな風が吹き渡る鵜ノ木《うき》川の土手沿いの道を現場へと急行していた。

昔は、この辺りに無数の鵜が生息していたため「鵜ノ木」という名前になったという。その当時は実際に、たくさんの鵜が木に止まって休んでいたのだろうか。それは知らなかったが、現在ではもう一羽も見かけない。土手の陸側は一面の田畑と、民家が何軒か固まって建っているだけの、のどかな風景が広がっている。

そんな場所で殺人とは。

しかも、公民館の事件の捜査も殆ど進展していないというのに、また同じ地区だ。

「この鵜ノ木は、一体どうなってるんだ？」

吐き出すように言う黒岩を横目で見て、吉田は苦笑いした。

「完全に、祭りどころじゃなくなりましたね」

「そうだな……」

夏祭りは、一旦延期となっている。事件が見事に解決して少し落ち着き、周りの状況が許すならば、改めて秋にでも執り行いたいという声が上がっていたが、これで開催の見送りは決定に違いない。

「それで今回は？」

窓の外を眺めながら尋ねる黒岩に向かって、ハンドルを握ったまま「はい」と吉田が報告する。

「被害者は、先日の事件でも名前が出ました、蜂谷明美・二十八歳です。殺害方法は、公民館の事件と同様に、鋭い刃物で背後から一突き。但し今回は、耳を削ぎ落とされていません」

「毎回そんなことをされちゃあ、こっちもおかしくなる。凶器は、同じ物か？」

「まだ何ともいえないようです。もしも同一犯による犯行だとすれば、その可能性は高いでしょうが、未だに凶器が発見されていませんので」

「ふん」

黒岩は鼻を鳴らした。公民館の事件は、凶器どころか手掛かりすらない。

ただ捜査を続けている中で、先の事件の被害者・北川洋一郎と、既に鬼籍に入っている鈴木姉妹の両親に関して新しい情報を得ることができた。

四年前のその日。

姉妹の父親・勉《つとむ》と、母親の京子《きょうこ》は、勉の運転する車で有明山に出かけた。ところが帰り道で、狭く曲がりくねった山道を反対方向から突っ込んできた対向車と接触し、そのまま谷底へ転落して即死してしまったのだが、その対向車を運転していた男性こそ、前回刺殺された北川洋一郎だったのである。

一方の洋一郎の車は、山側の雑木林に突っ込んだおかげで何とか助かった。驚いた洋一郎は、あわてて警察に連絡を入れ、その場で逮捕されて事情聴取を受けた。調書によれば、洋一郎は目の前にいきなり飛び出してきた鹿を避けようとしてハンドル操作を誤ったとあった。その後の調べでも、洋一郎は酒に酔っていたわけでも、居眠りをしていたわけでもなく、ブレーキ痕もしっかり確認できたため、不可抗力の事故だったという結論に達している。

洋一郎は事故後、自らすぐに警察に連絡を入れているので、悪意があったわけでも、もちろん故意でもないということで、早い段階で釈放された。その後、洋一郎はすぐさま鈴木家を訪れて丁寧に謝罪したという。長女の順子を始めとする姉妹たちも、不運な事故だったと泣く泣く納得したらしい。

〝それでどことなく、よそよそしかったんだな〟

たった四年前の出来事だ。彼女たちにしてみれば、頭では理解できているものの、心の中ではまだ現実を認めきれていないのだろう。あるいは、洋一郎を見ると、悲しい思い出がフラッシュバックしてしまうのか。

公民館事件の当日、同じ町内の数少ない若者同士なのに、殆ど交流がないと言っていた鈴木三姉妹の言葉が、これで得心できる。

だが。

この話を最初に聞いていれば——彼女たちにあんな残酷極まりない行為が可能だったかどうかは別として——洋一郎の残した「S」は、素直に「鈴本」の「S」だと考えたかも知れない。何しろ、彼女たちのアリバイは肉親同士のものなので、正確に言えば成り立たない。といっても、あの時、黙っておこうと思えば、そうできたにもかかわらず、麻里が五分ほど遅れてやって来たことを正直に口に出している。となれば、やはり正直に回答しているのか。

麻里が遅れてやって来たその理由も、判明している。当日、待ち合わせのギリギリの時間まで、デートをしていたのだという。相手は、こちらも先日名前の出た渡部勇人。但し、デートといっても、天祖神社の境内のベンチに並んで腰を下ろし、学校の話や家族の話、今回は特に祭りの話などを夢中で喋っていたらしい。

勇人にも直接に話を聞いたが、かなり酷いショックを受けている様子だった。但し、麻里に関しては、間違いなく午後七時寸前まで二人で天祖神社にいたと緊張して震えながら証言した。

その様子を見て黒岩は、まだ高校生の勇人にとって、今回の事件が何かのトラウマにならなければ良いなと思った——。

鵜ノ木川の現場に到着すると、黒岩たちは車から降りる。川面には、相変わらず涼やかな風が渡っている。その香りを胸に吸い込んで、血腥い現場へと歩いた。

草むらには、蜂谷明美の遺体が横たえられている。肩までの黒髪が大きく乱れていて、白いシャツの背中、ちょうど肝臓の辺りに大きな亀裂が入り、赤黒い染みが広がっている。足元には、襲われた場所から必死に這って来たと思われる跡が、草の上に残されていた。

しゃがみ込んで確認している黒岩たちのところに、先日の鑑識がやって来た。

「また、やられましたな」鑑識は嘆息する。「殺害方法は先日の事件と同じで、背後から一突きです。被害者の死亡時刻は一時間ほど前ですが、襲われた時刻はまだ判明していません。ただこの状態から見るに、本日未明と思われます」

「公民館の事件と同一犯だと思うかね」

「何ともいえませんが、残された傷跡が似ていますから、可能性は高いと思います」

「今回は、耳を削がれなかったんだな」

「ええ。削ごうとした痕跡もありません」

「被害者の耳に手をかけたが、何らかの理由によって中止したということも？」

「はい」鑑識は首肯した。「襲ってから、すぐに逃亡したようですね」

「どの方向に？」

「おそらく、鵜ノ木川へ」

えっ、と吉田が驚く。

「川に入ったんですか？」

「この辺りは浅いですからね。痕跡をなくすために、川の中を歩こうと思えば決して不可能じゃありません。もしくは、ボートのような物を用意していたか」

「なるほど」黒岩は頷いて、側に立っている警官に尋ねた。「それで、第一発見者は？」

「はいっ」警官は答える。「あちらに」

指差す方を見れば、六十代半ばほどの健康的に日焼けした男性が、身振り手振りを交えて一緒に立っている中年の男性と話をしていた。その相手の制服から、県営バスの運転手だと分かった。

黒岩たちは、鑑識と警官に後を託して、その男性たちへと歩いて行った——。

一通りの事情聴取を終えた黒岩は、県警に戻ると乱暴に汗を拭って冷たい麦茶を一杯飲み干した。今日も暑くなりそうな予感の中、吉田と二人で今朝の事件を振り返る。

鵜ノ木の住人、蜂谷明美・二十八歳が、鋭い刃物による背後からの襲撃によって失血死。襲撃時刻は鑑識の言っていた通りでほぼ間違いなく、本日未明。その口実は不明だが、犯人に呼び出されて刺殺されるという、数日前の公民館の事件と同じパターンだった。但し、前回と大きく違っているのは、被害者が耳を削ぎ落とされていない点。

もちろん前回、洋一郎が両耳を削ぎ落とされた理由も不明。これはおそらく、犯人を検挙しないことには判明しないだろうと思われる。

第一発見者は、仲代源太・六十二歳。いつも通りキャンプ場の仕事に出かけるため、鵜ノ木川土手のバス停に向かって歩いていたところ、草むらに白い物が見えた。それが、背中を刺されて倒れ伏していた被害者の手だった。源太は被害者と顔見知りだったので、大急ぎで一一九番通報した。

「そりゃあもう、心臓が止まるかと思いましたよ」

源太は黒岩たちに向かって言った。

「なもんで、あわてて救急車を。そこにバスもやって来たんで、斎藤《さいとう》さんにも協力してもらって、警察にも通報したんですわ」

斎藤さん、というのは県営バスの運転手のようで、源太の隣でやはり青い顔で頷いていた。

「被害者と顔見知りということ」黒岩は訊く。「この町内で、親しくされていた？」

ええ、と源太は上目遣いで答えた。

「蜂谷さんのじいさんたちと私らは、もう古くからのつき合いで」

「もちろん、明美さんとも？」

はあ、と源太は大きく首肯した。

「特に明美ちゃんは、誠一くんと近々結婚するって聞いていたんで、この間も、良かったねおめでとう、なんて挨拶したばかりで」

「誠一くん……」聞いた名前だと感じて、黒岩は尋ねる。「そのお相手は町内の方ですか？」

「はい。畔倉誠一くん。真面目な良い青年です」

「なるほど」

吉田がきちんとメモを取ったのを横目で確認して、黒岩は続けて尋ねた。

「その他、何か気づいたことはありませんかね。怪しい人影とか、変なこととか」

「いや、それが……」源太は困ったような顔つきになって頭を掻いた。「変わったことというわけじゃないんですけれど……私が明美ちゃんに声をかけた時に、何か言ったんです」

「何と？」

「はっきりそう言ったのかどうか、ちょっと自信がないんですけど。私もすっかり動転してしまってたし、明美ちゃんもあんな状態だったんで」

「一応、念のために伺っておきましょう」

はあ、と源太は口籠もりながら言った。

「多分……『黒鬼』と」

「黒鬼？　それは一体どういう意味ですかね」

「私には、何とも……」

源太は顔をしかめて俯いてしまったので黒岩は、あといくつか細かい点を確認すると、源太の連絡先を聞いてその場を離れた。


〝「S」に続いて「黒鬼」かよ〟

黒岩は眉根を寄せる。もちろん全く関係ないのに、自分の苗字に関連するようなダイイング・メッセージは気分が悪いと思いながら、二人で調書を睨んでいると、吉田の携帯が鳴った。吉田は黒岩に断って、携帯を耳に当てる。

「何だって」吉田は叫んだ。「それで、話を聞いたのか？　うん、うん。はあ？　ちょっと待ってくれ、ここに警部補がおられるから」

と言って吉田は黒岩を見る。

「先ほどの現場の巡査からなんですが、新たな目撃者が見つかったそうです」

「そうか！」

目を輝かせる黒岩に、吉田は言う。

「今日未明、まさに事件発生の頃、鵜ノ木川の土手を車で走っていた男性から話を聞いたと。代わりますか？」

「頼む」

黒岩は携帯を受け取ると、すぐに確認する。巡査は緊張しながら話した。目撃者は、大久保《おおくぼ》諒《りょう》二十五歳。夜勤明けで、まだ暗いうちに土手を自宅まで車で戻る途中だったという。ちょうど現場に差しかかった頃、点灯していたライトの先に、何か変な物が見えたらしい。

「変な物？」

問いかける黒岩に、巡査は答えた。

「はいっ。人の顔のような物だったそうです」

「どんな顔だ」

「それが……」巡査は言い淀んだ。「真っ黒い顔だったと」

「黒人、ということか？」

いいえ、と巡査は答える。

「何となく、そうではないと感じたそうです。もちろん、それほどはっきりとは確認できなかったそうですが」

「じゃあ、何だ」

「むしろ、日本人のような顔で……」

「日本人？」

「しかし、真っ黒だったのでぞっとした。その時は、見間違いなのではないかと思ったけれど、その辺りで事件が起こっていたことを知り、念のため通報したということです」

〝どういうことだ？〟

黒岩は顔を歪めると、その目撃者に直接話を聞きたいので手配するように告げ、電話を切った。

＊

奈々たちが指定された時刻通りに甲府駅で「あずさ」を待っていると、到着と同時に列車から飛び降りて両手を挙げ、大声で二人を呼ぶ小松崎の姿が見えた。

ホームを歩く人たちの視線に晒《さら》されながら、奈々たちは小松崎のもとへ小走りに近寄り「あずさ」に飛び乗る。朝一番でやって来たビジネスマンたちが大勢降りたので、車両は空いた。小松崎が座席を回転させて四人掛けのボックスを作り、奈々は崇と並んで座り、崇の前には小松崎がどっかりと腰を下ろした。

改めての挨拶の代わりに、去年の京都・月読《つきよみ》神社の事件や、ついこの間の金沢の事件などについて言葉を交わすと、

「いや、それでこっちもな」小松崎は、早速本題に入る。「実に怪しい殺人事件が安曇野・穂高町の鵜ノ木で、立て続けに起こってるんだよ」

「鵜ノ木？」

思わず尋ねる奈々に、

「ああ、そうだが何か？」

「い、いえいえ」

下を向いて首を横に振る奈々をチラリと眺めながら、小松崎は続けた。数日前に東京でも話題になっていた、安曇野・穂高町の公民館での殺人事件の話だった。

「被害者の方が、耳を削がれて殺されたという！」

奈々も、ニュースで少しだけ知っていたので顔をしかめた。「恐ろしいです……」

「おそらく犯人は、被害者に対してよっぽど恨みが深かったんだろうな」小松崎は頷く。「しかも、それに続いて鵜ノ木川土手での殺人事件だ。こっちは耳を削がれていなかったが、しかし、同じように後ろから一突きだからな。ちなみに鵜ノ木川は、公民

館の近くも流れている」

「同一犯なんですか？」

「それは、まだ分からないらしいが、多分そうじゃねえかな。刑事さんも、そう言ってた」

「小松崎さんの、知り合いの刑事さんですね」

「吉田さんっていう巡査部長でね。随分前に、岩築《がんちく》の叔父貴が少し面倒を見たことがあるらしいんだ。そんなコネで今回、俺も取材に行くんだが」

岩築、というのは岩築竹松《たけまつ》。警視庁捜査一課警部だ。奈々も、崇と一緒に何度も会っている。

そんなわけで、と小松崎は奈々に向かって頭を下げた。

「奈々ちゃんを巻き込んじまって申し訳ないんだが、これもタタルにつき合った運命だと思って諦めてくれ」

「どうして俺が関係するんだ」

「両方の事件ともに被害者が、死ぬ前に変な物を残してるんだよ。ダイイング・メッセージをな」


「えっ」と驚く奈々に、小松崎は言った。

最初の公民館の事件で被害者の北川洋一郎は、館内にいた第一発見者の鈴本三姉妹たちに向けて、窓ガラスに「S」という血文字を残した。次の鵜ノ木川土手での被害者の蜂谷明美は、発見者の仲代源太に「黒鬼」と言い残した——。

「こいつはもう」小松崎は崇を見る。「完全にタタルの分野だ」

「理屈が通ってなさすぎて、頭が痛くなる」

「いいや。非常に理論的だ」

バカな、と崇は吐き捨てる。

「以前にも言ったように、俺はダイイング・メッセージなんてものを信用していない。というより、どうしてそれが犯人を指し示していると考えるのか、そっちの方が謎だ。たとえば俺が、誰かに殺害されたとする。その時、死ぬ寸前に犯人を指し示す手がかりを残すかな。ひょっとしたら『熊、後はよろしく』と書き残そうとするかも知れないじゃないか。

しかし、一文字書いたところで力尽きた。そうなったら、犯人はおまえだ」

この「熊」というのは、もちろん小松崎のことだ。その体格と、学生時代に体育会空手部の主将を務めていたことから、あだ名を「熊つ崎」と呼ばれていた。崇は最近、それを更に縮めて「熊」と呼んでいる。

「しかし」と小松崎は反論する。「長野県警も、ダイイング・メッセージとして考えているようだぞ」

「そんなことは自由だ」

「しかし被害者は、わざわざ二本の指で書き残したらしいぞ。べたりと手をついたわけじゃなくな」

「ふん」

吐き捨てるように言う崇を見て苦笑すると、

「それで、昨日は石和で何をしていたんだ?」小松崎は奈々に尋ねた。「寺社を巡って温泉と地酒か」

それもそうですけれど、と奈々は微笑む。

「メインの目的は、鵜飼を見に」

「鵜飼?」

奈々は「はい」と答えて、珍しい「徒歩鵜」の石和鵜飼について話した。また「鵜」そのものに関しても少し説明する。何故か太古から日本で重要視されていた鳥のようで『源氏物語』どころか『古事記』『日本書紀』にも登場する——。

「へえ」小松崎は驚いて、スポーツ刈りの頭をポリポリと搔いた。「そいつは知らなかった。しかし、穂高の事件も『鵜ノ木川』沿いで連続して起こってる。これは運命だな、タタル」

「全く関係ない」

「まあ、そういう素気ない顔をするな」小松崎は笑った。「これから残酷無比な耳削ぎ殺人事件を追おうってんだから」

しかし崇は、

「耳削ぎに関しては」真顔で答えた。「驚かない」

えっ、と耳を疑う奈々の斜め前で、

「どういうことだよ!」小松崎が声を上げた。「どうして驚かねえんだ」

「大昔にもあったからな」

「大昔だと？」

その昔、と崇は涼しい顔で答えた。

「穂高には、魏石鬼——あるいは、義死鬼——八面大王と呼ばれる有名な鬼が棲んでいた。その鬼を、一説では坂上田村麻呂が退治したともいわれている。殺された魏石鬼の体は、二度と復活しないように八つ裂きにされ、生き残った部下たちは、全員が両耳を削ぎ落とされた」

「何だとお」

「ちなみにその時、バラバラにされた魏石鬼の足を埋めた場所が、現在の有明の『立足』。耳を埋めた場所が、やはり有明の『耳塚』。首を埋めた場所は、松本市の『首塚』。そして胴を埋めた場所は、今や年間百二十万人もの観光客が訪れる観光名所となっている『大王わさび農場』内の『大王神社』といわれてる」

「詳しいな」

「大王神社は、行ってみようと思ってるから、昨夜確認しておいた。あと時間があれば、有明山神社から細い山道を少し登った場所にある、魏石鬼たちの本拠地『魏石鬼窟』も行ってみたい。ここは、特異な形状の『ドルメン式古墳』といわれていて、その昔は修験者たちの修行の場でもあったらしい。但し、その山道には『熊出没注意』の立て看板が設置されているらしいが」

「そっちの話はともかくとして」小松崎は身を乗り出す。「じゃあタタルは今回の事件に、そのギシキ大王の耳削ぎ事件が関係してると思ってるのか？」

「そんなことは、一言も口にしていない」

「だが、耳削ぎは驚かねえって——」

「穂高には、そういう酷い仕打ちを受けた大勢の鬼たち——人々がいたという話をしただけだ。もっと言えば、それ以外の鬼たちは地面に掘った穴に生きたまま投げ込まれ、上から土や石をかけて殺された。つまり、生き埋めにされたという」

「まさかこの事件が、その大昔の仕返しってこともねえだろうがな……」小松崎は太い腕を組んだ。

「参考までにそれは、いつ頃の話なんだ？」

さあ、と崇は首を傾げた。

「西暦五〇〇年頃か、七〇〇〇年頃か」

「とんでもなく昔の話じゃねえか」

「そうだな。坂上田村麻呂が征夷大将軍になったのは、桓武《かんむ》天皇の時代——八〇〇年頃だから、少し時代が合わないな」

「いや、そういう意味じゃねえよ」小松崎は頭を振った。「だが、そいつは有名な話なのか？」

「地元の人間ならば『耳削ぎ』と聞いて、すぐに魏石鬼八面大王を連想するだろう」

「そんな話は、吉田さんも言ってなかった。初めて聞いたぞ」

「その人はともかく、鵜ノ木の人々は知ってるはずだ。特に、町の古老ならな」

「なるほど……」

頷く小松崎を眺めながら、奈々はふと閃いた。

「もしかして」崇に尋ねる。「そういった事件が、山の中なのに盛大に執り行われるという穂高神社の『御船祭』と関係しているとか……？」

すると崇は奈々を、そして小松崎を見た。

「じゃあ少し、穂高の話をしておこうか。根本を知っていないと、折角足を運んでも、無駄になってしまうといけないから」

「お願いします」

という奈々の言葉に応えて崇は、

「まず、穂高のある安曇野という地名の由来から」

「おい！」小松崎が叫んだ。「そこからかよ」

「上高地《かみこうち》でも良いぞ。あの場所は『神合地』、あるいは『神降地』から転じた地名とされている」

「そうじゃねえよ——」

「安曇野は」小松崎の言葉を遮って、崇は言う。

「『安曇平』と『安曇野』という二つの呼称があった

んだが、臼井吉見の小説『安曇野』が有名になって一般的にもそう認識されるようになり、地元でもそう呼ぶようになったといわれている。というより、そもそもこの地は『阿曇野』という名前だった」

崇は手のひらに「阿」の文字を書いた。

「しかし、元明《げんめい》天皇の和銅六年（七一三）『好字制』が制定された。これによって『阿曇』は『安曇』へと変わったんだ」

郡や郷の名称に「二文字」の「好い字」を宛てるようにという天皇の命令で、呼び名は殆どそのままに、表記文字だけが変わったという話は何度か聞いた。今ではとても考えられないような、とんでもなく酷い表記だった地名がいくつも存在していたという話も。

「でも」奈々は尋ねる。「『阿』は普通に使われる文字じゃないですか。その頃としては、好い字ではなかったんですか？」

「確かに現代では悪字という認識はないが、当時はそう考えられていた。というのも『阿』は『神に向かって祝禱《しゅくとう》する』——つまり、祈るという意味を持っていたから」

「ますます、良い字じゃないですか」

「ところがね、『阿』の旁《つくり》の『可』には『呪詛する』という意味もあるんだ」

「呪詛！」

「しかも『阿』は『くま』とも読んで、山陵を表す『まがる』『ななめ』そこから『おもねる』『こびる』という、余り賞められない意味があった。後でまた説明するが、阿那《あだ》・阿娜《あだ》・阿難《あだ》というように使われた」

アダ——。

これも、以前にどこかで聞いた。でも、何の話の時だったか。

奈々が思い出そうとしていると、

「そうか……そういうことかも知れないな……」

崇は眉根を寄せて独り言を呟き、じっと何かを考

えている。その姿を見て、

「どうしたんですか？」

　問いかける奈々に、

「俺は以前から」と崇は答えた。「どうして『安曇』と書いて『あずみ』と読むのか、ずっと不思議だった。いや、松本清張《まつもとせいちょう》の言葉を引くまでもなく、語源は分かってる。これも後で説明する。しかし、それらを踏まえた上で、最も根本的な疑問があった」

「それは？」

「『曇』は、どう読んでも『ずみ』とは読めない」

「あ……」

「この文字は『くもる』『ドン』『タン』としか読みようがないんだ。それで、こちらの地方出身の人間にも尋ねてみたことがあるんだが、昔からそう読んでいるという答えしか返ってこなかった。でも今、ちょっとヒントをつかんだような気がする。一般的には安曇族が奉斎している海神である『綿津見《わたつみ》』が転訛して『あずみ』となったといわれている。もしくは素直に『安曇《あんどん》』が何故か『あずみ』となったとね。また、安曇族は誰もが入れ墨をしていたので『阿墨』から『あずみ』と呼ばれるようになったという説もある。しかし、これら全ての説は『曇』を『ずみ』と呼ぶことの説明にはなっていない」

「その通りですね。じゃあ、どうして『安曇』を『あずみ』と？」

「もうちょっと待ってくれ。あと少しで謎が解けるはずだから」

　崇は、言うと「さて」と顔を上げる。

「そういう地に鎮座している穂高神社だが、文献に最初に登場するのは『日本三代実録』の貞観《じょうがん》元年（八五九）だ。二月十一日の条に『寶宅《ほたか》神』が、従五位下から従五位上へ神階が昇格したという記録がある。この神社は、本宮境内一万坪、奥宮一万六千坪という広大な敷地を持ち、本殿は、左殿《さでん》・中殿《ちゅうでん》・右殿《うでん》が三社並んでいる。左殿・右殿は、ごく普通の一間社流造《いっけんしゃながれづくり》だが、中殿だけは栂《つが》の無垢材で造られていて、屋根に載っている鰹木《かつおぎ》は、棟の中央から左右に伸びて千木《ちぎ》と直角に交差する形の『穂高《ほたか》造《づくり》』と呼ばれる独特な造りで、これは釣り船、あるいは、船の帆柱を表しているとも言われてる」

「ここでも『船』なんですね」

「その大きな『船』が登場する本宮例祭が、昨日言った『御船祭』だ。この祭りは毎年、九月二十六日・二十七日の二日間にわたって執り行われる。二十六日の宵祭《よいまつり》では、神をお迎えする神事が斎行され、氏子衆の参拝の後、穂高区など各地区の役員たちが神楽殿を三周して、境内から退出する」

「境内を三周？　それも変わっていますね」

怪訝そうな顔をする奈々を見て、

「いや」と崇は微笑んだ。「これは、良く見られるパターンだよ。きちんと意味がある」

「えっ」

それはどういう——。

と尋ねかかった奈々を無視して、崇は続けた。

「二十七日の本祭は、午前中に子供船三艘と、大人船二艘が町内を巡回する。特に大人船には、穂高人形と呼ばれるほぼ等身大の人形が飾られて、源平合戦や戦国時代の戦記物、あるいは浦島太郎などの民話の一場面が演出される。これらの船は、前方が男《お》腹《ばら》、後方が女腹《めばら》と呼ばれ、この時、着物を奉納した家は、その年の健康が約束されるといわれているために、男腹には男性の着物が、女腹には女性の色とりどりの着物や晴れ着が何十枚も飾られる。町内を曳き回された御船五艘は、やがて神社境内に曳き入れられ、拝殿での玉串拝礼の神事が済むと、鼠穴《ねずみあな》地区に伝わる松本藩主小笠原《おがさわら》氏の定紋三階菱《じょうもんさんがいびし》を染め抜いた『御布令旗《おふりょばた》』を先頭に、穂高神社に縁のある近隣神社の氏子衆も行列を作って神楽殿を三周するんだ」

鼠穴——という地名にも少し引っかかったが、

「また、三周なんですね」

確認する奈々に「そうだ」と崇は答えた。

「これを『御布令が渡る』と呼び、それが済むと行列は大鳥居より退出する。続いて子供船三艘が、それぞれ神楽殿を三周し、夕方にはいよいよこの祭り最大のハイライト、大人船二艘の激しいぶつかり合いが拝殿の前で繰り広げられるんだが、この光景に関しては奈々くん、ちょっと調べてみてくれ」

「はい」

と答えて奈々は携帯で「御船祭」を検索した。するとそこには可愛らしい子供船と、勇壮な大人船の写真があり、説明文も載っていた。崇に促されて、奈々は説明文を読む。

高さ六メートル、長さ十二メートルという、想像していた以上に立派で見事な御船もそうだが、船上を飾る人形たちも毎年新しくされると書かれていて驚いた。こんな巨大な手の込んだ造りの船が、毎年新たに建造されるとは。穂高の人々の、この祭りに懸ける情熱が痛いほど伝わってくる。

そして崇の言ったように、御船を曳く綱引き衆が鬨《とき》の声を上げると、二艘の巨大な船が思い切りぶつかり合う。そのたびに御船は、大きな音を立てて軋む、大迫力の激突が何度も繰り返される。しかも御船の中には若者が乗り込んでいて、勇ましいお囃子を奏で続けて、綱引き衆を鼓舞するのだ——。

奈々が二人に向かってその写真を見せながら説明すると、

「この光景は」崇が言った。「六六三年に起こった、唐・新羅連合軍と百済を支援する大和水軍との激しい戦闘、『白村江《はくそんこう》の戦い』を表現しているといわれている。この戦いで大和水軍は大敗北を喫した上に、大将軍・安曇比羅夫《あずみのひらふ》が戦死した。故に『御船祭』は、比羅夫の命日である九月二十七日（新暦）に斎行されるという」

「安曇ひらふ？」

「現在の福岡県辺りの有力豪族だった人物だ。綿津見——海人の最たる人物だ」

「つまり、その人の子孫たちが穂高にやって来たため、山の中なのに船の祭りを執り行うということですか」

「穂高神社の祭神は、穂高見命の他にも、その親神である綿津見神も祀られているしね。それに古代氏族の出自を一覧にした『新撰姓氏録《しんせんしょうじろく》』には『安曇《あずみの》宿禰《すくね》、海神綿津見豊玉彦神の子、穂高見命の後なり』となっている」

「安曇氏は、綿津見神の子孫……」

「穂高神社に関して言えば、奥宮もそうだ。『御船神事』といって、こちらは十月八日に鎮座する明神池で、平安絵巻を見るような龍頭鷁首《りゅうとうげきしゅ》の二艘の御船が繰り出され、宮司以下、巫女や氏子総代が乗り込み、雅楽の調べに乗せて湖面をすべるように進む神事が執り行われる」

この穂高神社に関しては、徹底して「船」と「海」らしい。

頷く奈々の隣で、崇は続ける。

「今の『白村江の戦い』は六六三年だが、安曇氏自体はもっと以前から日本にいた。安曇氏――その頃は『安曇族』だったかも知れないが、彼らの出自は中国、呉だったのではないかという説もある。確かに呉の人間であれば、船を自在に操る『海人《わたつみ》』と考えられる。その彼らが、弥生時代の開始頃に日本にやって来た」

「それは……いつ頃でしょう？」

「いくつか説があるが、紀元前四〇〇年代か、同じく二〇〇年代か」

「紀元前ですか！」

「どちらにしても、卑弥呼《ひみこ》の時代より遥か以前だった。その頃から彼らはわが国と交わっていて、博多湾の入り口にある志賀島《しかのしま》を本拠地に据えたのが、安曇族だ。やがて『魏志倭人伝《ぎしわじんでん》』に書かれたような『倭国大乱《わこくたいらん》』を経て、卑弥呼の時代には、安曇磯良《あずみのいそら》――磯武良《いそたけら》とも呼ばれる、安曇氏の祖神が登場することになる」

「いそたけら……って、どこかで聞いたような名前です」

「五十《い》猛《たける》命。素戔嗚《すさのおのみこと》尊の子ともいわれている神だよ」

「素戔嗚尊の！」奈々は驚く。「その子神が、安曇氏の祖神？」

「そういえば『君が代』の話をしただろう」

奈々は「はい」と頷くと、その話を聞いていない小松崎に説明した。『君が代』には二番の歌詞があって、そこにも「鵜」が登場する。

へええ、と呆れ顔で答える小松崎と、奈々に向かって崇は続けた。

「その『君が代』に歌われた人物こそ、安曇磯良だという。あの歌はもともと、彼を称える歌だったようだからな」

「えっ。だって『君が代』は昔の歌集の――」

「『古今和歌集』の詠み人知らず」

「――そう、聞きました」

「だが、大本を辿って行けば、九州王朝における神楽歌で『君が代《だい》は、千代に八千代に』――云々という歌だったようだ。それが明治になって、事実上の『国歌』として歌われるようになった」

「つまり、安曇磯良はそれほどまでに絶大な権力を握っていたというわけですね」

「きみも教科書で見たことがあると思うが、後漢の光武帝から五七年に授与された『漢委奴国王』の金印。これは、今言ったように安曇族が本拠地としていた志賀島で出土したわけだしね。だから『このことから奴国王は、安曇氏であったとみられるわけである』と言っている人もいる」

「その頃の日本国王は、安曇磯良だった？」

「当時、日本国という概念はなかったろうし、もう少し後の時代になると、彼らは大和朝廷に貢ぎものをしていたようだから、完全な独立国だったかどうかは断定できない。しかし、少なくとも当時の光武帝が『奴国王』と見なしたことは事実だ」

つまり、と奈々は頷いた。

「日本国という観点からではないとしても、磯良が九州に君臨していた事実に関しては、間違いないいんですね」

「詳しい話は後にするとして、俺はそう思っているる。何しろ、あの素戔嗚尊の子神だというんだからね。それに、少しだけ詳しく言えば、安曇氏は綿津見の子『宇都志日金析命《うつしひかなさく》』の子孫といわれている。『金析』という名称は製鉄民を表しているから、安曇氏は、産鉄も行う海洋民族だったということになる。ここでも、製鉄神でもある素戔嗚尊と繋がってくる」

「北九州ですしね」産鉄民に関して、さすがに少し詳しくなっている奈々は首肯した。「確か、宇佐《うさ》の辺りの人々もそうだったって」

「松本清張が『陸行水行』にも書いている。『(大分県の)安心院は阿曇《あづみ》です。阿曇はご承知のように海神系です。つまり、朝鮮系の民族の居た所です。宗像《むなかた》族もそうです。この宇佐族も海神系』──云々とね」

「つまり、あの近辺一帯が安曇氏?」

「信州大学名誉教授の坂本博《さかもとひろし》も、『その名前から考えて、彼らは筑前博多近郊の古代糟屋《かすや》郡阿曇郷(現在の糟屋郡新宮町《しんぐうまち》)を本拠地として活躍した海人族と関係があるらしい』

と言っているから、その地域では大本が安曇氏で、やがて宗像・住吉・宇佐、そして南の熊襲《くまそ》と、分裂・集合を繰り返していたようだな。実際に志賀島は『東海岸に志賀海《しかうみ》神社があり、綿津見三神(底津綿津見・中津綿津見・表津綿津見)を祭っている』し、『福岡市博多駅の近くに住吉神社がある。ここは筒之男三神と神功皇后を祭っている』し、『第三の海人族である宗像族が宗像三神を祭った神社は、新宮町からさほど遠くない玄海町にある』わけだからね」

これは予想以上に壮大な話になってきた。

しかも、日本国の根幹に関わってくる話なのではないか？

でも、と奈々は嘆息しながら首を傾げる。

「どうして九州に君臨していた安曇氏が、遥々と長野までやって来たんですか」

「その辺りの話に関しては、今の坂本博が詳しく書いていたはずだ。ちょっと調べてみてくれないか」

「はい」と答えて奈々は、携帯で検索した。そして、その画面を見せると崇は読み上げた。

「ここだな。まず、

『安曇族はヒスイを求めて、信濃へ入って行ったのだという人がいる。しかし、信濃にはヒスイは出ない』だ。

当時、翡翠《ひすい》はとても重要な鉱物の一つだったことは間違いないようだが、実際に翡翠の採れる場所は『信濃とはまるで方角が違う』と書かれている。確かに今でも、翡翠と言えば新潟県・糸魚川が有名だしね。また、

『安曇族はサケを追って姫川をさかのぼり、信濃へ入ったのだという専門家がいる。……確かに、姫川にはサケがいた。そして安曇野を流れる高瀬川にも乳川《ちがわ》にも穂高川にもサケはいた。安曇野のサケを求めて、一千キロの彼方から筑前糟屋の安曇族がやってくるはずはない』

これもその通りだな。そんな単純な理由で、一族が移住するわけもないから。そして、

『筑前安曇族は半農半漁の海人であったから、農業経営の新天地を求めて信濃へ入って来たのだと推測する専門家もいる』

ところが志賀島には、

『今でも半農半漁の島民など一人もいない』

ということだ。それに、当時は当然、安曇野は荒れ地だったろうから、この理由も成り立たなくなる。更に、東北の蝦夷《えみし》を武力で制圧するための前線基地を造るために、朝廷から送り込まれたという説もあるようだが、海岸線を押さえる前に内陸部を開

拓するなどという話は荒唐無稽だ」

「……というと、本当の理由は何だったんですか？」

「坂本博の言うように『そこが不毛の荒れ地であったからこそ選ばれたと言えるのではないだろうか』ということになる」

「不毛の荒れ地って！」

　声を上げた奈々に向かって、崇は更に続きを読み上げた。

「『なぜなら不毛の荒れ地に人が住むのはむずかしいから、先住民が居なかったか、あるいは大変少なかったであろう。だから移住の際に暴力を使って無理に押し入る必要もなかったのである』――ということだ。つまり多くの人々は、安曇氏が積極的に移住したという前提で考えているから変な方向に行ってしまうんだ。答えはとても単純で、そこにしか行く場所がなかったと考えればいい」

「そこにしかって行く場所が……って、何か九州で安曇氏に関わる事件があったということですか」

「継体天皇二十一年（五二七）、九州において古代史上、特筆されるべき大きな叛乱が起きた。いわゆる『磐井《いわい》の乱』だ」

「いわいの……乱？」

「九州全土を手に入れようとした筑紫君《つくしのきみ》磐井と、大和朝廷の間で起こった戦いだ。『日本書紀』継体天皇二十二年十一月の条にもある。

『大将軍《おおきいくさのきみ》物部大連麁鹿火《もののべのおおむらじあらかひ》、親《みずか》ら賊《あた》の帥《ひとごのかみ》磐井と、筑紫の御井郡《みいのこおり》に交戦《あいたたか》』って『遂《つい》に磐井を斬《き》るとね。但しこの乱に関しては『書紀』などでかなり潤色されてしまっているので、本当に『叛乱』だったのかどうか、真相は藪《やぶ》の中だ。だが、この乱に巻き込まれる形で磐井に荷担した安曇氏も、朝廷から討伐されてしまった。筑前には、安曇氏の氏寺がないという程にね。しかも言い伝えでは、乱の後、この地方には『五体満足な者はいなかった』といわれている」

「えっ」

先ほどの「耳削ぎ」の話を思い出して、奈々は身震いした。

「その地方って……安曇氏の本拠地を含む、北部九州ということですか」

「特に、磐井の墓——古墳のある地方らしい……が、なるほど、そういうことか」

　また勝手に納得している崇を眺めていると、その視線に気づいたようにつけ加えた。

「こういう歌が『万葉集』に載っているんだ。

ちはやぶる金《かね》の岬《みさき》を過ぐれども
　われは忘れじ志賀《しか》の皇神《すめかみ》

　この歌に関して折口信夫《おりくちしのぶ》の解説では、

『長らく筑前の国に住んでいたが、自分もいよいよ都に帰ることになった。もうこの鐘ヶ岬を漕ぎ過ぎれば、お別れだが、私のいた時分に、よくお参りした、志珂の社の尊い神様よ。私はこの後も決して、お忘れ申しますまい。何卒《どうぞ》海上をお守り下さいませ』となっている。

　ここで坂本はこう言ってる。

『安曇族が海峡を渡るときにわざわざ難所の鐘崎を経由したかどうか。これが疑問に思える』

　つまり、

『安曇族は金の岬を通過して越後へ向けて逃亡の航海に出た』

　のではないか、とね。そうなると『われは忘れじ』という語句が、一層胸に響いてくる」

「逃亡ですか！」

　そうだ、と崇は答えた。

「以前にも話したと思うが、鎌倉へ入った源頼朝《みなもとのよりとも》や、江戸に移された徳川家康《とくがわいえやす》のようなものだ」

　その言葉に、奈々は納得した。その話は崇から聞いている。

　頼朝が鎌倉を本拠地と定めたのは、決して「三方が山、一方が海で、守りが堅い」という理由からではなく、当時の鎌倉は泥湿地帯で住みづらかった。流人だった頼朝が居を構えるためには、そんな土地しかなかったからだという。加えて「一所懸命」の時代。誰も頼朝に、自分の土地を提供しようなどと考える武士がいなかったからだと。

　家康にしてもそうだ。秀吉から危険視されて、京・大坂、そして地元だった三河から遠ざけられ、海と湿地帯の広がる江戸へ移封を命じられた。そこで家康は、怒りを呑み込み、臥薪嘗胆の思いでその命に従った。

　安曇氏も、きっと彼らと同じ状況だったに違いない――。

「そのために」と崇は続けた。「日本各地に安曇関係の姓氏や地名が散らばって残された。姓氏でいえば、渥見、熱海、安住、安曇、安積、渥美、天、尼、海、海部、阿万などだ。地名になると、山形県の温海《あつみ》町や飽海《あくみ》郡。福島県の熱海《あたみ》町。静岡県の熱海市。新潟県の安角《あずみ》。富山県の安住《あずみ》町。石川県の安津《あづ》見《み》。山梨県の小明見《あすみ》・大明見。長野県の北安曇郡、南安曇郡安曇村。岐阜県の厚見。愛知県の渥美郡渥美町。滋賀県の安曇川《あどがわ》町や、阿閉《あつじ》。鳥取県の上安《あ》曇《ずま》・下安曇などなど、挙げていけばキリがない」

「膨大な数ですね！」

「だが、これらの土地では安曇氏との関わり合いを否定している場所も多い」

「古代の国王だったのかも知れないのに！　それはどうしてですか？」

「認めてしまうと、彼らにとって非常に差し障りが多いということなんだろう」崇は苦笑する。「直接関係しているかどうかは分からないが、一方ではこんな話もある。司馬遼太郎『街道をゆく』だ」

　崇は奈々に、再び携帯で検索してもらい、読み上げた。

「この本では『湖西のみち』として、こんな文章が載っている。

『「安曇《あど》」という呼称で、このあたりの湖岸は古代ではよばれていたらしい。この野を、湖西第一の川が浸して湖に流れこんでいるが、川の名は安曇川という……。

この海で魚介を獲る種族は、どうも容貌がひねこびて背がひくく、一方、長身で半島経由してきた連中にくらべて一目みてもなり姿がちがったようにおもえる……。

アヅミは日本の地名では、厚海、渥美、安積、熱海などとさまざまに書くが、いずれも海人族らしく潮騒のさかんな磯に住みついているのに、この琵琶湖の西岸にやってきた安曇族は、なんとも侘びしげで、ひょっとするとほうぼうの海岸の同族と大げんかして、ついに内陸へのぼり、やっとこの湖をみつけてしぶしぶながら住みついたひねくれ者ぞろいだったかもしれず……』云々とね」

侘びしげで、

ひねくれ者ぞろい？

「余りに酷い描写じゃないですか！」奈々は思わず叫んでしまった。「そんなことを本当に、司馬遼太郎が？」

「こうして書いているんだから仕方ない。しかも『街道をゆく』の第一回にね」崇は苦笑した。「ことほど左様に、安曇氏は蔑視されていたんだろう。だからこそ、自分たちは安曇氏と無関係だと主張する人々がいるんだ。更にそれに関して、綿津見から来ている『ワダ』『アダ』の話がある」

それだ！

それを聞きたかった。

奈々は身を乗り出して耳を澄ませたが、

「あのな」と小松崎が、腕時計に視線を落としながら言った。「今は取りあえず、そんなところにしておいてくれねえか。次は松本だ。ということは、あと三十分ほどで穂高に到着する。このまま安曇——綿津見の話だけで終わっちまうのは困る。肝心の、事件の話に戻ろう」

「ふん」

　鼻を鳴らす崇の前で小松崎は言うと、一気に話題を戻した。もう一度事件を簡単に振り返ると、改めて崇に尋ねる。

「さっき言った『耳削ぎ』の方は後回しにするとして、ダイイング・メッセージに関してはどうだ？」

「だから俺は――」

　いや、と小松崎は手のひらを広げて、崇の言葉を遮った。

「おまえの言いたいことは分かってる。しかし、あれがダイイング・メッセージだったという可能性だって、決してゼロというわけじゃない。少なくとも被害者の北川は、公民館の中にいた鈴本三姉妹に向かって『S』と報せようとしたんだからな」

　すると崇は、軽く嘆息した。

「本当に『S』だったのかな」

「何だと」小松崎は身を乗り出した。「いや実のところ、吉田さんの話によれば、今回の事件の関係者には『S』のつく人間が大勢いるそうなんだ」

　と言って、メモ帳を開いた。

「まず、第一発見者の『鈴本』三姉妹。あの辺りの大地主の『鷺沼』湛蔵。町会長の飛田『新八』。祭りで舞う予定だった神楽仲間の畔倉『誠一』。『澤村』公二。山岸『冴子』……などなどだ。だから俺も『S』は、ちょっとおかしいんじゃねえかと思っていたところなんだよ。タタルはどう思う？」

「途中まで書いて、事切れたとも考えられる」

「途中まで？」

「たとえば」と崇は空中に文字を書いた。「通常とは書き順が違ってしまうが『8』と書こうとした」

「8、だと」小松崎も人差し指を動かす。「なるほどな。そうやって書けば確かに途中までは『逆S』の字になるな」

　二人を見て、奈々も同意した。

「最初から『逆S』を書こうとしたと考えるより自然です」

だが、と小松崎は呟いて、

「もしも『8』だったとすると……」メモ帳に目を落とした。「どういうことだ？　『8』……『はち』」

指を止めて顔を上げた。

「蜂谷明美、っていう女性がいるな」

「その人は？」

「二人目の犠牲者だ」

「え……」

「ただ、蜂谷が北川を殺害し、その後で自分も誰かに殺害されたって可能性は考えられなくもねえが……どうかな」

「じゃあ、その他には？　鵜ノ木地区特有の何か」

「今、俺も一瞬、番地かとも思ったんだが、ここは六丁目までしかなかった」

「ということは、やっぱり苗字や名前なんでしょうか。さっき、何とか新八さんという人もいるって」

「新八さんは、『S』でも『8』でも当てはまっちまうな」小松崎は苦笑いした。「だが、それなら『八』と書くんじゃねえか」

「その通りですね……」

顔を曇らせる奈々の隣で、

「そんなことを言ったら、残された文字が『2』だったという可能性だってある。やはり、途中で力尽きてしまったために、最後の部分が下に流れてしまった」

「一理あるな」

小松崎が吐き出すように言うと、

「または」と崇が言った。「『ま』の字の途中だったかも知れない。それこそ、第一発見者の中にも『ま』のつく名前の女性がいたんじゃなかったか」

良く覚えてやがる、と小松崎は言った。

「鈴本麻里だな。だが、彼女にはアリバイがある。その時刻には、つき合っている男子高校生とデート中だったそうだよ」

その答えを聞いて、

「つまり」崇は笑った。「キリがない。解答は不定ということだ」

しかし、

「じゃあ」と小松崎は引き下がらない。「二人目の被害者、蜂谷明美が残した『黒鬼』はどうだ。赤鬼や青鬼ってのは聞いたことがあるが『黒鬼』は初めて聞いたぞ。タタルは知ってるか？」

「いいや」崇は首を横に振った。「イメージはできるが、特に聞いたことはない」

「タタルが聞いたことないんじゃ、きっと誰も知らねえな」

但し、と崇はつけ加える。

「もしもそれが『黒』だとすれば、色々な意味で意味が通じる」

「どんな意味だ？」

「『字統』によれば『黒』は、五行説《ごぎょうせつ》において北方の色とされ、暗黒にして死の色とされる、とある。また『漢辞海』では、光がなくて暗い、邪悪なさまとなっているし、『広辞苑』では、『「くら（暗）」と同源か。また、くり（涅）と同源とも』とあり『犯罪容疑者が犯罪の事実ありと判定されること』『有罪』と書かれている」

「想像はしていましたけど、随分ネガティヴなイメージなんですね」

引きつって笑う奈々に、崇は言った。

「この『黒』にも、ついこの間奈々くんに話した『白』と同じように深い意味があって――」

「いや、そこから先はまた後でいい」それを小松崎は再び遮る。「今は漢字の勉強の前に、事件についてだ。しかし今回『黒』という漢字が関係する人間は、長野県警の黒岩警部補くらいだけれどもな」

「もう一人、いたんじゃないか」

「誰だよ」

「確か、畔倉とかいう名前の人が」

「おう、畔倉誠一」小松崎はメモ帳に目を落としながら答えた。「それこそ、殺害された蜂谷明美の婚約者だ。それが何か？」

「『畔』には『くろ』という読み方がある。その他にも『裏切る』とかな」

「何だと！」小松崎は目を見張った。「よし。現地に着いたら、まずそれを確認しよう。もしかすると、蜂谷たちはそんなあだ名で呼び合っていた可能性もあるしな」

と言ってから「ああ」と崇を見た。

「『黒』で思い出したんだが、この事件には、もう一つ不思議な話があってな。ちょうど事件が起こっている頃に、鵜ノ木川の土手を車で通った人間がいて、その証言によると被害者の蜂谷が倒れていた辺りの草むらに、黒い顔が見えたそうだ。しかし、黒い顔と言っても黒人というわけじゃなく、もっと日本的な」

「もしかして」奈々は尋ねる。「その事件の犯人は、顔を黒く塗っていたとか？」

「夜の闇に紛れようとして、そんなことをした可能性もある。目撃者は車を運転していたから、突然ライトの中に浮かび上がって、驚いたようだ。最初は目の錯覚かと思ったらしいが、事件の話を聞いて警察に行った」

「じゃあ、蜂谷さんが言い残した『黒鬼』という言葉は、素直に『黒い鬼』だったと考えて良いと？」

「そんな変装をしていた人間に刺された、それが明美には『黒鬼』に見えたとかな。おそらく現地の警察も、そう考えてるだろう。いや、タタルはそうやって笑ってりゃいい」

「それよりも」崇は尋ねる。「小松崎はさっき『神楽仲間』云々と言ったが、ちなみにそれは、どんな神楽なんだ？」

「またそうやって、事件とは関係のないことを訊いてくるんだからな。困ったもんだ」小松崎は渋い顔でメモ帳をめくった。「ええと……『細男舞《せいのお》』と『傀儡舞《くぐつ》』だそうだ」

ほう、と崇は目を細めて顔を上げた。

「それはまた、素晴らしい」

「せいのお、って……」奈々は尋ねる。「どんな舞なんですか？　あと、傀儡舞も」

「細男は」崇は小松崎からメモ帳を奪い取ると、最終ページに勝手に書きつけた。「『声納』『勢納』『声翁』『青納』などと書かれ、その読み方も『せいのう』『くわしお』『さいのう』、そのまま『ほそおとこ』とも呼ばれたりもする。この神事が伝わっているのは、宇佐神宮、古要《こよう》神社、八幡古表《はちまんこひょう》神社、柞《ゆす》原《はら》八幡宮、志賀海神社、手向山《たむけやま》八幡宮、石清水《いわしみず》八幡宮、春日大社、談山《たんざん》神社、法隆寺、などなどがある。全て海神《わだつみ》関係、あるいは藤原氏関係の寺社だ。しかし、これらが何を意味している神事なのかは、詳しく判明していないという」

「まさに深秘《じんぴ》——秘事なんですね」

「そういうことだ」崇は首肯して続けた。「これらの中でも、春日大社の『若宮おん祭』が、おそらく最も有名と思われるが、この祭りでは、顔の前面に白い布を垂らした六人の舞人が登場する。二人は素手で、二人は笛を吹き、残りの二人は腰にくくりつけた小鼓を叩きながら、交代で静かに歩き回るという、実に不可思議極まりない神事だ」

「確かに……」

「ただこれには、こんな謂われが一つある」

崇は言う。

「神功皇后が『三韓征伐』のために、九州の志賀島まで行った。そこで朝鮮半島への航海の無事を願い、軍を立て直すため、多くの豪族を呼び集めたんだ。ところが、安曇磯良だけはなかなかやって来なかった」

またしても、と奈々は言った。

「安曇氏の祖神の磯良、ですね」

「『君が代』で称えられた、ね」崇は首肯して続ける。「そこで磯良が好む舞を舞わせたところ、顔に貝殻や牡蠣をつけた磯良が出現し、皇后に潮盈珠《しおみつたま》・潮乾珠《しおひるたま》を献上した。その時皇后が磯良に、『なぜ、おまえはこの大事なときに遅れてきたの

だ』と問い質すと、磯良は顔の前に白い布を垂らして、

『私は海人部族なので、長い間海の底にいました。そのために顔には海草や貝がいっぱいついております。そんな醜い姿で皇后様の前に出るのは恥ずかしかったのです』と答えたという」

「醜い顔、ですか」

「これに関しても、さまざまな説があるが詳細は後回しにしよう。だが、磯良が醜い顔だったというのは有名な話だ。上田秋成《うえだあきなり》の『雨月《うげつ》物語』の『吉備津《きびつ》の釜』には『磯良』という女性が登場する。とても貞淑な妻だったが、夫の浮気によって怨霊となってしまう。その浮気の原因こそ『磯良』の醜い顔だったのだろうという学説もある」

「そんなに有名な話だったんですか！」

「以前は『磯良』と聞けば、醜貌の代名詞だったんだろうね。そして、別名『五十良《いそら》舞』とも呼ばれているこの『細男舞』は、彼と深く関わっている神事だ。詳しい話はまた改めるが、これは明らかに磯良の鎮魂の舞なのではないかといわれている」

「鎮魂……」

「また、こちらは鎌倉なんだが、鶴岡《つるがおか》八幡宮の御《み》神楽《かぐら》に『弓立《ゆだて》』という曲の中に『阿知女作法《あじめのさほう》』という曲があり、その詞章に『おけ、おけ』という部分がある」

「おけ？」

「これは『阿知女、お介《け》』と声をかける、いわゆる鎮魂呪術といわれている」

「『あじめ』という人を鎮魂しているわけですね」

「そういうことだな」崇は頷いた。「そして、この阿知女こそ『安曇』なのだという説もある」

「安曇氏！」

「更に調べていくと、この『弓立』の本歌《もとうた》は『此《この》曲尋常不歌《きょくじんじょうたわず》』とあり、いわゆる『秘曲』とされ、その詞章には『磯良《いそら》が崎に』云々という言葉が載っているという」

「完全に安曇じゃないですか！」奈々は、目を丸くする。「じゃあ『傀儡舞』も？」

「傀儡舞には、安曇磯良は登場しない。しかし、もう一人の重要な海神が登場する。というより、この神事は彼のために催されるようなものだ」

「それは？」

「住吉大神」

「住吉……」

「こちらに関しては、やはり『細男舞』が行われる、大分県の『八幡古表神社』と『古要神社』が有名だ。この神事は別名『神相撲』とも呼ばれ、東西に分かれた十一柱ずつの神々——大綿津見神、大国魂神、熱田大神、鹿島大神、香取大神、白髭大神などが、勝ち抜き相撲を取る。筋書きは決まっていて、最初は圧倒的に東側の神が強く連戦連勝で、あと一人勝てば西側の敗北が決定するという瀬戸際の場面で住吉大神が登場する。すると住吉大神は、残りの六人の神全員に勝ち、その結果西側が、大逆転で勝利を収める。その後の五番相撲でも、住吉大神は東側の神々に連勝し、ついには東の十一柱全員と、十一対一で相撲を取り、そこでも見事に勝ちを収め、西側の勝利で幕を閉じるという、これもまた変わった神事だ」

「当然、何か意味があるんでしょうね」

「もちろんね」

首肯する崇を見て、

「ずいぶんとまた、詳しいじゃねえか」小松崎は呆れたように言った。「それも、昨夜調べておいたのかよ！」

すると、

「いいや」と崇は首を横に振った。「半年ほど前だが、ちょっと興味があったんで、一人で九州に行った際に色々とまわったんだ。それこそ、安心院にも行った」

そういえば、そんなことを言っていた。

二泊三日の予定が急に一日延びてしまい、薬局で呆れられたと。

「そんな前から、安曇氏を追っていたのか？」

「それももちろんだが、住吉神や隼人《はやと》も追っていた。今回の『鵜飼』も、その一環だ」

「それで穂高——安曇野に反応したわけか」小松崎は笑った。「やっぱり、この穂高の事件に関わることとは運命だったたな」

「そこだけは、想定外だった」

崇が苦々しげに答えた時「あずさ」は穂高駅に滑り込んだ。奈々たちはあわてて荷物をまとめると、大勢の楽しそうな旅行客に混じってホームに降り立った。

《晴曇《せいどん》の海図《かいず》》

どっしりと瓦が載った、まるで大名屋敷の門のような造りの穂高駅出入り口を出ると、三人は穂高署を目指した。

事件の担当刑事の黒岩警部補と、吉田巡査部長が詰めているので、まず挨拶に行くというわけらしい。奈々も崇と一緒に、小松崎の後に続く。

珍しいことに崇も大人しく歩いていたと思ったが、しばらく行くと勝手に一人で道を曲がろうとしたので、

「おいこら！」小松崎が呼び止める。「そっちじゃねえぞ」

「え？」

崇は「穂高神社」と大きく刻まれた社号標の前で立ち止まったまま、口を開こうとしたが、

「こっちが先だ」小松崎が、崇の腕を取って引き戻した。「まず吉田さんたちに挨拶してからだ。少し話をしたら、奈々ちゃんに申し訳ないから、一旦解放してやる。その後で改めて来ればいい」

「相変わらず勝手な男だな」

崇は不満げな顔で文句を言ったが——。

まあ、どっちもどっちだろう、と奈々は心の中で思ったけれど、もちろん口には出さない。

やがて穂高署に到着すると、三人は黒岩と吉田のいる部署に案内された。あらかじめ小松崎が話を通していたのだ。もうすっかり慣れてしまっているはずなのに、奈々は相変わらず少し緊張しながら、仏頂面の崇の後ろから部屋に入る。

全員で顔を合わせ、小松崎が崇を黒岩たちに紹介すると、

「ほう」と黒岩は目を細めた。「きみが桑原くんか。話は色々と聞いているよ」

「岩築の叔父貴とも親しいんです」小松崎が言う。

「何かと手伝ってくれるって」

岩築の名前が出たところで、吉田が笑いながら口を開いた。やはり小松崎の言う通り、若い頃に（公私共にさまざま）世話になったらしい。そんな思い出話が一段落すると、
うん、と黒岩は頷いた。

「吉田からも聞いたんでね、他県の警察にも尋ねてみた。なんだな、ついこの間は石川県警が世話になったとか」

「いえ」崇は、ぶっきらぼうに答えた。「特に何も」

「謙虚な男性だな」

黒岩と吉田は顔を見合わせて笑ったが、謙遜でも何でもないことを奈々は充分に知っている。崇にしてみれば、むしろ事件は邪魔なのだ。昨日も言っていたように、そのおかげで予定通りに寺社をまわれなくなることの方が、崇にとっては大きなデメリットになるから……。


その後、黒岩や吉田たちの口から事件の概要を説明され、小松崎が細かくメモを取る。その内容は、殆ど小松崎から聞いた通りで、やはり公民館の事件で被害者が残した血文字に話が及ぶ。

そこで小松崎が「あずさ」の中で崇が話した説を二人に披露した。あの「逆S」の字は「S」だけでなく「8」や「2」の可能性もあるから、それだけではとても事件の参考になるとは思えない。更に「耳削ぎ」に関して、魏石鬼八面大王の部下たちが全員耳を削がれたという話。

「そういえば……どこかで微かにそんな話を聞いたことがあった。咄嗟《とっさ》には思い出せなかったが」

頷く吉田たちに向かって「くろ」に関しての話も。たとえば「黒」だけではなく「畔」も「くろ」と読める——。

すると、

「畔倉か」黒岩は大きく首肯した。「それは気がつかなかったな。よし。もう一度話を聞いてみること

にしようか」

「はいっ」

答える吉田から視線を移して、崇に尋ねた。

「その他で、たとえば『黒』に関して、気づいたことなどはあるかね」

「事件に関係しているかどうかは別として」崇は言った。「『黒』についてということなら、少し」

「聞かせてくれないか」

黒岩は言ったが、奈々は心の中で「あ……」と思った。これは決して「少し」ではない。長くなる。

しかし崇は、

「『黒』は『日本史広辞典』によれば」

と、黒岩たちに向かって話し始めてしまった。

「赤・白・青と共に古代日本の基本的色彩の一つで、語源的には『暗い』に通じるともいわれています。というのも、古代日本語での色名は、赤=明《あか》、白=顕《しろ》・素《しろ》、黒=暗《くろ》、青=漠《あお》の四色に限られていたと思われるからです。そして歴史学者の黒田日出男《くろだひでお》は、境界的な山地『黒山《くろやま》』が『暗黒の穴・死者の国・根の国・地獄』という意味を持っていることから『黒』は、現世と他界との境界を象徴する色彩であったとしています。同時に『黒不浄《くろふじょう》』『黒火《くろび》』などの語があるために、民俗学的には『死』を象徴する色彩として捉えられていますが、その一方で日本各地の神事では『暗闇に神霊が降臨して神威を発現する』という例も多いことから『神威発現を象徴する色彩』という認識もあるのではないかと説明しています」

「……は？」

「また、この『黒』に関連して、黒に近い灰色の『墨染《すみぞめ》』、墨染よりも薄い灰色の『鈍《にび》色』、鈍色にやや青味をもたせた『青鈍《あおにび》』など、いわゆる『橡《つるばみ》染《ぞめ》』系統の無彩色の色は、平安時代の喪服の色とされ『悲哀の情』の色と考えられてきました。『橡』は『櫟《くぬぎ》』の古名で、その実の団栗《どんぐり》の煎汁を鉄媒染で染めると黒っぽい色になります。また大伴家持《おおとものやかもち》な

どは『万葉集』巻第十八に、

紅《くれない》は移ろふものそ橡《つるはみ》の
　馴《な》れにし衣《きぬ》になほ及《し》かめやも

と歌っていて、この歌は当時の衣服令によって、橡染が非常に低い身分——下人《げにん》や奴婢《ぬひ》の着衣の色であったことを表していることで有名です。というのも、暗い灰色は沼や川底の黒い泥で衣を染めていたので、この系統の色は凶服の色とされるようになったからです。その証拠に、貴族階級の歌を集めた勅撰集に『橡染』は登場しません。黒に『墨の色』という美学が付与されるようになるのは、もっと時代が下ります」

「あのね……」


『紅色（遊女）は華やかだけれど、すぐに色褪せてしまう。地味な橡色（自分の妻）に染めた衣にどうして及ぶことがあろうか』


「また『黒』は『涅色《くり》』『皂色《くり》』とも呼ばれており、それこそ『涅』という名称は、川底に沈殿した泥土に布を浸け、踏みつけて着色した原始的な染色の名残を示しています。そこで『クロ』の語源は、本当は『クリ』なのではないかという説もあるほどです。また『黒』で思い出すのは、やはり『黒塚』ですかね。福島県二本松《にほんまつ》市の東方、安達《あだち》ヶ原《はら》にある古跡です。平兼盛《たいらのかねもり》の歌に基づく鬼女《きじょ》伝説で非常に名高く、能や浄瑠璃の題材になっています」

「きみは……」黒岩が、まじまじと崇を見た。「色彩の専門家か何かなのか？」

「いいえ」崇は、あっさりと答える。「単なる薬剤師です」

「薬剤師は『色彩』に関しても詳しいのかね」

崇の後ろで、無言のままプルプルと首を横に振って答える奈々をチラリと見て、

「じゃあ」と吉田が崇に尋ねた。「その話が、今回の『黒』とどう繋がっているんだ？」

さあ、と崇は冷静に吉田を見た。

「言ったように俺は、あくまでも『黒』に関して話していただけです」

「この事件と関係なく？」

「はい」

おいおい、と嘆息する吉田の隣で、

「では」と黒岩が言う。「色彩に関しての講義はその程度にしておいてもらって、肝心な——」

「そういえば」崇はつけ加えた。「おかげで思い出しました。重要な話を」

「ぜひ、そうしてくれ」

「はい。『黒』に関連して『白』です」

「は？」

「柳田國男《やなぎたくにお》は『白』は現在、台所の前掛《まえかけ》にまでも使われるようになっているが『本来は忌々《いまいま》しき色であった』と言っています。そして、日本では神祭の衣か喪の服以外には『白』を身に着けることはなかった、と。これも先日、こちらの奈々くんには言いましたが、現在の礼服とされている『黒』は、明治天皇妃・昭憲《しょうけん》皇太后の国葬に際して西欧式を採用して以来のことで、非常に歴史が浅いんです。それまで『白』は『禁色《きんじき》』とまではいかないものの、言い換えれば『神』に通ずる色でした」

「おいっ。ちょっと——」

「古代では、ケガレとしての『不浄』が三つ考えられていました。一つめは、死の『黒不浄』、二つめは月経の『赤不浄』、そして三つめは出産の『白不浄』。何故おめでたい出産が『不浄』と考えられたのかといえば、当時の出産は、文字通り命がけだったからです。妊産婦が産褥で命を落とす、あるいは胎児や新生児が死亡してしまうことなど、日常茶飯事だった。そうなるとこれは、そのまま『黒』に通じる。しかし」

と崇は言った。

「こう考えてみると、鵜もこの『黒』に関係しているのかも知れない」

それを聞いて、ようやく事件の話に戻ったものと勘違いした黒岩が、

「なんだって」と尋ねた。「鵜というと、鵜ノ木川のことか。それは、どういうことだ？」

ところが、

「『鵜』という文字は、そもそもペリカンを表していて――」

と崇は奈々に伝えた「鸕鷀」の話を三人に説明する。こちらが本当の「鵜」で、しかも「黒」という意味を持っている――。

「もういい！」さすがに黒岩がキレた。「『色』の解説はそこまでにしてくれないか」

しん、と静まりかえってしまった部屋で、

「と、とにかく」と小松崎が、黒岩たちを見ながら軽く咳払いした。「この後、現場に足を運んでも良いでしょうかね」

「ああ」吉田も呆れ顔で崇を見つめたまま、小松崎に言った。「一通りの現場検証は終わっているし、地元の警察署にも連絡してあるから、挨拶だけしておいてくれれば構わないよ」

その言葉に黒岩が無言で頷くと、

「ありがとうございます。では早速」

小松崎がお礼を述べ、三人は揃って部屋を出たのだけれど――。

奈々は、ふと思ってしまった。

前回の金沢では「白」。

今回の安曇野では「黒」。

あと「赤」が関係してくれれば「三不浄」になるではないか！

これは凄いことになってきた。

でも。

さすがにそんなことを思うのは、余りにも不謹慎か……。

奈々は頭を振って、心の中で反省した。

＊

崇たちの背中を見送ると、

「しかし……」

吉田は大きく首を傾げながら、黒岩に言う。

「実に変な男性でしたね」

「あのボサボサ頭の蘊蓄《うんちく》垂れ男が」黒岩も腕を組んで唸る。「本当に、数々の事件を解決してきたのか？」

「自分も直接その現場に立ち会っていたわけではありませんので、確固とした証言はできかねますが……一応、そうらしいです。何しろ、警視庁の岩築警部の折り紙つきですし」

「信じられんな」

苦笑いする黒岩に吉田も、

「自分も全く同感です」何度も頷いた。「しかし、京都や金沢、そして少し前の大分・宮崎の事件ではないですが、きちんと解決に導いて、感謝状まで贈呈されたとか」

「本当か？」

「はい」

「それなら、何かの間違いではなさそうだが……。とにかく」

黒岩は額に皺を寄せると、吉田を、そして調書を見た。

「我々は我々の方法で行こう。まず今回の被害者・蜂谷明美の婚約者の畔倉誠一と、その周囲からもう一度話を聞こうか」

はい、と答えて吉田はペンとメモ帳をポケットにしまう。

「すぐに連絡を取りましょう」

「頼む」

黒岩は言うと、イスを蹴って立ち上がった。

＊

　穂高署を後にすると、小松崎はそのまま事件現場に向かい、崇と奈々は先ほどの約束通り穂高神社に参拝することになった。

「但し」小松崎は、足早に歩き出した崇に念を押す。「必ず連絡を取れるようにしておいてくれよ。何かあったら、すぐに奈々ちゃんの携帯に電話するから」

「電波が届く場所にいればな」

「今時この辺りで、携帯の電波の届かない場所なんてねえよ。北アルプスにでも登っちまったというなら、話は別だがな。じゃあ、また後ほど」

　そう言い残すと、小松崎はタクシーをつかまえて去って行った。その後ろ姿を見送りながら、

「さて」と崇は楽しそうに笑う。「早速、穂高神社から行くとしようか。俺は初めてなんだが、奈々くんは？」

「もちろん、初めてです」

　足早に歩く奈々に向かって、

「じゃあ、説明しておこう」崇は口を開いた。「この神社は、言ったように安曇氏が深く関与しているんだが、まだ不思議な部分も多くてね。折角だから、きちんと確認してみたいんだ。さっき駅で、ちょっとした資料も手に入れておいたし」

　崇は嬉しそうに続ける。

「まずこの神社の主祭神は、穂高見命、綿津見神、瓊瓊杵《ににぎ》尊。穂高見命は、先に出た宇《う》都《つ》志《し》日《ひ》金析《かなさく》命で、神武天皇の伯父に当たる」

　崇は歩きながら、奈々に神々の略系図を見せた。

「穂高見命は、鵜《う》葺《が》草《や》葺不合《ふきあえず》命の義兄になるんですね！」

　そういうことだ、と崇は頷く。

「そして、綿津見神は、その穂高見命の父神。つまり、安曇氏の祖神。三番目の瓊瓊杵尊は、もちろん

天照大神の孫神で天孫降臨した神。この系図の火遠理《ほおり》命の父神とされている」

「凄い家系です」

「というより、穂高見命が、豊玉毘売《とよたまびめ》命と玉依毘売《たまよりびめ》命の兄弟神ということが凄い」

「え」

「豊玉毘売命と玉依毘売命には、大和賀茂氏の祖神ともいわれる玉依比古《たまよりひこ》という兄弟神がいるんだが、この神が穂高見命という可能性も出てくるんだ。しかも俺は個人的に、玉依毘売命は天照大神と同神だと考えてる」

　崇は心から楽しそうに言ったが、奈々はまだピンとこない。そんな奈々に向かって、崇は続けた。

「穂高神社にはその他、別宮に天照大神。若宮社には、安曇連《むらじ》比羅夫《ひらふ》命。相殿として、この神社を造営したとも伝えられる信濃中将を祀っている。だが、この信濃中将は『物くさ太郎』としての名前の方が有名だな」

「物くさ太郎……」

「奈々くんも、この名前はどこかで聞いたことがあるだろう」

「はい」奈々は答える。「そんな名前の、とっても怠け者の男性がいたって――。でも、そんな人が、祭神？」

　そうだ、と崇は首肯する。

「『御伽草子《おとぎぞうし》』によれば、信濃国筑摩《つかま》郡あたらしの郷《ごう》――現在の松本市あたりとされている場所に、『物くさ太郎』という、何もせずに寝てばかりいる男がいた、という話だ。結局、太郎は無理矢理に都に上らされたんだが、そこで機知を働かせたり、上手な歌を詠んだりして、美しい女房を得て中将となって信濃国に帰り、百姓たちに所領を取らせて、政《まつりごと》をきちんと行ったために、誰からも神と崇められた。その太郎を祀っている」

「最後は、立派な人になったわけですからね」

「――というより、もともと立派な人間だった可能

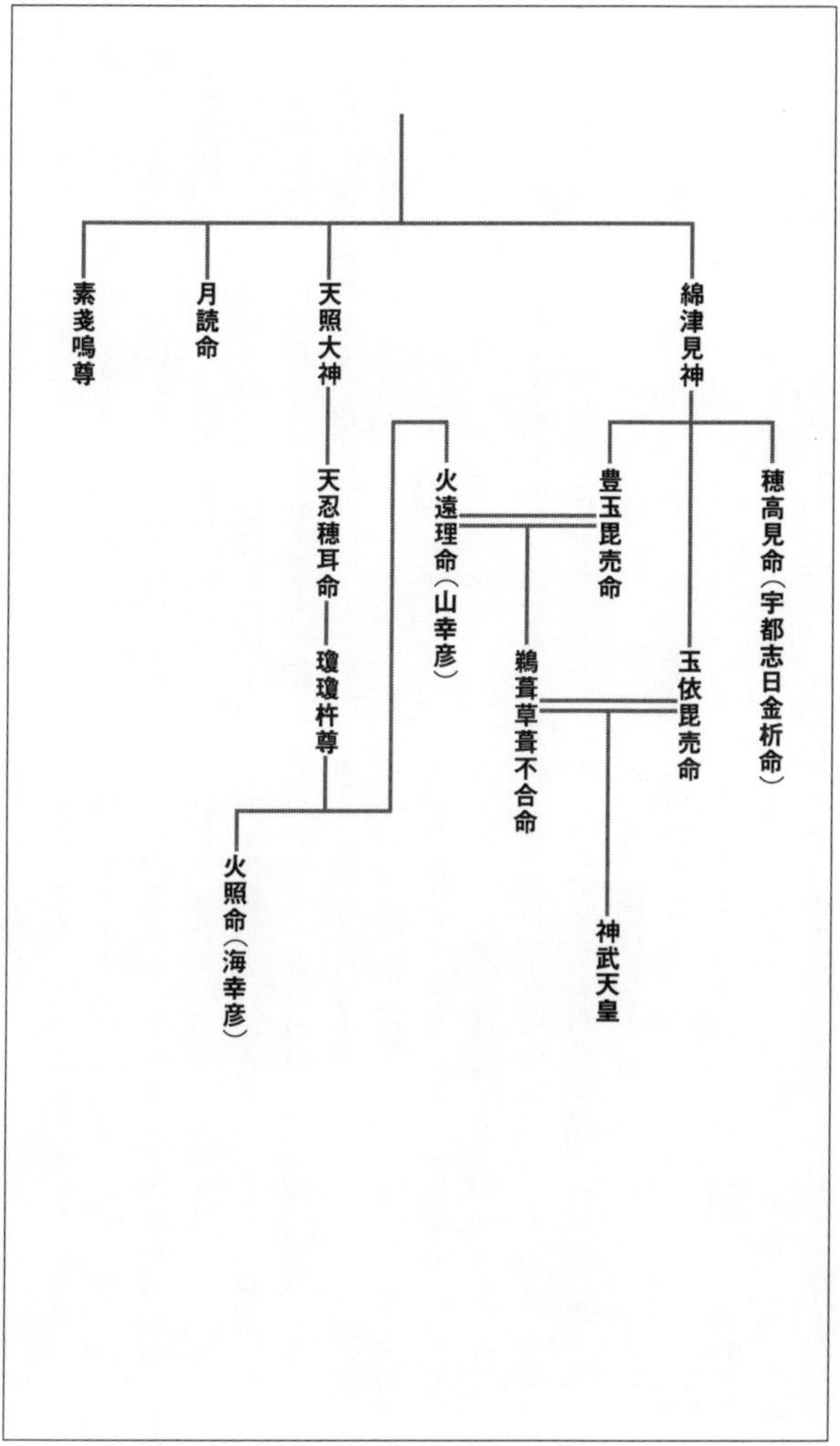

綿津見神
天照大神
月読命
素戔嗚尊
穂高見命（宇都志日金析命）
豊玉毘売命
玉依毘売命
火遠理命（山幸彦）
天忍穂耳命
瓊瓊杵尊
鵜葺草葺不合命
神武天皇
火照命（海幸彦）

性は高い。いや、これは何とか帝の落胤だったという話は別としてね」

なるほど、と奈々が大きく頷いた時、穂高神社の一の鳥居が見え、二人は鳥居の前に流れる川に架かっている橋を渡った。するとすぐ左手に、何かの動物にまたがって、左手は腰のあたりで鞭代わりの木の枝らしき物を握りしめ、右手は真っ直ぐ前方を指している若者の銅像が建っていた。

近くにある説明板を読めば、

「安曇野の伝説日光泉小太郎
大昔この安曇野一帯が漫々と水を湛《たた》えた湖であった頃、この湖に犀龍《さいりゅう》と云う者が住んでおりました
――云々」

とあった。

「日光泉小太郎だな」その像を見つめながら、崇が言う。「この神社の主祭神・穂高見命の化身といわれている人物だ」

でも、と奈々は首を傾げる。

「幼い少年のように見えますけど」

「人間の父親と、彼がまたがっている母親・犀龍との間に生まれた子供といわれてる」

何かの動物と見えたのは、その「犀龍」だったらしい。そういわれれば、波を蹴って泳いでいる一角獣――犀のようにも見える。

「小太郎は」崇は続ける。「ここ安曇野を母子で干拓、開拓したという。その伝説をもとに『龍の子太郎《たつこ》』という長編児童文学――物語も書かれた。更に言えば、泉小太郎の『泉』を分解すると『白』『水』になるが、古代北九州には『白水郎《はくすいろう》』と呼ばれた海人集団がいた」

「白水郎……」

「『万葉集』にも『筑前国《つくしのみちのくちのくに》の志賀《しか》の白水郎《あま》の歌十首』が載っているんだが、神亀《じんき》年間、つまり聖《しょう》武《む》天皇の時代に、朝廷の命令によって輸送船を出

し、その結果、難破してしまい命を失った白水郎荒《あら》雄《お》を悼んで山上憶良《やまのうえのおくら》、あるいはその周囲の人々が詠んだ歌だとされている」

「山上憶良たちが……」

「そして荒雄は『志賀村の漁師』とあるから当然、安曇氏だった」

「やはり綿津見、海人《わたつみ》だったというわけですね」

奈々たちは二人、手水舎で口と手を清める。

その先に見える両部《りょうぶ》鳥居の手前に飾られている平安時代様式の木造の屋形船を眺めながら、念の入ったことにもう一度橋を渡ると、正面に立派な神楽殿が、巨大な「孝養杉」と並んで建ち、その向こうには大きな拝殿が見えた。

二人揃って参拝すると、崇は拝殿脇から本殿を覗く。奈々も真似をして崇の横から覗き込むと、一間社流造の本殿が三棟、横並びに建っていた。そして中央の本殿の、通常であれば棟と直角に置かれているはずの鰹木《かつおぎ》が、屋根の中央で逆への字に折れて棟と平行に延び、左右の千木まで届いている。こんな鰹木は初めて見た。確かに特徴的だ。

次に二人は、菅原道真《すがわらのみちざね》を祀る菅原社や、建御名方《たけみなかた》命を祀る諏訪社などを過ぎて「御船祭」などの資料が展示されている「御船会館」へと向かった。

大きな唐破風《からはふ》の入り口の建物を入ると、やはり数々の道祖神、そして「百人一首絵馬」がずらりと飾られていた。それらを眺めながら順路通りに進んで行くと、実際に例大祭で使われた御船や人形が飾られていた。先ほどの資料でも、御船は「高さ六メートル、長さ十二メートル」と書かれていたが、こうして実際に目の前に見ると圧巻だ。場面は、源平合戦の壇ノ浦らしい。

近くでは、実際の祭りのＶＴＲも流れていて、また「御船」の説明板もあった。それによれば、この御船の「特徴」は、
一、船内に囃子衆が乗る陸曳《おかび》き御船である。

一、御船の前を男腹《おばら》、後を女腹《めばら》といい、男女の着物を掛ける。
＊着物を掛けると一年間健康という信仰がある。
着物の持ち主は、祭りが終わると持ち帰る。
一、船上には毎年異なる穂高人形を飾る。
一、毎年組立て祭りが終わると分解して格納する。

——云々とあった。

やはり本当に、この壮大な「御船」は、毎年新しく建造されるらしい。奈々は、そのパワーに素直に驚く。

その他にも、毎年三月に斎行される「奉射祭《おびしゃ》」で使用される弓や的。これは、この神社の宮司が邪気を祓う矢を放つ祭りで、的は、檜などを薄板割りにしたものを網代状に組んであり、裏側には、鬼を表す「甲・乙・ム（甲乙なしと読む）」を組み合わせた組文字が張られていた。

また、二十年ごとの式年遷宮の資料や、近隣の古墳からの出土品。そして、神社に備え付けの資料集などを見学して、奈々たちは御船会館を出た。

境内を出る前に、片隅にズラリと並んで建っている道祖神にもご挨拶する。奈々はここでも驚いてしまったのだが、普通は道祖神というと、平べったい石に刻まれた表情すらも判然としない神像を思い浮かべるが、ここには実にさまざまなバリエーションがあった。

仲良く手を握っている二人、抱き合って口づけを交わしている男女、二人で餅をついている「餅搗《つ》き道祖神」。その由来には「夫婦円満の神」と書かれ「杵を男性、臼を女性に見立て、男女の睦事《むつごと》を『餅搗き』とし」とあった。そういうことなのか。以前、崇に聞いた話では、道祖神そのものが「夫婦和合」の神だというから、確かかも知れない……。

最後に二人は、信濃中将——「物くさ太郎」のレリーフと、ここを訪れた折口信夫の歌などに目を落として、穂高神社を後にした。

「色々と勉強になった」歩きながら崇は言う。「しかし、資料に書かれていた『穂高神社の祭神は穂高見神一座とされていた』『綿津見神を含め、他の祭神は後から付け加わったものである』という一文が少し引っかかる」

確かに、そんな文章があった。

でも後世、祭神が次々に追加されるのは良くあることなのではないか、と奈々が言うと崇は、

「ただ単に、そういうことだったのかも知れないな。さて——」あっさりと答えて周囲を見回した。

「次は、大王わさび農場だ」

崇は楽しそうに言った。

駅前でタクシーを拾い、穂高川沿いの道を南下する。途中で、何台もの観光バスとすれ違った。全てのバスが「わさび農場」に向かうらしい。農場は、本当にこの辺りの一大観光名所になっているようだ。運転手の話だと、季節によっては大渋滞を引き起こすのだという。

「今日はまだ、運が良かったですよ。農場の中もそれほど混んでいないんじゃないですかね。楽しんできてください」

微笑みながら言われた。

奈々たちも、そんな観光客の一組に見えたのだろうが、崇が「わさび農場」に興味を示すはずもない。目的はもちろん、魏石鬼八面大王の胴体を埋葬し、それを祀っているという「大王神社」だけだ。

運転手の言うように道も空いていたので、タクシーはすぐ農場に到着した。農場内での時間が読めないので一旦タクシーを乗り捨て、改めて電話で呼ぶことにして、二人は農場に向かった。

確かに一大テーマパークのような場所で、大型車二十五台・普通車三百五十台が停まれるという広い駐車場には、何台もの観光バスが停まり、降りてくる人たち、乗り込んで次の目的地に移動する人たちで混雑していた。

外国人観光客の比率が多いように感じたが、「大

王わさび」に関する説明書きを読めば、もともと山葵《わさび》を食していたのは、日本と台湾だけだったと書かれていた。さすがに最近は、全世界に広まっているようだが、珍しい香辛料であることは間違いない。そこで、外国からの観光客が特に多くやって来るのだろう。

奈々たちも、敷地面積四万五千坪、東京ドーム十個分以上——といわれても、全くピンとこないくらい広い農場へ入る。奈々は初めて知ったのだが、長野県は山葵の生産量が全国一位だそうだ。しかも、その九割が安曇野なのだという。確かにこの農場だけでも、実に広大だ。素直に納得できてしまう。

一方、崇は場内施設マップに見入っていたが、奈々を振り返ると、

「さあ、行こうか」

とだけ言って、サッサと歩き始めた。もちろん、すぐさま「大王神社」に向かうのだ。大勢の人々でごった返している土産物店や、食事処や、わさびソフトクリーム売り場などには目もくれず、一直線に神社を目指す。

やがて施設のほぼ中央と思われる辺りに、白い鳥居が見えた。魏石鬼八面大王の胴体を祀っている、大王神社だ。由緒を見れば、

「今を去る千二百年前（延暦年間）安曇平野に繁栄した原住民族の王を、人呼んで魏石鬼八面大王と称した。後に大王の偉業を顕彰して建てられたのが大王神社である。

折しも南方より侵攻し来たる大陸族との間に激烈なる攻防戦が繰り展げられ、大王は一族を卆いて勇戦敢斗大いに侵入者を悩ました。然し優勢を誇る大陸族の前には遂に抗し難く、大王は捕えられ処刑された。大王の復活を恐れる余り遺骸は分断され、その胴体を葬ったのが当大王山であると言われている」

とあった。

到着前にチラリと目を通した魏石鬼に関する一般的な説明文では、彼は非情な悪鬼だったので、坂上田村麻呂が退治したと書かれていたが、この由緒書きでは、かなり好意的だ。というより「悪鬼」という言葉など使われていない。

この場所にも、敗者の歴史が眠っている——。

石で造られている小さな祠のような本殿への道は、立ち入り禁止となっていたので、奈々たちは拝殿から遥拝する。その拝殿の左右には大きな草鞋《わらじ》が掛かっていて、それに関しても由来が説明されていた。それによれば、魏石鬼八面大王は身長二メートルを超える大男だったので、こんな大きな草鞋を履いていたのだとか、あるいは、この農場開拓の際に駆り出された農夫たちが、厳寒期の冷たい水で足が大きく真っ赤に腫れ上がってしまったことから、大草鞋を神社に奉納したのだ、ということである。

これはきっと、後者の説が正しいのではないかと奈々は思った。というのも、神社の神徳に「足の痛み、膝の痛みを除く」とあるからだ。

毎回のように崇から聞いている。神様は、自分に降りかかった不幸や理不尽な現実を我々から取り除いてくれ、自分たちが叶わなかった望みを我々が叶うようにしてくれる。若くして命を落としてしまった人間は『健康長寿』『延命』の神となり、愛する人との理不尽な離別を経験させられた人間は『恋愛成就』や『縁結び』や『家庭円満』の神となり、財産を不当に強奪されてしまった人間は『商売繁盛』や『金運上昇』の神となる。

ということは、この農場を開拓した（あるいは、させられた）人々は誰もが「足や膝を痛く」したのだろう。ここの水温は夏季も冬季も十五度を切るという。夏ならともかく、冬の気温は氷点下まで下がる。それこそ厳寒期などには、真っ赤に腫れ上がってしまったはずだ……。

再び土産物店などを素通りする崇の後について、奈々も農場を出た。総合受付の近くには、何かの映画のロケ地にもなったという水車小屋があったが、崇はその手前で立ち止まる。そこには、可愛らしい子鬼が、左右に両親と思われる二匹の鬼を従えて、太い金棒を手にすっくと立っていた。

　奈々はまたしても、そこに立てられている説明板に視線を落とす。その板には、

「『勇気と優しさ』を秘めた安曇野の雄
　魏石鬼八面大王」

と書かれていた。

　また、全国統一を目指した大和朝廷によって苦しめられていた信濃の人々のために立ち上がった大王が、坂上田村麻呂らによって、遂に討ち取られてしまい、息を吹き返すことを恐れてバラバラにされた大王の胴を、この農場に埋めたことから大王神社が建立されたとあった。そして、

「魏石鬼八面大王は、大王農場の守護神であり、安曇野を守ってくれた勇士でもあります。

　大王の強靭でありながら、人を愛するあたたかな心は、ここを訪れた人々にきっと伝わっていくことでしょう」


と結ばれていた。

　三人の像は、かなり後世に造られた物だろう。でも、この説明書きを読んでから眺めると、胸が熱くなる。地元の人たちは八面大王を、決して悪鬼などとは思っていない。あくまでも、自分たちのために朝廷と戦ってくれた「英雄」なのだ。その歴史を、こうしてずっと受け継いできている。

　歴史は遠い昔の思い出話ではない。現在まで連綿と続く川の流れなのだ。でも大抵の歴史は、勝者によってあっさりと塗りかえられてしまっている。しかし、必ずどこかで真実を伝え残そうとしている人々がいる。

そんな当たり前のことを改めて思いながら像を眺めると、涙が出そうだったが、奈々は崇の少し後ろを歩く。

「さて」と崇は駐車場を見回しながら言った。「タクシーを呼んで、次は川会《かわあいの》神社だ。何しろこの神社は、

『旧安曇郡には今でも綿津見神を祀る神社があるだろうか。実は二つある。ひとつは川会神社であり、ひとつは穂高神社である』

『川会神社こそ安曇の中心であり、安曇人のアイデンティティを与えてくれる拠り所である』

とか、遅くとも五五〇年頃には創建されていると考えられるために、

『おそらく川会神社は安曇ではもっとも古い神社であると言うことができると思います』

といわれているんだからね」

「穂高神社よりもですか！」

驚く奈々に向かって、

「そうらしい」崇は答えた。「最寄りの駅は、穂高駅から二駅先の安曇追分《おいわけ》だが、電車を待っている時間が惜しいし、駅を降りてから少し距離もあるようだから、ここからタクシーに乗ってしまおう」

「穂高から離れてしまうんですか？　小松崎さんが、すぐに連絡が取れる場所にいろって——」

「連絡は取れるんだから、構うもんか。それより、その後は川会神社から三、四キロほど山に向かった有明山神社と、八面大王たちの隠れ家だった魏石鬼《ぎしきの》窟《いわや》まで行く予定なんだから」

「え……」

熊出没注意の場所なのではないか？

ゴクリ、と息を呑む奈々をよそに、崇はタクシーを呼んだ。

＊

黒岩と吉田は、明美の遺体の第一発見者である源太に再確認するため、アルバイト先のキャンプ場まで出向くと、責任者に理由を説明して源太を呼び出してもらった。

「今日は……」源太は、おどおどと二人を見た。

「どんなご用件でしょうか」

「確認だけなんですが」黒岩は軽く微笑みながら告げた。「蜂谷明美さんが、最後に『黒鬼』と言ったとおっしゃいましたね」

はあ……と源太は頭を掻く。

「私には、そう聞こえました。もっとも、そんな鬼がおるのかおらんのかは知りませんが。ただ……おまわりさんには言ったんですが、私もとっても動転していましたし、明美ちゃんも最後の方は小さな声になってしまって、モゴモゴと……」

「あの状況ですからね」黒岩は頷く。「一言一言、はっきりと告げられたわけもないでしょうからな」

「はあ」

「しかし、少なくとも『くろ』とは言った？」

「それは確かに……」

「たとえば」と黒岩は源太を見る。「『黒子《ほくろ》』や『手《て》袋《ぶくろ》』といった『何々くろ』ではなく、一言目から『くろ』だったんですね」

「はい……」と答えてから、源太はハッと顔を上げた。「そういえば、後からの噂で私も聞きました。あの時何やら草むらに、黒い鬼の顔のような物を見た人がいたって！　それが『黒鬼』ってことだったんでしょうかね」

いや、と黒岩は首を横に振った。

「その件に関しては、また別途で捜査中ですので何とも言えません。ただ、ふと思いましてね。もしかしたら明美さんは『黒鬼』ではなく『くろ（お）に』つまり『くろ……に』と言い残されたのではないか、と」

「……そう言われれば、そうですね」源太は何度も頷いた。「確かに『くろ……に』だったかも知れません。私が勝手に『くろお……に』――『黒鬼』と思い込んでしまっただけで」

「まあ、これもまだ単なる可能性にしか過ぎませんがね。彼女はあなたに『くろに襲われた』と伝えたかったのかも知れないと、ふと思ったんです」

「そういうことだったのかも、知れません……」源太は体を硬くしたまま認めた。「確かにそちらの方が、ずっとあり得そうな話です」

それで、と黒岩は体を起こして源太を見た。

「あなたにもう一度お尋ねしたいんですが、明美さんは婚約されていて、それをあなたもご存知だったとおっしゃいましたね」

「明美ちゃん本人から、そう聞きました」

「相手は、畔倉誠一さん」

「はい……」

そうですか、と言って黒岩は源太を見た。

「先ほどなんですがね、ある人物が署にやって来まして、畔倉さんの『畔』も『くろ』と読むと言われました。我々も、彼に言われるまですっかり失念していましてね。そこで、ひょっとして明美さんたちの間で、そんな呼び方をしていたのではないかと思って、あなたにお尋ねしているわけです」

「あっ」

「何か？」

黒岩が尋ねると、源太は激しく動揺した。

「い、いえ……特に何も……」

「思い当たりませんか？」

「は、はい」

「何でも構わないんですよ」今度は吉田が言う。

「小さなことでも、気がついた点があれば」

「いやいや……私は全く知りませんので……」源太はすがるような視線で二人を見た。「蜂谷さんとこはともかく、私は畔倉さんの家とは、それほど親しくしていたわけじゃないので」

源太は、かたくなに否定し続けた。

これ以上聞き出すのは無理と判断した黒岩たちは、源太に礼を述べるとキャンプ場を後にした。


「あんな必死に否定してるってことは」吉田が車を出しながら黒岩に言った。「むしろ認めてるようなもんですね」

「正直な人なんだろうな」黒岩は助手席で答える。「畔倉誠一が蜂谷明美から『くろ』、あるいはそれに付随するようなあだ名で呼ばれていたと教えてくれたようなもんだ」

「じゃあ、次は畔倉家へ？」

「いや、先に蜂谷家にまわろう。両親に確認を取ってから、畔倉家へ」

「承知しました」

「とにかく、この『くろ』の問題を片づけてしまわないと、俺自身、気分が悪い」

思い切り顔をしかめる黒岩を見て、

「確かに」

吉田は笑うと、アクセルを踏み込んだ。

蜂谷家を訪れると、親戚だという女性が応対に出た。明美の父・俊郎《としろう》の姉で、細川佳子《ほそかわよしこ》と名乗った。安曇追分駅近くに住んでいる女性で、今年五十二歳になるらしい。現在、明美の母親・珠美《たまみ》がショックで倒れ、豊科《とよしな》町の総合病院に入院しているため、俊郎が毎日何時間かつき添っている、その留守を頼まれていると言った。
両親から直接話を聞けなかったのは残念だが、伯母であれば明美に関してもある程度詳しいだろう。いや、当事者ではない分、突っ込んで証言してくれる可能性もあると判断して、黒岩たちは家に上がらせてもらった。
まず、今回の事件に関してお悔やみの言葉を述べ
「申し訳ありませんが」と早速、畔倉誠一との婚約

の話を聞く。

「はい……」

と顔を曇らせながら視線を逸らせて歯切れが悪い。そこで黒岩は「何かありましたかね」と尋ねる。すると、

「実は」と佳子は、とても言いづらそうに答えた。

「最近、ちょっとトラブルがあったみたいで」

「トラブルというと?」

「細かい状況は知りませんけど、明美が今頃になって、結婚に乗り気ではなくなったようだって……。だから珠美さんも、困ったと言って私の所に相談に来られて」

「まさか、婚約解消とか?」

「そこまでは行っていなかったようですけど……」

「そうなってしまった具体的な原因などは、お聞きになりませんでしたか?」

特に、と佳子は眉根を寄せた。

「ですから私は、それはきっと結婚式が近づくと、花嫁さんが何となく憂鬱になるという――」

「マリッジブルー」

「そうそう」佳子は頷く。「親子仲が良かった花嫁さんが、特にそうなりやすいって言うじゃないですか。明美は珠美さんと、とっても仲が良かったから。誠一さんに八つ当たりするみたいな気持ちになっちゃってるんじゃないかって」

「あり得ますね」

「実際、それまではあの二人、とっても幸せそうでしたし」

「では、そのトラブルは最近のことなんですね」

「そうですね」佳子は視線を上げた。「例の公民館の事件の少し前くらいの話でしたか……。もちろんあの事件がどうのこうのというんじゃなくて、時期がね。ちょうどその頃だったという話です」

なるほど、と黒岩は首肯した。

「今、明美さんと誠一くんが仲が良かったとおっしゃいましたが、変なことを伺っても良いですか」

「……はい」

「明美さんたちは、普段お互いに何と呼び合っていたか、ご存じないですかね。例えばあだ名とか、二人だけに通じるニックネームとか」

「そうですね……」佳子は眉根を寄せた。「誠一さんは明美のことを『明《あけ》ちゃん』と呼んでいました。また、時々明美が子供っぽいことを言ったりした時なんか、からかって『明《あか》ちゃん』なんて」

「明美さんは？」

「誠一さんは、明美のあの天衣無縫な性格とは真逆で、とっても静かで真面目な方だったし、いつも黒っぽい服ばかり着てた人だから、私が『あか（赤）』だったら、誠一さんは『くろ（黒）』だといって——」

「くろ！」

思わず顔を見合わせた黒岩と吉田の前で、佳子は「ええ」と答えて続けた。

「その上どこかで『畔』は『くろ』と読むって聞いたらしくて、面白がってしょっちゅうそう呼んでました。洋服も黒いし性格も暗いから『畔倉《くろくら》』でちょうど良いなんて言って。年下のくせに、あの娘ったらそんなことを」

「間違いないですね」

「はい」と佳子はキョトンとした顔で首を縦に振った。「でも、それが何か？」

「いえ」黒岩は吉田を見て頷くと、佳子に向かって礼を述べる。「お時間を作っていただき、ありがとうございました。蜂谷さん御夫婦にも、よろしくお伝えください」

そう言って二人は足早に蜂谷家を辞すると、すぐさま車に乗り込み、畔倉家へと向かった。


あっという間に到着した黒岩たちが、畔倉家のインターフォンを押して名前を告げると、

「はいっ」

おそらく母親の蓉子《ようこ》と思われる大きな声が聞こ

え、バタバタと階段を駆け降りる音が響いた。すぐに勢いよく玄関の扉が開き、取り乱した様子の蓉子が飛び出してきた。

「刑事さんっ」蓉子は二人に向かって、オロオロと言う。「私からも今、警察に連絡しようと思っていたんですっ」

「どうかされましたか？」

静かに尋ねる黒岩に向かって、蓉子は叫んだ。

「息子の、誠一の姿が昨日から見当たらないんです。それに、ここ数日間は、何か妙に塞いでいましたし……」

「いつもは、そんなことはなかったんですね」

「普段から口数は少なかったけど、でも仕事に出る以外は、ずっと部屋に閉じ籠もるなんて……」

「食事は？」

「余り口にもしなくて」

「そうですか」

「それに、あの子はああいう性格なんで、どこかに泊まる時は必ず連絡が入るのにそんなこともなくて。でもまあ、たまにはそんなこともあるだろうと主人と話していたんですけど、やっぱり心配になってしまって——」

「昨日の様子はどうだったんですか？」

「朝早く、普段通り仕事に出かけました。普段は夕方には家に戻るんですけれど、昨夜は戻らず……。そこで今朝、息子の会社に電話を入れてみたんです。すると、昨日はいつも通り五時半に会社を出たはずだ、と」

「今日は、出勤もしていない？」

「そう言われました。なので、これから警察へと思っていたところなんです」

了解しました、と黒岩は言った。

「では、この辺りの交番に連絡を入れてみましょう。誠一くんを見かけた人間がいるかも知れない。あと、駅前の防犯カメラなどもね。もちろん何事もなく帰って来られるに越したことはありませんが、一応念のために」

黒岩の言葉に、吉田は「はい」と答え、その様子を見た蓉子は、

「よろしくお願いします」

こわばった顔で、深く頭を下げた。


再び車に乗り込むと、黒岩は言った。

「畔倉家では『くろ』の確認が取れなかったが、もうこれで充分だしな。どう考えても、こっちの件の方が優先だ。事件の臭いがする」

ええ、と吉田はアクセルを踏み込んだ。

「誠一の会社に、もう一度確認を入れましょう。何か、普段と違った様子がなかったかどうか。これは自分が行きます」

「そうだな。よろしく頼む」

黒岩は言って、硬い表情のままシートに大きくもたれかかった。

＊

十分ほど待って農場の入り口にタクシーがやって来ると崇は、

「川会神社まで」と告げた。

川沿いの細い道を走り出した車の窓から外の景色を眺めれば、やはりいくつもの小さな道祖神が目に入る。

「穂高神社もそうでしたけど」奈々は何気なく呟いた。「この辺りは本当に道祖神が多いですね」

すると運転手がバックミラーを覗き込みながら、「そうなんですよ」と答えた。「安曇野だけで何百。下手したら千体くらいあるんじゃないかって言われてます」

でも、と奈々は昔に聞いた崇の話を思い出して、後部座席から尋ねる。

「道祖神って、村や道の境目に置かれる守り神です

よね。安曇野には、そんなにたくさんの小さな村があったんですか？」

「いや……」運転手はハンドルを握ったまま首を捻った。「そういうわけじゃないと思いますけど……どうしてでしょうかね？　きっと、道祖神を信仰していた人たちが大勢いたんじゃないんですか」

「そういうことですか」

　すると、

「そうか」崇が前を見たまま言った。「なるほど、そういうことだったんだな。奈々くんの言葉で今気がついたが、こういったことには必ずきちんと理屈が通っているもんだ」

「理屈？」

「この地域に無数の道祖神が鎮座している理由だ」

「えっ。それは」

　身を乗り出す奈々に向かって、

「そもそも道祖神は」崇は答えた。「きみが言ったように、境界の向こうからやって来る悪霊や疫病を、村の入り口で防ぐために置かれた神だ。そして大抵が夫婦神として祀られているが、これは『夫婦和合』には、それらの悪神を退散する力がある——と言われてきたからだ」

「いわゆる、迷信ですか？」

「いや、迷信じゃない」崇は首を横に振った。「ロジカルな呪《まじな》いだ」

「え？」

「『夫婦和合』が叶わなかった神をその場所に祀ることによって、私たちはあなた方と同じように悲惨な者たちなんですと表明して、悪神に退散いただく。夏越祓《なごしのはらえ》の『茅《ち》の輪くぐり』と同じ発想だな。あの風習も端的に言ってしまえば、私たちは悲惨な目に遭わされた牛頭天王《ごずてんのう》——疫病神の子孫ですのでお見逃しください、と主張して悪神に襲われないようにするわけだから」

「はい……」

「但し『夫婦和合』に関して言えば、道祖神が猿田《さるた》彦《ひこ》神や、天宇受売命《あめのうずめ》と同一視され始めてから、『悪神退散』という以上に『子孫繁栄』の神徳が強く意識されるようになった。彼らは、日本史上でも有名な夫婦神であると同時に、特筆されるべき悲惨な道を辿った神でもあるからね」

「そういうことですか――」

この神に関しても、崇から何度も聞いている。

古代出雲の加賀《かか》の潜戸《くけど》で生まれたとされている佐《さ》太《だ》大神は、『出雲国風土記』によれば『猿田彦神』と同一神。天孫・瓊瓊杵尊たちを迎えて、彼らを日向の高千穂《たかちほ》の国へと案内し、その後、天宇受売命と結婚して伊勢へ赴き、土地の神となった。大きな鼻を持つことから、天狗と同神あるいは原型とも考えられている神だ。

ちなみに吉野裕子《よしのひろこ》によれば、この「かか」という地名は蛇の古語であるから、佐太大神・猿田彦神も「竜蛇の関係は濃密」だということらしい。

天宇受売命に関しても、以前に崇から聞いた。

いわゆる「伊勢男に、筑紫女」「伊勢摩羅《まら》に、筑紫ツビ（女陰）」。男性は伊勢の男、女性は筑紫の女が素晴らしいという言い伝えがある。そして、この「伊勢男」こそが猿田彦神であり「筑紫女」というのは天宇受売命のことなんだと。

彼らは理想の夫婦神であったが、やがて猿田彦は、大和朝廷の手先となった（最初からそうだった可能性もある）天宇受売命の手にかかって、殺害されてしまった。『古事記』には、天宇受売命が猿田彦神を（黄泉国に）送った、と書かれていると崇が言っていた。

「じゃあ、安曇野の人たちは、そんなことをきちんと知って、道祖神をたくさん祀ったんですね」

「だが、この土地の場合は、もっと強い理由があるように思う」

「それは？」

「今言ったように、道祖神が猿田彦神だからだ」

崇は奈々を見て続けた。

「天孫降臨の際に瓊瓊杵尊を先導したといわれている猿田彦神は、やはり神々を先導する塩土《しおつちの》老翁《おじ》と同体と考えられている。そして、塩土老翁はそのまま住吉大神になる。二人とも『塩』『海』という共通点を持っている上に、塩土老翁は『塩筒老翁』とも書き表されるからね。これはそのまま『上筒之《うわつつの》男《お》・中筒之男・底筒之男』の住吉大神だ。更に、住吉大神は宗像《むなかた》神の子とされているから、当然彼らは、綿津見の神だ」

奈々は頭の中で、必死に崇の話を追って整理する。つまり――。

道祖神＝猿田彦神で、
猿田彦神＝塩土老翁で、
塩土老翁＝住吉大神で、
住吉大神＝宗像神の子で、
宗像神＝綿津見の神で、安曇氏。
ゆえに、
道祖神＝安曇氏。

「それで道祖神が、安曇野にたくさん！」

「この理論で行けばね」と崇は言う。「今回も、時間の余裕があれば行ってみたいんだが、今向かっている方向とは逆の三郷温《みさとゆたか》の地に『住吉神社』がある。かなり由緒ある古社のようで、地元の人々からの崇敬が篤いと聞いた。主祭神はもちろん、住吉大神――筒之男三神と、神功皇后、そして何故か建御《たけみ》名方《なかた》神だ。その住吉大神が、この安曇野の地にも祀られている」

なるほど――。

今の崇の言葉ではないが、不思議に思える現象には必ずきちんとした理由がある。あからさまに表には出て来ないだけで。

でも、あと一点。

「根本的な質問なんですけど」と奈々は、そっと尋ねた。「どうして道祖神が、猿田彦神や天宇受売命と同一視されるようになったんでしょうか？」

「道祖神である塞《さい》の神は」崇は答える。「道の分岐点にいることから『岐《くなど》の神』とも呼ばれ『ここから来（る）な』という意味からきているといわれている。しかし、この『くなど』から容易に連想される『くなぐ』という言葉になると、これは『性行為』、つまりセックスを意味する言葉になる」

「は……」

「そうであれば、性的な男性神の代表ともいえる『伊勢摩羅』の猿田彦神に繋がってゆく」

あ。

　さっき奈々が心の中で思ったではないか。

　伊勢摩羅と筑紫ツビ……。

「そして、この岐の神は」崇は続ける。「同時に『船戸《ふなど》神』とも呼ばれた。一般的には、単純に『クナド』が『フナド』に転訛したと言われているようだが、実はこれにも意味があると俺は思ってる」

「それは？」

「『船』は隠語で女性、特に『女陰』を意味しているからだ」

「え……」

　奈々はあわてて運転手をチラリと見た。今の崇の言葉は当然聞こえているだろうが、初老の運転手は動揺することなく静かにハンドルを握っていた。

「事実」奈々の内心を知らぬように、崇は言った。「歌舞伎『仮名手本忠臣蔵』の七段目『祇園一力《いちりき》茶屋の場』で、大星由良助《おおぼしゆらのすけ》――大石内蔵助《おおいしくらのすけ》の台詞に、こんなものがある。二階から梯子で降りて来ようとする遊女・お軽《かる》の『船玉《ふなだま》さまが見える』とね。当然その時代の遊女は、下着など身にまとっているわけもないから、庭にいた由良助の視界に入ったんだろう。そこで江戸川柳には、

　七段目はしごで拝む舟後光《ふなごこう》

　と詠まれたりもしている」

「そう……なんですね」

俯き加減、上目遣いで答える奈々を気にも留めず

崇は続ける。

「故に『クナグ』『クナド』の神である猿田彦からの連想で、『船』である女性——この場合は天宇受売命——が登場するのは当然すぎる話だな」

「……ですね」

奈々が体を小さくして答えた時、

「もうすぐ、川会神社に到着します」

という運転手の声が聞こえた。

奈々が内心ホッとしていると、崇は、次に有明山神社まで行きたいので、駐車場で待っていてもらうように頼み、運転手も了承した。

高瀬橋を渡って少し走ると、

「延喜式内　川會神社」

という扁額の掛かっている白い両部鳥居が見えた。その近くの駐車場（らしき場所）にタクシーは停まり、奈々たちは降りる。

そのまま鳥居をくぐって境内に入ったのだが、参道の周囲は高瀬川近くの野原と雑木林。横の広場は滑り台や砂場のある公園で、境内との区別もつかないし社務所もなかった。

奈々たちは境内を進み、拝殿から参拝する。参拝が終わると、奈々は拝殿に掛かっている由緒書きに目を落とした。


「式内　村社　川會神社　来由書」

と書かれ、続けて、

「本社ハ　景行天皇十二年ノ草創ニシテ　延喜式内名神小ノ社タリ　始ハ高瀬川ト木崎湖ヨリ出テタル農具川トノ落合ニ鎮座在リシヲ以テ　川會神社ト称シ——云々」

とあり、最後に、

「志きしまの道ハあまりにひろければ
　道ともしらて人や行くらん」

という歌が書かれていた。それをじっと眺めていた奈々に、

「川会神社の祭神については」と崇が言う。「ずっと不明だったようだ。実際に江戸時代は、建御名方命。明治初期には、綿津見神とされている。そして明治三十年代から、現在のように底綿津見神となったというんだが、この底綿津見神を単独で祀る神社というのは、とても珍しい」

「そうですね……」最近は少しだけ神社通になっている奈々は頷く。「大抵は綿津見三神とか、筒之男神三神ですものね……。どうしてなんでしょう?」

さあ、と崇は首を捻り、

「いくつか考えられる理由はあるが、今はまだ何とも答えようがない」

と言いながら歩く。すると境内の隅に「民話『泉小太郎』」と書かれた石碑があった。奈々が覗き込むと、

「まだ山も川も海も固まらない時代のことです。信州安曇郡有明の地は大きな湖でした。泉小太郎は有明の竜神犀竜を母とし、高梨の竜神白竜王を父として鉢伏山で生まれ——云々」

と書かれていた。

ここでは、小太郎の父親も「竜神」となっているる。しかし、大体のストーリーは同じで、小太郎たちはこの地を干拓・開拓して、人が住みやすい土地に変えた。その小太郎を龍神として祀っているのが、この川会神社なのだという。

しかし、こうやって見回しても、実にのどかで平和な境内だ。ここが昔は本当に『安曇の中心』で『安曇ではもっとも古い神社』だったのだろうか。

奈々はしみじみ周囲を眺めながら車に戻った。

「さて次は」タクシーが発車すると、崇は機嫌良く言う。「鼠穴を経由して有明山神社、そして魏石鬼窟だ」

「でも、鼠穴なんて、ちょっと変わった地名です

ね。何か謂われがありそうで」

　奈々が小首を傾げると、

「ここに説明書きがありますから」運転手が前を向いたまま、助手席から安曇野のパンフレットを拾い上げ、そのまま奈々に手渡した。「よろしかったら、どうぞ」

「ありがとうございます」

　奈々はお礼を述べて受け取るとページをめくり「鼠穴伝説」と書かれている部分に目を落とした。

その説明によれば——。

　昔、貧しい村人が、祭事に使うための食器がなくて困っていた。それを、たまたまこの大きな石の側で嘆いたところ、翌朝、石に開いている穴の前に綺麗な食器が並べられていた。これはきっと、穴の中に棲んでいる鼠が揃えてくれたに違いないと、村人は感謝して一晩借り、次の日にはお礼と一緒に返した——という、いわゆる「椀貸《わんか》し伝説」や、この穴から有明山頂の霊水「金明水《きんめいすい》」「銀《ぎん》明水」が湧き出しているとか、この穴は五十キロ程北東に位置している善光寺《ぜんこうじ》まで続いているのだとか、さまざまな伝説が書かれていた。

　そして最後には、

「鼠を『不寝見《ねずみ》』とよみ、いわゆる古城の物見の意味で、城跡や豪族の巨館跡もさぐることができてうなずけます」

　という教育委員会の言葉も載っていた。

　奈々は、なるほどと納得する。

　おそらく先ほどの「金明水」も「銀明水」も単なる水ではなく、もしかすると本物の「金」や「水銀」であり、ここには産鉄民が関係していたのではないか。そのために、産鉄民の間で使用されていた「不寝見」という言葉が付与されているのだ。

　そんな話を崇にすると、

「ネズミはアズミ、つまり安曇氏も意味していただろうからね」と答えた。「さっき言った製鉄民・宇《う》都志日金析《つしひかなさく》だ。実際に、魏石鬼八面大王が隠れ棲んでいたという窟も近い」

「そういうことですか……」

「彼らを退治したといわれている坂上田村麻呂たちは、魏石鬼たちを、わざと『鼠族』と呼んで貶めていたらしいから」

確かにそのまま「安曇族」を連想させる蔑称だ。

「但し」崇はつけ加える。「さっきも言ったように、坂上田村麻呂の時代とは少し違っているようだから調べてみた。するとどうやら、地元の豪族・仁《に》科《しな》氏の家臣、田村守宮《たむらのやもり》という人物が、魏石鬼たちと戦ったようだ。故意にか純粋に混乱したのかは分からないが『田村』が同じなので、いつしか坂上田村麻呂で定着してしまったらしい」

「あるいは」奈々も言う。「田村麻呂の方が有名だから、時代と共に『田村』という名前が、田村麻呂になってしまったとか」

「その可能性も、大いにあるし」崇は同意した。「また、こんな話もある」

いつの間に調べたのだろうか、メモ帳を開いて読み上げた。

「『信府統記《しんぷとうき》には「有明の里を仁科と呼んだのもこの時である。鬼賊が仁《ひと》の科《とが》となった意味から田村麻呂がそう名付けたらしい」と記している』

『八面大王こと安曇族を征伐したのは、仁科氏か坂上田村麻呂か、そのいずれであるか、あるいは両者の連合軍であったという結論が必然的に導かれる』

『七九〇年代に入ると、新しく郡司になった仁科氏が安曇族の滅亡を画策し始めた。そして東征途上の坂上田村麻呂を取り込んで、安曇族攻撃の準備を進めた』

という。坂上田村麻呂はともかくとして、魏石鬼討伐に地元豪族だった仁科氏が関わっていたことは確実だ」

そういうことか、と奈々が頷いた時、タクシーは

「鼠石」に到着した。

　そこは、古い桜の木を背に、子供の握り拳ほどの大きさの穴が開いた大きな石が置かれ、ぐるりと背の低い石の柵で囲われていた。横には「松川村教育委員会」の説明板が立てられて、

「鼠石（伝説）
　有明山の山麓安曇平を望む突先にあるこの鼠石は古来より幾多の伝説に富んだ石として有名である」
――云々。

　とあった。

　遠い昔。きっとここに「鼠族」と呼ばれた「安曇族」が村を造って暮らしていたのだ。魏石鬼八面大王たちも。

　遥か悠久の歴史を思って一つ大きく深呼吸すると、奈々は崇の後ろに続いてタクシーに戻った。次は、有明山神社だ。


「有明山神社も」車が走り出すと、奈々は崇に尋ねる。「当然、魏石鬼に関係しているんでしょうね。鼠穴からも近く、背後に魏石鬼窟を擁しているんですから」

　ところがね、と崇は答える。

「有明山神社は、あくまでも有明山を御神体とするアニミズムの社だ。戸隠山が天照大神の天岩戸隠れの際に、手力雄神《たぢからお》が岩戸を塞いでいた戸を放り投げた、その岩が飛んで来たという伝承から『石戸《いわと》山』という別名を持っているように、有明山もまた『戸放《とばなし》カ嶽』という別名を持っている」

　戸放カ嶽……。

　奈々は引っかかる。

　というより、天岩戸を塞いでいた戸が飛んで来たから「戸隠」という話もおかしくないか？

　どうしてその戸を「隠」さなくてはならないのだ。ありがたく祀るのが普通ではないか。

　更に「戸放」だ。その戸を放る？

天岩戸の「戸」は、それほどに忌むべき物だったのか。わざわざ隠したり、放ったりしなくてはならないほどに。

意味が分からない……。

奈々が悩んでいると、崇は続けた。

「ここも名前の通り、やはり天岩戸隠れに深く関わりあっている場所だ。その証拠に主祭神には、天照大神や手力雄神の名前が見える。しかし」崇は奈々を見た。「魏石鬼の名前はどこにもない」

えっ。

驚く奈々に、崇は言う。

「おそらくその原因の一つとして、魏石鬼という名前にあると思う」

「それは?」

「この珍しい名前は、言語学者の橋本進吉《はしもとしんきち》によると『語頭音に関しては、我が国の上代には、ラ行音および濁音は用いられないというきまりがあった』ため、これは日本語ではないと坂本博は断定している。となれば、魏石鬼は渡来人だった可能性が高い。故に、異国の人間を表立って神として祀ることに抵抗があったことも考えられる。もう少し時代が下れば、怨霊として祀るという可能性があったかも知れないがね」

「そういうことなんですね……」

「ただ俺も、中国古代史の学者・栗原明信《くりはらあきのぶ》が言ったという、『倭人』は朝鮮半島の南部から北九州、更に列島内部にかけて『ごっちゃになって住んでいた』のではないかという説が正しいと思ってる」

奈々は大きく頷いた。国境はあったにしても、現在のように出入国が厳しくチェックされているわけもない。行き来は、かなり自由だったはずだ。

「あと」奈々は言った。「さっきの、大王わさび農場でもそうでしたけど、魏石鬼は地元の人たちからは嫌われていない、いえ、むしろ愛されていたような印象を受けました。名前こそ『八面大王』なんていう、恐ろしげな名称でしたけど」

「それも、今の話に重なるんだが、魏石鬼はもともとは『八女大王《やめ》』――『八女の大王《おおきみ》』という名前だったともいわれてる。それが『八面』に転訛したのだとね」

「やめ？」

「九州、福岡県南西部の八女市だ。彼は、その一帯の王だった。あの地方では、縄文から弥生時代にかけての遺跡が数多く発見されているし、一大古墳群もある。それこそ、邪馬台国の一部だったのではないかという説まである。同時に、さっき言った『磐井の乱』の現場ともいわれているから、あの乱後に、敗れた魏石鬼たちを始めとする安曇族が信濃に逃れて来たと考えれば、綺麗に辻褄が合う」

「本当です！　魏石鬼は『八女大王』」

　奈々が目を大きく見開いて納得した時、タクシーは有明山神社に到着した。

　どっしりと重そうな瓦の載った手水舎で口と手を清め、境内へと向かう。正面には、神社とは思えない古めかしい門が建っていると思ったら、日光東《にっこうとう》照宮《しょうぐう》の陽明門《ようめいもん》を模した「裕明門」という名の「切妻軒唐破風付八脚門」ということらしかった。

　内外部の彫刻は、十二支や二十四孝などの立派な物で、門をくぐると格天井にも四十余りの絵が描かれていた。

　その彫刻に見とれながら進んで行くと、狛犬が出迎えてくれるのだが、その斜め後方には、これまた立派で重々しい屋根を載せた土俵があった。おそらくここで、奉納相撲が行われるのだろう。

　更に進んで行くと参道脇には、直径二メートル弱の大きな円形の石が置かれ、寛永通宝《かんえいつうほう》か和同開珎《わどうかいちん》のように、中央に四角い穴が開いている。この穴をくぐると「開運・招福」の御利益があるらしい。若い女性たちが数人、はしゃぎながらくぐっていた。この近辺では、大人気のスポットなのだという。

　石の表面を見れば、真ん中の「口」の上から時計回りに「五」「隹」「疋」「矢」と浮き彫りにされていて、これはそれぞれの文字に「口」を足して読む有名な「吾《われ》、唯《ただ》足るを知る」という言葉だ。しかもここでは、念の入ったことに裏側にも「士」「乎」「貝」「禾」とあり、こちらは「吉呼んで、員和《かずわ》す」ということらしい。

奈々は、そのモニュメントを横目で微笑ましく眺めながら拝殿の前に立ち、ゆっくり参拝した。

参拝を終えて、拝殿正面に掛かっている「有明山神社」と書かれた扁額を何気なく見上げると、その左右に大きな奉献の額が掲げられていた。向かって右側は、三宝の上に載った二本の徳利。そして左側は、驚いたことに猿田彦神と天宇受売命の出会いの場面が描かれている。

ついさっき、崇と彼らの話をしていたばかりではないか。ということは、これも一種の「道祖神」ということなのか——。

その後、本殿裏手に流れている「星の瀧」などを見物して、さて、いよいよ覚悟を決めて魏石鬼窟へ向かおうとしたその時、奈々の携帯が鳴った。

小松崎だ。

奈々は歩き出した崇をあわてて呼び止めると、携帯を耳に当てた。

「もしもし」

と応える奈々の耳に、小松崎の大きなドラ声が飛び込んで来る。

「大変だ！　タタルはそこにいるか」

「え、ええ。一緒です」

「悪いが、穂高署まで戻ってくれ。大急ぎだ」

「は、はい。でも、ちょっと待ってください」

奈々は小松崎の話を崇に告げながら、携帯を手渡した。

「どうしたんだ？」

尋ねる崇に、

「事件だ。すぐに来てくれ！」

「単なる一旅行者の俺があわてて駆けつけたところ

で、どうしようもないだろう」

　苦笑する崇に、

「いや」と小松崎は言う。「畔倉の『畔』は『くろ』と読むと言ったのは、おまえだ。それで、黒岩さんと吉田さんたちは、改めて聞き込みをしたんだ。すると、当の畔倉誠一が昨夜から失踪していることが判明したんだよ。そこで吉田さんたちがあわてて捜索を開始した。すると、見つかった」

「それは良かった」

「良かあねえんだよ！」小松崎は吠えた。「鵜ノ木川沿いの雑木林で、首を吊って死んでたんだ」

「何だって……」

「詳しい話は、あとだ。とにかく戻って来てくれ。どれくらいで戻れる？　というより、今どこにいるんだ」

「有明山神社だ」

　崇の答えを聞くと、

「ちょっと待て」

　と言って小松崎は、近くにいるらしき人間と何やら話を交わし、再び崇に言う。

「穂高署からは、十キロほどだそうだ。タクシーを飛ばしてきてくれ。車代は俺が支払うから」

「そんなことはいいが……」

　未練そうな顔の崇に向かって奈々が「今回は、戻りましょう」と囁くと、

「分かった」崇は諦めたように答えた。「これから、そっちに向かう」

「すまんが、よろしく頼む！」

　電話を切ると、二人は足早に駐車場に向かう。

「魏石鬼窟は、また改めてゆっくり来られますよ」

　微笑む奈々の顔を見て、

「ここまで来て諦めなくてはならないとは――」崇は苦い顔で言った。「確かにここは、熊出没注意の場所だったな」

＊

畔倉誠一の捜索に出ていた警官から、本人と思われる人物を発見したという一報が入った時、黒岩と吉田は顔を見合わせて大きく頷いた。

しかしそれに続く、

「……縊死しているもようです」

という言葉に絶句する。

自殺したのか？

どうして？

いや。愕然としている場合ではない。

黒岩は吉田と二人、すぐさま穂高署を飛び出して、現場へと向かった。まさかこんなに早く誠一が発見されるとは思いもよらず、一旦、長野県警まで引き上げようかと考えていたが、そのまま詰めていて良かった。おかげで、現場まであっという間に到着できる。

現場は、またしても鵜ノ木川沿いの土手。明美の殺害現場より数キロほど下流の雑木林の中だった。昼なお薄暗い林の周囲には立ち入り禁止のテープが張り巡らされ、外には数人の野次馬が立ち話をし、内側では例によって大勢の鑑識や警官が立ち働いていた。

黒岩たちの姿を見つけた刑事が「こちらです」と言って、一本の大木の前に案内する。

その根元には、黒っぽい服装の若い男性の遺体が横たえられていた。顔は鬱血しているため判別しづらかったが、持ち物などから畔倉誠一本人と断定されたようだった。

「自殺かね？」

尋ねる黒岩に刑事は、

「おそらく」と答える。「ぶら下がっていたのは、あの枝です」

黒岩たちが見上げると、一本の太い枝には縄がこすれたような跡が残っている。

「遺書などは、今のところ発見されていませんが」

刑事は言う。「自殺で間違いないだろうと、鑑識が」

「所持品に携帯電話はなかったのか？　そこにメッセージを残すなんてことも、近頃では増えているらしいが」

「携帯は、見当たりませんでした」

「そうか……」

携帯電話の普及率がついに五十パーセントを超え、近い将来には殆どの人間が携帯を持つようになるかも知れません、という驚くべきニュースが先日流れていたことを思い出す。これも後ほど確認しなくてはならないが、持っていなかったという可能性も高い。

そこに、

「ご苦労さまです」鑑識が近づいてきた。「索条痕を確認しておきたかったもので、つい先ほど下ろしました」

「少し低いように思うが、足は地面に届かなかったのかね」

「ほんのわずかでしたが」

と言って、ついさっき撮ったばかりの写真を見せる。確かに誠一の体は、地表ギリギリで宙に浮いていた。

しかし、完全に宙に浮いていなくても縊死は可能だ。極端な例では、座ったままドアノブに紐を引っかけて自死した例も実際にあった。

「それで、索条痕はどうだった？」

ええ、と鑑識は答える。

「自殺で間違いないでしょう。絞殺、あるいは扼殺と思われるような痕は、どこにも見当たりませんでした。多少、苦しがってもがいたような形跡はありましたが、その程度で。もちろん正確なところは、後ほど検案書でご確認ください」

「分かった」黒岩は首肯した。「また何か見つかったら、連絡してくれ」

頷く鑑識に、細かい点をいくつか確認すると、黒岩たちは現場を離れた。

その足で、誠一の勤めていた職場を訪ねる。金型製作の中小企業で、工業彫刻やレーザー溶接などを請け負っている地元の会社だった。

誠一の情報を聞いて青ざめている上司や同僚たちに、昨日の様子を尋ねた。すると、蓉子の言った通り、いつもと同じように退社したはずだという。タイムカードを確認したが、退社時刻は証言通りに十七時三十六分と刻まれていた。

その時の誠一の様子は、特に何かを思い詰めていたような雰囲気はなかったという。

「まさか、自殺なんて」誠一の隣の机の男性社員が、顔をしかめながら証言した。「そんな素振りは、全くありませんでした。といっても、彼は大声ではしゃいだり怒鳴ったりするような性格じゃなかったですから。いつも暗――いえ、物静かで」

「でも……」と作業着姿の女子社員が眉根を寄せた。「昨日は少し急いでいらっしゃったように見えましたから、もしかすると退社後に何か予定が入っていたのかも……」

「予定というと」黒岩は、すかさず尋ねる。「それは、どのような用事だったかご存知ですか？」

いいえ、と女子社員はあわてて否定した。

「私は全然！」

「そうですか」

黒岩は頷くと、全員に尋ねる。

「この中で、昨日の終業後に畔倉さんと予定があった、あるいは、たとえば飲みに誘われたりした方はいらっしゃいますか？」

しかし全員でお互いに顔を見合わせながら、無言のまま首を横に振った。

その表情と場の雰囲気から、普段から誰も余り誠一とは、そういったつき合いはなかったのだろうと察した。これでは、当日の仕草が多少普段と違っていても、誰も気に留めなかったかも知れない。少し体調を崩しているのかと思う程度で。

「では」と黒岩は確認する。「畔倉さんは昨日、いつものように出社されて普通に仕事をして、タイムカードにある時刻に、ほぼいつも通りに退社されたということですね」

　やはり無言のまま、全員が首を縦に振った。

「最後に一つお訊きしたいんですが」と黒岩は、先ほどの男性に尋ねる。「畔倉さんは、携帯電話をお持ちでしたか？」

　え？　と一瞬虚を突かれたようだったが、

「個人的には……知りません」と答える。「でも、会社の携帯は持っていたはずです」

「自分の家にも、持ち帰った？」

「はい。急用の時は、そこに会社から連絡が入るもので……」

　黒岩は吉田を振り向くと軽く頷き合い、

「ありがとうございました」全員に言う。「また何かありましたら、ご協力ください」

　会社を出て穂高署へと向かう車の中で、

「引っかかるな」

　呟く黒岩に、ハンドルを握りながら吉田が尋ねかける。

「畔倉誠一の自殺がですか？」

　ああ、と言って黒岩は頭を掻いた。

「鑑識が言った、索条痕云々という点は間違いないだろう。彼の仕事は信頼が置ける。しかし、あの女性社員の言葉だ」

「畔倉が『いつもより少し急いでいたよう』に感じたってところですね」

「毎日接している職場の仲間だからこそ、何かを感じ取ったんだろう。とすると昨日、畔倉には何の用事があったのか。そして、彼が持ち帰っていたはずの携帯は、一体どこにいったのか」

「確かに臭いますね」

「もちろん、彼女の勘違いってこともあるし、会社の携帯は、たまたまどこかで紛失してしまったという可能性もある。だが、やはり引っかかるんだ」

「そこらへんも調べましょう」吉田は言った。「ということは、自殺と他殺と、両面からの捜査ってことになりますね」

「そうだ」黒岩は助手席で腕を組む。「まず、畔倉誠一が蜂谷明美の殺害事件に関与していたのかどうか。もしも関与していたとすれば、それが原因で自殺したのか。あるいは――自殺に見せかけて殺害されたのか」

「了解しました」

吉田が首肯した時、無線に連絡が入った。

穂高署からだ。

黒岩が応対すると、黒岩と吉田の許可を得ているという小松崎と名乗る男がやって来たので、現状の説明をしたところ、二人の帰りを待たせてもらって良いかと言っているという。

黒岩が「構わない」と答えると無線は、

「あと、先ほど警部補たちに紹介した桑原という男性も呼んで良いか？　と尋ねてきておりますが、いかが致しましょう」

黒岩は吉田と、チラリと視線を交わす。

例の、あの面倒臭そうな蘊蓄男だ。何か気がついたことでもあるのだろうか。そう思って黒岩は、

「そちらも構わない」

吐き捨てるように答えて無線が切れた時、今度は吉田の携帯が鳴った。吉田はハザードランプを点けると道端に車を停めて応対する。電話は、明美と誠一に関して調べている刑事の中川《なかがわ》からだった。

吉田はスピーカー音声に切り替えて、黒岩と一緒に聞く。

「蜂谷明美を良く知っているという、地元の女性から聞き込みしたんですが」と前置きして、中川は言った。「明美は、公民館事件の被害者・北川洋一郎と交際していたようなんです」

「交際って」吉田は尋ねた。「明美は、畔倉誠一と

婚約してるんじゃないのか」

　はい、と中川は答えた。

「洋一郎と明美は、同じ鵜ノ木高校に通っておりまして、在校中からか卒業してからかはまだ判明していませんが、つい数年ほど前までつき合っていたと。なので、それを知ってる人たちからすれば、明美はてっきり洋一郎と結婚するものだとばかり思っていたと。ところがいつの間にか、明美は誠一と婚約していた」

　良くある話だ。

　しかし今回、その三人が全員死んでいることが問題だ。

　吉田は黒岩と顔を見合わせると、刑事に尋ねる。

「誠一との婚約はいつだ？」

「婚約は半年前らしいんですが、具体的には」

「相手が重なっていた期間があるかも知れないわけだな」

「その件なんですが――」

　と言う中川に向かって、

「黒岩だ」黒岩が割って入った。「今、吉田と一緒に話を聞かせてもらったが、確かに怪しいな」

　はい、と中川は、やや緊張気味に答えた。

「しかも最近、明美は洋一郎とデートを重ねていたという情報も得まして。これは、名前を決して表に出さないという条件で、三丁目の山岸冴子という、例の神楽仲間からの情報なんですが」

「確かにそういう名前の女性がいたな」黒岩は頷いた。「誠一は、その事実を知っていたと思われるか？」

「何とも分かりません」刑事は声を落とした。「何しろ、当事者たちが全員死亡しておりますので。しかし、第三者の山岸冴子も気づいているレベルの話なので、その可能性は否定できないかと」

　ということは。

　黒岩は腕を組む。

　その事実を知った誠一が、怒りにまかせて洋一郎と明美を殺害した。そしてその後に、自殺。

非常に分かりやすい構図になった。

しかも。

「ということは」黒岩は言う。「公民館で洋一郎の言い残した『S』は『誠二』の『S』で、明美の言い残した『くろ』は『畔』。どちらにしても、犯人は畔倉誠一ということになるか」

「話が合います」吉田が声を上げた。「警部補の、おっしゃる通りでしょう。その上、明美は誠一を『黒』というあだ名で呼んでいたといいますし」

「そうなんですか！」

携帯の向こう側で驚く刑事に、吉田は今までの経緯を伝えた。明美は、性格の暗い誠一の苗字から「くろくら」と呼んでいたようだ、と――。

「これは間違いなさそうですね」刑事は言った。

「あとは物証を固めれば、一気に解決です。その線で行きますか？」

そうだな、と黒岩は首肯する。

「我々も今から署に戻って、もう一度調書に当たってみよう。検案書も出ているかも知れないから」

「よろしくお願いいたします。自分も引き続き、明美と洋一郎、そして誠一の三人の関係の聞き込みを続けますっ」

「頼む」

黒岩が言うと、吉田は携帯を切り、

「急ぎましょう」再び車を出す。「解決に向けて、急展開ですね」

「ああ、そのようだな」

「ここまで辻褄が合っていれば、あとは彼の言うとおり、決定的な物証だけです」

吉田はアクセルを強く踏み込んだ。

《曇《どん》摩《ま》の乱《らん》鴉《あ》》

崇と奈々が穂高署に到着すると、そのまま待合室に案内された。きっとそこで待たされるのだろうと思っていると、中には既に小松崎がいた。二人の姿を見て、

「おう」と小松崎は手を挙げた。「呼び出しちまって悪かったな。許してくれ。少し前に、黒岩さんたちが戻って来た。まだ詳細は教えてもらってねえんだが、事件は何とか解決しそうだって言ってた。今少し調べたら、説明してくれるそうだ」

「良かったじゃないですか!」奈々は目を輝かせた。「じゃあ、犯人が逮捕されたんですね」

いや、と小松崎は首を横に振る。

「細かい点はまだ知らないんだが、今回首を吊って自殺した畔倉誠一が犯人だったようだ」

「あの『くろ』の人が!」

「そうみたいだな。まあ、もう少ししたら説明してくれるんじゃねえかな。それまでは、しばらくここで待機だ。いや、タタルも一緒だよ。今から神社巡りに出かけるほど時間はないだろうからな。こっちの話が済むまで、もうちょっと待っててくれ。それで——今まで、どこをまわって来たんだ?」

小松崎の質問に答えて奈々は、穂高の中心の穂高神社、魏石鬼八面大王の大王神社、穂高神社より古いという川会神社、そしてやはり魏石鬼八面大王に絡んで有明山神社までまわったという話を伝えた。それに伴って、魏石鬼や道祖神の話も——。

「そうかあ」小松崎は真面目な顔で大きく頷く。「昔はこの辺りも、きっと平和な山村だったろうし、今だって爽やかで穏やかな高原だってのに、色々と悲惨な歴史を持っているもんだ。その、道祖神に関しても」

「特に」と崇がつけ加えた。「道祖神は、猿田彦神で住吉大神に繋がるしな」

「それが、安曇族に関係するってことか」

「更に、隼人ともな。そして、熊襲《くまそ》にも」

「隼人や熊襲となると、九州全域じゃねえのか。奴らは、南九州の人間なんだろう」

笑う小松崎に崇は答える。

「当初はそういう区分だった。だがやがて、朝廷に対して頑強に抵抗して勇ましく戦う人々を指して『隼人』と呼ぶようになっていった。だから安曇族の中にも『隼人』がいたし、そもそも綿津見という括りで考えれば、ほぼ全員が同じ民族だ。その証拠に、この間行って来た大分や宮崎でも、隼人の痕跡が確認できた」

「戦う人たち……ですか」

頷く奈々を見て崇は言った。

「だから当然、朝廷の風当たりが厳しい。確かに安曇族たちも悲劇的な歴史を紡いできた。しかし、それに輪をかけて悲惨だったのは『隼人』だ」

「時代的には、安曇磯良たちよりは、少し下るんですよね」

「神功皇后より数百年後の、磐井の乱の頃だ。西暦五三〇年頃、安曇族がこちらに逃げて来たその数十年後まで北九州で抵抗を続けていた隼人たちが、ついに朝廷に屈服した。この時も——」

崇がそこまで話した時、大きなノックの音と共にドアが開いて、黒岩と吉田が入って来た。奈々たちはあわててイスから立ち上がり（崇は、ゆるゆると）挨拶する。

すると黒岩が、崇に向かって礼を言った。崇の言ったように「くろ」を追って畔倉家を訪ねたところ、誠一の母親の話から彼の失踪を知り、先ほど遺体を発見したのだという。おそらく、洋一郎と明美を殺害した自責の念にかられて、首を吊ったものと思われる。そう考えれば、公民館での「S」の血文字や、明美が言い残した「くろ」という言葉の意味も理解できるので、現在その線で捜査中——。

「それは」と小松崎は大きく頷く。「やりましたね。完璧だ。なあ、そうだろう、タタル」

「たたる？」

不審な顔で見る黒岩たちに小松崎はそのあだ名の由来を説明して、再び崇に問いかけた。

しかし崇は、

「そうとも思えるが」と眉根を寄せた。「まだ何とも言えない」

「まだって」小松崎も顔を歪めた。「どういうことだよ。他に何か、解釈のしようがあるってのか？」

「解釈だったら、いくらでもある。それこそ、一ダースくらいもな」

「だが、誠一が自殺したって事実を考えれば、今の黒岩さんたちの説が納得できるぞ」

「それはあくまでも、畔倉さんが本当に自殺だったなら、という前提の話だ」

「何だと？」

いや、と黒岩も言う。

「確かにまだ、細かい点で疑問もある。それがはっきりしてからの話なんだが——」

「それで」と崇は黒岩たちを見た。「公民館事件の第一発見者である、鈴本さんたちには、ご確認されましたか？」

「何をかね」

「窓に書かれていたという『S』の文字です。どうして洋一郎さんは彼女たちに向かって——あるいは誰かに向かって、そんなメッセージを残したのか」

だから、と小松崎は言った。

「畔倉『誠一』の『S』だったんだろうがよ」

「しかしあの時、その『S』から連想される人たちは、他にもいたと聞いた」

ああ、と吉田が答える。

「それこそ鈴本三姉妹を始め、鷺沼湛蔵さん、飛田新八さん、山岸冴子さん、澤村公二さんなどなど」

「それでは、全く特定できない」崇は冷たく言い放つ。「今は、畔倉さんが犯人に違いないという前提があるために『S』は『誠一』だったということで納得しているだけで、当時に戻って考えてみれば、全く何の意味もないメッセージになってしまう」

「それはそうだがね——」

「もしも洋一郎さんが、公民館の中にいた彼女たち——あるいは誰かに何かを伝えたかったと仮定すると、彼はこの『S』で、きっと伝わるはずだと確信して書き残したことになる」

「つまり、彼の知り合いならば誰でも分かると?」

「特に、鈴本姉妹の姿が見えていたならば、少なくとも彼女たちには伝わるはずだと」

「じゃあ、それは!」

「あの血文字を、ダイイング・メッセージと考えていらっしゃるなら」と崇は答える。「鈴本さんたちに尋ねた方が良いのではないかと言っただけです」

「当然、我々もあの場で訊いたよ」黒岩が言う。「しかし彼女たちは、全く分からないと答えた。まさかきみは、彼女たち三人が虚偽の回答をしたとでも言うのかな」

「その可能性もなくはないでしょうし、その時は本当に思い当たらなかったけれど、後になったら気づいたということもあるでしょうから」

「今は気づいているというのか!」

「それも俺には分かりません。だからこそ、直接彼女たちに尋ねた方が良いんじゃないかと。但し、きちんとした訊き方で」

「何だって」吉田が顔を歪めた。「つまり、我々は『きちんと』尋ねていなかったというのか」

「それは何とも言えません。俺はその場にいなかったもので」

「なんだと!」

詰め寄る吉田に、

「いやいや」小松崎が、あわてて間に入った。「タタルなりの喩えですって。この男は、時々変な喩えを言う癖があるんで、俺も困ってるんですよ」

「しかし、訊いてみた方が良いのは事実だ」

「タタルは黙ってろ！」

怒鳴る小松崎の前で、

「警部補」と吉田は黒岩に向いた。「どうしましょうか……」

「そうだな」と黒岩は眉根を寄せて腕を組む。「無駄足覚悟でも、確認しておいて間違いはないかな」

それなら！　小松崎が言う。

「俺たちも同席させていただけないですかね。いや、もちろん出過ぎたお願いだということは承知していますが、こう見えてこの男は、わりと色々な事件解決に貢献していますし、吉田さんもご存知ですよね。岩築の叔父貴なんかは――」

「分かってるよ」吉田は吐き出すように言った。

「どうしますか、警部補」

仕方ない、と黒岩も苦虫を嚙みつぶしたような顔で答える。

「今回だけは特別に許可する」

「ありがとうございます！」

「但し、絶対に我々の邪魔をしたり、足を引っぱったりするようなまねはしないという条件付きだ」

「もちろんですって」小松崎は何度も頷いた。「さすがにタタルも、今までそんなことをしたことは一度もありませんから」

そうだったか？

奈々は少し不安になったが、崇を見れば今までの会話など、どこ吹く風といった様子でボサボサの髪に指を突っ込んで更にボサボサにしていた。


鈴本家は古い農家だったようで、家の前の広大な畑とそれに繫がる広い庭を持っていた。しかし、三姉妹の両親が亡くなった際に、かなりの土地を手放したという。現在はその場所に、何軒もの建売住宅が建っているそうだ。

そのため、まだ十代の麻里はもちろん、長女の順子も次女の理恵もまだ独身だから、これからこの家をどうするか、大地主の鷺沼湛蔵に相談に乗ってもらっている最中らしい。

地元で「夏祭り美人三姉妹」と呼ばれているという話だったが、その通りだと彼女たちを見て奈々は感じた。三女の麻里は、まだ子供っぽい雰囲気を持っていたが、順子や理恵は夏祭りの宣伝ポスターに登場してもおかしくはない。確かにこの三人で女御輿を担いだら、それだけで充分絵になるのではないか、と奈々は思った。

立派な仏壇が置かれ、新しい畳の香りが満ちている二十畳もあろうかという和室に全員が通されると、艶光りする大きな欅の一枚テーブルの前に、順子、理恵、麻里の三人が、そしてこちら側には吉田、黒岩、小松崎、崇、奈々の五人が並んで腰を下ろした。

冷たい麦茶を一口飲むと、まだ捜査中のため公式発表ではないが、と前置きしてから黒岩が、県警では誠一が洋一郎と明美を殺害して、その後で自殺したのではないかと見ている、という話を告げた。

彼女たちも既にどこからか噂で聞いていたようで、それほど酷くは驚愕しなかったものの、やはり青ざめて緊張した面持ちで、

「まさかと思っていましたが……」

「信じられないです……」

「物静かな人だったけど、人は見かけによらないですね……」

などと呟くように言った。

一通りそんな会話が終わると、

「それで、警部補さん」順子が奈々たちを見回しながら、黒岩に尋ねた。「この方たちは?」

吉田も個人的に知っている警視庁の岩築という老練な警部の親戚のジャーナリストと、その友人で、今までも数々の事件解決に協力してきた男女だと黒岩たちが紹介した。

しかし順子たちは、とても疑わしそうな視線を奈々たちに投げかけてくる。

でもそれは当然だろうと、奈々は顔を赤くして俯く。いつものようにブレザーを羽織っている小松崎はともかくとして、崇と奈々は（本当の）旅行者なので、ラフな格好。それでも奈々は、ギンガムチェックのポロシャツだったが、崇などは濃紺のTシャツの胸の真ん中に、鈍色《にびいろ》の「☆」——五芒星《ごぼうせい》、晴明《せいめい》桔梗《ききょう》印がプリントされているというものだった。しかも相変わらずボサボサの髪と仏頂面。この姿を見て怪しまない人間の方が、むしろおかしい。

三女の麻里などは、最初から遠慮なくじろじろと崇を眺めていた。もちろん、当の崇は全く気にも留めていない様子だったが、奈々はその隣、一番端で体を小さくした。

「それで」と黒岩は言った。「申し訳ないのですが、公民館の血文字の件で、もう一点だけお尋ねしたいんです」

え？　と順子は黒岩を見た。

「事件は解決したんでしょう。それなのに？」

「単なる確認の意味で」

「そう……。一体、何をですか」

ええ、と黒岩は続ける。

「あの時は、あなた方三人も、一体どういうことか分からない、というようなことをお答えいただいたと思うんですが、それは今も同じでしょうか？」

「はい」

答える順子の隣で、

「でもそれは」と理恵が口を開いた。「今となってみれば、北川さんが私たちに『S』、つまり誠一さんだと教えたかったということなのでは？」

「しかし、それは伝わらなかった」

「ええ」理恵は表情を変えずに答えた。「一体、何を言いたかったのか、残念ながら全く」

「ところが」と黒岩は崇を見た。「彼が言うには、あれがダイイング・メッセージだったと仮定するなら、北川さんは、公民館にいる人間には必ず分かるはずだと思って書いたのではないかと。もちろん、中にいらっしゃるのがあなた方と認識したなら、尚更なのではと」

「はあ？」麻里が声を上げた。「どういうことですか？」

「いや……」

と困ったような視線を送る黒岩に代わって、

「そのままです」

崇が静かに口を開いた。

「但しこれは警部補もおっしゃったように、あの血文字が自分を襲った犯人を示唆しようとして書かれたという前提のもとでですが」

「でもそれは」理恵も冷静に言う。「当の北川さんにしか分からないことなのではないでしょうか。私たちがここで、つまらぬ仮説を立てたところで砂上の楼閣です」

「それを言ったら」崇は微笑む。「この世の出来事の殆どは、不可知論に収束されてしまいますがね。そこで、一つだけあなた方にお訊きしたいことがあるんですが、よろしいでしょうか」

「……どうぞ」順子が用心深そうな目で見る。「何なりと」

「ありがとうございます。では――」

崇は言って、三人を見た。

「あなた方は『黒・白・赤』と聞いて、何を想像されますか」


は？


さすがの奈々も、崇が冗談を言ったのかと思った。こんな時に、例の「三不浄」の話でもしようというのか？

いくら空気を読めない（読もうとしない）崇の発言でも、ここは止めなくてはならないと思って奈々は「タタルさん！」と、晴明桔梗印プリントTシャツの袖を引っぱろうとしたのだが――。

チラリと前を見れば、鈴本三姉妹の顔がこわばっていた。

〝えっ〟

と思って黒岩や小松崎たちを見れば、全員がポカンとして崇を見つめている。しかし、彼らの前に並んでいる三姉妹は、それと対照的に表情を失って視線を泳がせていた。

部屋の空気が凍りつく。

そして、重い。

「どうか……されましたか」

恐る恐る尋ねる吉田の声に、

「い、いえ」引きつったように順子が声を上げた。

「余りにも唐突な、変わったご質問だったものですから――」

「何をお知りになりたいのか」理恵も精一杯平静を装って言う。「その意図が全く理解できず――」

「やっぱりこの人、おかしいよ」麻里が訴えた。

「私たちを、からかいに来たの？　どうして今ここで、そんなこととされなきゃならないんですか、警部補さんっ」

「い、いや」黒岩は崇を見る。「おいっ。どういう意味か、説明しろっ」

しかし崇は、

「そのままです」と答える。「もう一度お訊きしましょうか？　あなた方は『黒・白・赤』と聞いて何を――」

「ちゃんと聞こえています」順子が言った。「だから、それが一体何の意味があるのかと、麻里が尋ねたんです」

あなた方が、と崇は平然と言う。

「どうしてそこまでムキになるのか、俺には全く理解不能なんですが……。では、奈々くん」

いきなり奈々に振る。

「きみは、今の質問で何を思いつく？」

「え、ええと」奈々は意味もなく胸をドキドキさせながら考える。「たとえば……以前にタタルさんから聞いた『三不浄』とか」

と言って、黒不浄・白不浄・赤不浄の話を、ごく手短に説明した。古来、人間の死は「黒不浄」、出産が「白不浄」、女性の生理が「赤不浄」と呼ばれていて——。

「そうだね」崇は言うと、再び三姉妹を見た。「ぜひ、こんな感じで気軽にお答えください」

またしても重い空気が部屋を支配した。

俯きながら、しかしチラチラとお互いに視線を送っている三姉妹だったが、やがて、

「そうですね……」理恵が静かに顔を上げた。「赤と白で『紅白』や『源平』。白と黒で『葬式』とか、古い昔の映画。そして、赤と黒で——」

「スタンダール、ですか」

はい、と理恵は崇を見て頷いた。

「そちらの女性の方のようには余り知識がないもので、二つずつならお答えできますけど、三つあわせてということになると、すぐにはなかなか——」

「そうですか」崇は冷たく言い放つ。「それは残念です」

「申し訳ありません」

再び俯く理恵を見ながら、

「しかし……」と小松崎が唸るように言った。「その『黒・白・赤』が、この事件に何か関係があるっていうのかよ」

そういえば、と吉田が言う。

「今の『黒』は『畔』で、『赤』は『明美』だということでした」

そして、明美たち二人の間での、お互いのあだ名の話をした。

「でも『白』は、分からなかったですけどね」

「もしかして」奈々が、おずおずと会話に参加した。「以前に『一白』は、陰陽五行説で『北』なんだとお聞きしました……」

「北川洋一郎か！」小松崎が叫ぶ。「そう考えりゃあ、三人とも登場するが……それが一体何だって言うんだ、タタル」

いや、と崇は首を横に振った。

「なんでもない」

「じゃあ、どうしてそんなことを、今ここで尋ねたんだよ！」

「ほんの思いつきだ」崇は答える。「きっと何かご存知だろうと考えただけだ。しかし、俺の勘違いだったようだ」

「勘違いだとお。おまえ、こんな場で——」

「余計なことを」と崇は小松崎の言葉を無視して三姉妹を見回した。「突然お尋ねしてしまい、失礼しました」

「い、いえ」順子が、理恵たちをチラリと横目で見て微笑んだ。「すみませんでした。私たち、本当に何も思いつかず……。お役に立てませんで」

「心理試験じゃないんだから。全く！」

頰を膨らませたまま言い捨てる麻里を無視して、

「こちらこそ」崇は順子に言う。「きっとあの時、北川さんも勘違いされたんでしょう」

「勘違い？」

「あなた方にならば、きっとストレートに通じると思い込んでしまったのかも知れませんね。でも、彼の勘違いだった」

「え……」

「警部補さん」崇は黒岩を見た。「どうやら、俺の出番はここまでのようですので、もう失礼してもよろしいでしょうか」

「また神社巡りかよ！」小松崎が叫んだ。「もうちょっと、我慢しろって」

しかし、

「いや」と黒岩は吉田と軽く目配せをして立ち上がる。「今日は我々も、こんなところで失礼しよう。お忙しい中お時間をいただき、ありがとうございました」

その言葉につられて、奈々たちも立ち上がった。

「では申し訳ないのですが、また何かありましたらご連絡致しますので、その時もまたよろしくご協力をお願いします」

「は、はい。もちろん……」

順子が微笑みながら答えて、三姉妹に見送られながら全員で鈴本家を辞した。


穂高署に戻る車内、後部座席に腰を下ろしている崇に向かって、

「それできみは」と黒岩が尋ねる。「結局、彼女たちに何を訊きたかったのかな」

「もちろん」崇は答えた。「『黒・白・赤』から連想されるモノです」

「じゃあ、それは何だ？」

「さっき奈々くんが答えたように実にさまざま、色々とあります。でも、彼女たちが何と答えるかを知りたかった。まあ、殆ど当てずっぽうですがね。でも、今回お目にかかって確信しました。俺は、ダイイング・メッセージを全く信用していない人間なんですが、今回の北川さんの血文字は、それに等しい物だったんじゃないかと」

「等しい？」

「北川さんが、彼女たちに犯人云々を教えたかったというレベルの話ではなく、どうしても書き残したかった」

「……どういうことだ？」

「俺がここで何だかんだと言う前に、きっと彼女たちが教えてくれると思いますよ」

「何だと？」大きな体を後部座席に収めている小松崎が言った。「三姉妹が、警察に連絡してくるってのか」

いや、と崇は首を横に振った。

「あの様子では、きっと動く」

「なにい？」

小松崎は崇に詰め寄ったが、

「そういうことか」と助手席で黒岩は苦笑した。そして無線機を取る。「すぐ、誰かに張らせよう。だが、俺たちは面が割れているから——」

「さっきの、中川が良いでしょう」

「そうしよう」

黒岩はすぐに穂高署に無線を入れ、今すぐに中川刑事を鈴本家に張りつけるように指示した。そして体をよじって崇を振り返る。

「確かにきみは、かなりしたたかな男だな」

いいえ、と崇は静かに答えた。

「失礼ですが、今の評価は当たっていません。俺はただ『嘘』が嫌いなだけです」

なるほど、と黒岩は笑った。

「謝罪しよう。今の言葉は誤解を生む」

「ありがとうございます」

崇は言ったが——。

その隣で奈々は思う。

今の二人の会話から推察すると……。

崇は彼女たちに向かって、何かを仕掛けたらしい。それは一体どんな「罠」なのか？　本当に彼女たちは動くのか。

大体「黒・白・赤」の質問の意味が分からない。

奈々は「三不浄」などと口にしたものの、まさかそれが、今回の事件に関係しているなどとは、とても思えない。

この間の金沢の事件では「白」がキーポイントだった。そして今回は「黒」だから、あと「赤」が加われば、金沢で崇から聞いた「三不浄」ではないかと思っただけだ。

崇は一体何を考えているのだろう……。

奈々が崇の白い横顔と、窓の外を流れる安曇野の景色を交互に眺めながら思っていると、やがて車は穂高署に到着した。

署の入り口で、黒岩は崇に言った。

「基本的に我々は、今回の事件は決着したと考えている。しかし、きみはまだ、そうではないという意見なんだね」

さあ、と崇は首を捻った。

「警部補さんのおっしゃる通り、事件は解決しているのかも知れません。昔の男性と再び逢瀬を重ねている婚約者を許せなかったために、二人を殺害して自分も縊死するという、非常に納得しやすい構図ですしね。ただ俺としては、あの一点だけ彼女たちに尋ねておきたかった。しかし彼女たちは、答えてくれなかった」

「さっきの『黒・白・赤』か。だが、あれは一体どういう——」

「きっと彼女たちが、答えてくれると思います。本人たちから聞いた方が早いし、間違いない」

崇は言うと奈々を見た。

「じゃあ、俺たちはここで失礼しよう。行こうか」

振り向いて歩き出そうとしたその腕を、またしても小松崎が握って強く引き戻す。その勢いに、ヨロリとよろけた崇に向かって、小松崎は言った。

「ちょっと待てって言ってるじゃねえか！」

「相変わらず乱暴な男だな。これは下手をすると暴行罪——」

あのな、と小松崎は崇の言葉を無視して続けた。

「タタルのせいで、この署の刑事さんたちが鈴本家に向かってるんだ。それが何だか分からないが、せめて結果を聞いてから退出するっていうのが社会人としての常識だろう」

「熊が聞けばいいじゃないか」崇は憤然と答える。

「俺には、行くところがあるんだ」

「どうせ神社だろうが」

「どうせ、とは何事だ！」

「いいから、そんなものは後回しにしろ。殺人事件の方が大切だろう、どう考えても」

「人それぞれだ」

何い、と睨む小松崎を押し留めるように、

「まあまあ」と黒岩が二人の間に入ると、崇に向かって笑った。「きみの貴重な時間を費やさせてしまって申し訳ないと思ってる。しかし、もう少しだけ我々につき合ってもらいたい。きみの言うように何か動きがあって、現場の刑事から連絡が入るまでの間で構わないから」

「それは、いつになるか分かりません」崇は憮然と答える。「十分後かも知れないし、それとも明日の夜か」

「じゃあ、こうしよう。今から、きみの予定をこなしていてくれ。その間に動きがあれば、連絡を入れさせてもらう。しかし、帰路に就くまでに何もなければ、そのまま帰ってもらって結構だ。明日までここにいてくれとは、さすがに言えないからね」

「でも」小松崎は言う。「俺は残らせてもらいますよ！　だから、タタルも残れ。岩築の叔父貴がここにいたら、絶対にそう命令する」

「バカな」

吐き捨てる崇を見て、

「いや」と黒岩は苦笑した。「小松崎くんは良いとしても、彼には申し訳ない。どうかね。それで納得してくれないか」

その言葉に崇は奈々を見る。

奈々がコクリと頷く姿を見て、

「分かりました」崇は答えた。「そうさせていただきます。でも俺たちは、今日中には東京に帰るつもりです」

「というと──」吉田がすぐさま、近くに置いてあった時刻表を開いた。「ええと……。十五時半頃までに出発できれば、新宿まで直通の『あずさ』があるが、それ以降は松本乗り換えになる。しかしそれも、十九時半頃が最終だ」

「それまでに、きみの言うように何か動きがあることを祈っていようか」

黒岩が言い、奈々への連絡を再確認すると、崇たちは小松崎を残して穂高署を後にした。

「さてと」崇は署の外で、大きく伸びをする。「どうするかな。本当は魏石鬼窟まで行きたいんだが、成り行き上ちょっと遠いし、改めてまたゆっくり行くとして……」

　やはり、事件には殆ど興味がないのだと確信しながら——。

「どうしますか？」

　尋ねる奈々に、崇は楽しそうに答えた。

「さっき話した、住吉神社に行こう。穂高駅から豊科まで大糸線で五分。そこからタクシーに乗れば十分もかからないはずだ」

　それならば、有明山より遥かに近い。

「じゃあ、行きましょう」

　頷く奈々を見て、

「その前に」と崇は真顔で言う。「まずは、安曇野の山葵の効いている蕎麦と、地酒の昼食だ」

＊

　中川は部下と二人、少し離れた林の陰に車を停めると、じっと鈴本家を見た。何か動きがあれば、すぐに報せてくれと黒岩から言われたのだが——。

　本当に何か起こるのだろうか。

　この事件は、まだ終息していないという黒岩の見立てなのだろうが、とすればそこに、鈴本三姉妹が関与しているのか。噂で聞いている、あの夏祭り美人三姉妹が？

　中川は、まだ半信半疑のまま、車の中から彼方の鈴本家の玄関をじっと見つめる。本当は、もっと近づきたいところなのだが、ここはかなり広い空間になっているため、せいぜいこの程度だろう。近づきすぎて相手に不審がられてしまっては、元も子もない。ここで我慢しなければ——。

　どれくらい経ったろうか。玄関が静かに開き、若い女性が姿を現した。

三女の麻里だ。

後ろ手にドアを閉めて辺りを見回すと、小走りで歩き出した。その最中にも、何度も後ろを振り返る。中川はすぐ黒岩に無線で連絡を入れた。

「そうかっ」すると、黒岩の高ぶった声が返ってきた。「すぐに後を追ってくれ」

「了解しました」

中川は答えて車を降りる。途端に熱気に包まれたが、まさかこのまま車で後を追うわけにもいかない。相手も車ならまだしも、徒歩の女性だ。こちらが目立ちすぎてしまう。それに、まだこの家でも新たな動きがあるかも知れない。そんな時のために部下を車に残し、引き続き見張るように命じて、中川は歩き出した。

この田舎道だ。見失うことはない代わりに、何回も振り返られたら、気づかれてしまう可能性も高い。中川は、慎重に木の陰や背の高い草に隠れながら、麻里の後を追った。

これが本当に事件と関わりのある「動き」なのだろうか。しかし、普段の買い物であれば、順子や理恵が車を出すだろうし、近所への用事であれば、これほどまでに周囲に気を配ったりはしないはず。

中川は、汗を拭いながらひたすら後を追う。

どうやら、鵜ノ木川方面に向かっているようだった。段々と水の匂いが近くなってくる。

〝これはひょっとして——〟

と思う間もなく、白い石の鳥居が見えてきた。

天祖神社だ。

今度は振り返ることなく一直線に境内へ入ると、麻里は併設されている小さな公園へと向かった。そこで再び辺りをキョロキョロ見回すと、腕時計に視線を落としながら、緑に覆われるように設置された木のベンチに腰を下ろす。

誰かと待ち合わせているのだと思い、中川は軽く緊張しながら、木の陰に隠れて見守った。

しばらくすると、遠くから足音が聞こえ、野球帽を目深に被った少年が姿を現した。走って来たらしく、汗だくだった。

渡部勇人だ。

そういえば、二人は交際していると聞いた。こんな時に一体何の話なのだろうか。

勇人が麻里の隣に腰を下ろして流れる汗を拭う間もなく、麻里はいきなり勇人の手を握った。まるで抱きしめそうな勢いだったが、さすがにそんなことはせず、真剣な顔で何やら話し出した。それを聞く勇人の顔は、みるみる強張って青ざめていく。

〝これは！〟

思いがけず重大な展開になってきたと直感した中川は、静かに携帯を取り出して黒岩と連絡を取る。黒岩が応答すると、中川は携帯を手で覆うようにして告げた。

「警部補。現状なんですが――」

余りに会話に夢中になっていたために、三人の男性が自分たちに近づいてきたことに気づいたのは、彼らの落とす影が二人の足にかかりそうになった時だった。もっとも麻里は自分の両手の中に顔を埋めながら話していたし、勇人もそんな麻里しか目に入っていなかったので、

「ちょっとよろしいですか？」

という声に驚いた麻里が顔を上げた時には、すぐ目の前に刑事たちが並んで立っていた。

「刑事さん……」麻里は吉田に向かって呆然と呼びかける。「そして……」

「黒岩です。先ほどはどうも」黒岩は軽く頭を下げた。「しかし、どうされました。見ていると、ずっと俯いていたし、実際に顔色も悪いようだ。どこか具合でも？」

「いっ、いえ！」麻里はこわばった顔で微笑んだ。「別に、何でもありませんから」

「何か、深刻そうな話をしていたようだったので、気になってね」

「でも、大丈夫なんで」

「第一」勇人は三人を睨みつける。「あんたたちには、関係ないでしょ。ぼくらの間の話なんだから」

「良かったら」黒岩は涼しい顔で言った。「その話に、私たちも交ぜてもらえないかな」

「どうしてさ！」勇人は腰を浮かせた。「関係ないって、言ってるじゃないかっ」

「申し訳ないけど」吉田が言う。「これから穂高署まで来てもらえませんかね。そこでお話を――」

「どうしてそうなるんだよ！」

立ち上がって詰め寄ろうとした勇人の手を、麻里は強く引っぱった。

「で、でも」麻里は訴える。「昼間の公園で、私たちのプライベートな話をしていただけなのに、どうして警察署に？」

「お姉さん方もお呼びしましょう」黒岩は二人の言葉を完全に無視するように言った。「誰か、迎えにやってくれないか」

その言葉に「はいっ」と答えると、中川が携帯で署員と話をし始めた。

「姉さんたちもって」麻里は叫ぶ。「一体、どういうことなんですかっ。私と勇人の間の話なのに！」

「もう一度、最初からお話を伺わなくてはならなくなったようだ。そっちの彼にも加わってもらって」

「俺も？」

「もちろん、全員で穂高署へ」

黒岩は有無を言わさぬ声で告げると、吉田と中川が二人の両脇に近づいた。

「何をするんだよ！」

怒鳴る勇人に向かって麻里は、「止めて」と大きく首を横に振った。

諦めたように麻里がよろりと立ち上がると、勇人も野球帽を深く被り直し、思い切り不愉快そうな顔で後ろに続いた。

＊

三郷温《みさとゆたか》の住吉神社の入り口、大きな木製の鳥居の前でタクシーは停まった。

タクシーを降りて辺りを見回せば、狭い道を挟んで神社の向かい側は、ブランコや滑り台や催し物ができるスペースが用意されている公園が広がっている。今まで見て来た安曇野の神社に共通しているのは、こういった公園が併設されており、市民や子供たちの憩いの場となっている点だ。

二人は手水舎で手と口を清めると、立派な両部鳥居をくぐる。一直線に延びる参道の遥か前方には、神楽殿とその背後に建つ大きな拝殿が見えた。

両側にズラリと並んだ高い並木道の参道を並んで歩いていると、

「住吉神に関しては『古事記』にこうある」

いきなり崇が口を開いた。

「綿津見神と住吉神の誕生の場面だ。

『水底に滌《すす》きたまふ時成りし神の名は、底津《そこつ》綿津見神、次に底筒之男命《そこつつのおのみこと》。中に滌きたまふ時成りし神の名は、中津綿津見神、次に中筒之男命。水の上に滌きたまふ時成りし神の名は、上津《うわつ》綿津見神、次に上《うわ》筒之男命。この三柱の綿津見神は、阿曇連《あずみのむらじ》等《ら》が祖神《おやがみ》ともちいつく神なり』とね。この『もちいつく』というのは、崇め奉るという意味だ」

「安曇氏の祖神は、綿津見神なんですね」

「そうだ。同時に、住吉神の祖にもなる。何故なら、この神々はみな同根だからね。またここには、

『阿曇連等は、その綿津見神の子、宇都志《うつし》日《ひ》金析《かなさく》命の子孫《うみのこ》なり』

と書かれている。この宇都志日金析命は、前に話したように産鉄の神だ。そして、

『その底筒之男命・中筒之男命・上筒之男命の三柱の神は、墨江《すみのえ》の三前《みまえ》の大神なり』

と書かれている。この『墨江』の神こそ住吉大神

なんだが、これも以前に言ったように、住吉を『すみよし』と称するようになったのは平安時代の頃からで、それ以前はずっと『すみのえ』という呼び方だけだったといわれている。つまり住吉大神は、この筒之男三神を一神と考えた神名だ。ちなみに彼らの直後に、天照大神・月読命・素戔嗚尊という、いわゆる『三貴神《さんきしん》』が誕生する」

「つまり、天照大神たちよりも、綿津見神や筒之男神たちの方が、先にこの地上に現れたということなんですね」

奈々は頷いた。

これらの神々に関しては、去年行った伊勢と京都で、それぞれ詳しく聞いている。「三貴神」というのは、同時に「三鬼神」だと。素戔嗚尊だけではなく、天照大神と月読命《つくよみ》も、魏石鬼八面大王ではないが、立派な鬼神なんだと。

「ここで」と崇は続ける。「塩土老翁は猿田彦と同神だ。そして『筒』は、前にも言ったように『ツツ』で『夕星《ゆうつづ》』を表すことになる。これは取りも直さず『宵《よい》の明 星《みょうじょう》』――となる。同時に金星は、太《たい》白《はく》・天白《てんぱく》だ」

この話も聞いた。

金星や太白・天白は牛頭天王、素戔嗚尊と同体であるが故に、朝廷からは大凶星として忌まれてきたという。同時に「金神《こんじん》」「艮 神《うしとら》」とも同一視されたのだ。

そして、と崇はつけ足した。

「『筒之男』が猿田彦と結びつけられたことには、もう一つ理由がある。というのも『筒』には、陽根の意味があるからだ。これは、筒を使って風を送る踏鞴《たたら》場でも同様だが」

「え……」

「『筒』は『摩羅男神』の象徴だったから、当然の如く『伊勢摩羅』の猿田彦、あるいは道祖神と同一視された」

またしても登場した……。

だが、この辺りは仕方ない。避けては通れない部分なのだろう。特に猿田彦や道祖神に絡んでいる以上は。

　参道の先に開けた空間に辿り着くと、左手には鳩を胸に抱いた女性の「平和の像」が、そしてその向こうには、勇ましい甲冑姿の坂上田村麻呂の像が建っていた。また、右手奥には「坂上田村明神」も鎮座していて、ここでもやはり田村麻呂が「悪鬼」の魏石鬼八面大王を退治した英雄として扱われているようだった。

　二人は奥へと進む。

「一口に住吉神社といっても」神明社や秋葉神社に軽く挨拶をして過ぎながら崇は言った。「必ずしも、筒之男三神を祀っているとは限らない。地方に行くと、たとえば鸕《う》鷀草葺不合《がやふきあえず》尊や、豊玉姫や、玉依姫などを祀っている神社も見られる。まあ、どちらにしても綿津見神であることに違いはない」

　奈々たちは拝殿前に並んで立って、参拝する。

　参拝を終えて拝殿内を覗けば、古めかしい鴨居には美しい彩色が施された立派な奉納絵馬が、ズラリと並んでいた。これらは、村の指定文化財にもなっていると説明書きがあった。また御祭神が記された由緒板を見れば、ここでも四月の例大祭として「御船祭」が執り行われるとあった。やはり筒之男神も「船」を祀るのだ。

　拝殿の裏に回れば、背後に建っている本殿は、三間社流造。屋根は銅葺きで、千木はもちろん男千木だった。

　それらを見て、奈々たちは再び長い参道を戻る。途中で数人の地元の人らしき参拝者とすれ違った。氏子さんたちかも知れない。

　この地では綿津見神といい、筒之男神といい、誰もが尊崇されている。そんなことを奈々が言うと、

「住吉大社を始めとして、筒之男三神を祀る全国の住吉神社は、彼らを単なる港を守る神というだけでなく、軍神としても祀っていたからね。彼らに対し

て『港を守る神』という概念が生まれたのは『記紀』編纂より数百年も昔の話だという説もある。そうなると、邪馬台国の頃からだ」

「安曇磯良や神功皇后とは、比較にならないほど昔なんですね」

奈々が驚いていると、

「ところが、今の神功皇后なんだが」崇が眉をひそめた。「住吉大神と皇后に関して、一点だけ問題がある」

「それは？」

「『書紀』によると、仲哀《ちゅうあい》天皇八年（一九九）、天皇は神功皇后と共に筑紫国まで熊襲征伐に乗りだした。しかし天皇は『神の託宣を聞かなかった』ために、現在の福岡市東区香椎《かしい》の香椎宮において突然、崩御してしまう。その翌年、仲哀天皇に代わり熊襲を見事征伐した神功皇后は、住吉大神の託宣のまま『三韓征伐』に乗り出した。この辺りの話は虚実入り交じっているだろうから良いとしても――」

崇は言う。

「以前にも話したと記憶しているが、住吉大社の縁起を記した『住吉大社神代記』という巻物がある。そこには、仲哀天皇が崩御された夜に、

『是《ここ》に皇后、大神と密事《むつびごと》あり。（俗に夫婦の密事を通はすと曰ふ。）』

と書かれている。この『密事』を『広辞苑』で引けば、
一、秘密のこと。ないしょごと。
二、男女の密通。私通。
とある」

この話は京都でも聞いた。

「この『密事』は『みそかごと』とも呼ばれていて、暗い夜――つまり旧暦の月の出ない『晦日《みそか》』に行われることが多かったからそういう名称になったという説もあるが、どちらに転んでも密通のことだ。その後、神功皇后と住吉大神は、きちんと正式に結ばれたという」

「ちょっと――」

奈々は混乱する。

その時も感じたが、何か引っかかる。

でも……それは何だろう？

奈々は小首を傾げながら崇の少し斜め後ろを歩き、後で訊いてみようと決めた。

両部鳥居をくぐって神社の外に一歩踏み出した時、奈々の携帯が鳴った。ディスプレイを見れば、予想通り小松崎だった。

それを告げると崇は思い切り眉根を寄せたが、奈々は「もしもし」と応答する。すると、

「おう！　タタルが言い残したように、鈴本家で動きがあったからの、大急ぎで穂高署に戻ってくれ」

と言って、崇に言い訳を言わせる間もなく一方的に電話は切れた。それを見て諦めたように「仕方ない」と呟きながら歩く崇を眺めて、奈々はタクシーを呼んだ。

＊

奈々たちが穂高署に到着すると、先ほどと同じ待合室に通されたが、ドアを開けると、気圧《けお》されて足を止める。

というのもそこには、大きなテーブルを取り囲むようにして、黒岩、吉田、刑事らしき男性、鈴本順子、理恵、麻里の三姉妹。整った顔立ちの真っ黒に日焼けしている体格の良い若い男性と、その母親らしき、やや神経質そうで既にピリピリしている中年の女性。そして順子の隣には、テーブルと自分の体の間に立てた杖に両手を被せるように載せた、見るからに頑固そうな壮年の和服姿の男性が、ズラリと並んで腰を下ろしていたからだ。

しかも、ドアを開けた瞬間に、小松崎も含めた彼ら全員の突き刺すような視線が一斉に奈々たちに浴びせられたから、たまらない。

奈々は思わずその場でUターンして帰りそうになってしまったが、崇はといえば相変わらずぶっきらぼうな無表情のまま部屋に入る。

「そこに」

と黒岩に促されて小松崎の隣の空いているイスに、二人は並んで腰を下ろした。奈々は思い切り肩身を狭くして崇の隣に座ったが、そこは若者の母親らしき女性から一番近い席で、案の定、彼女たちから先ほどにも増して冷ややかな視線を送られた。

そこで吉田が、改めて全員を紹介する。

恰幅の良い壮年の男性は地元の名士で、鷺沼湛蔵。両親を失ってしまった鈴本三姉妹の面倒を何かと見ているらしかった。今日も、彼女たちから頼まれて父親代わりに呼ばれたらしい。

「無理矢理にお呼びして、申し訳ありません」

奈々は、順子が小声で謝っているのを聞いた。

そして奈々の右手、テーブルの角を挟んで腰を下ろしている若者は渡部勇人と、その母親の良子《りょうこ》。

勇人はかなり大人びて見えた。水泳が得意で、何度も地元の大会で優勝しているらしい。それで体格も立派なのか。しかし、今年の秋の大会が終わったら水泳を止めるつもりだという。

「何を考えているのか」

と良子は湛蔵たちにこぼしているらしい。

その良子は、湛蔵と八歳違いの実の妹だという。そう言われれば、きりりとした知的な顔つきだけでなく、他人を寄せつけない雰囲気も、どことなく似ている。

その後、奈々たちも紹介されたが、例によって非常にうさん臭そうにじろじろと眺められた。

「では」と吉田が言った。「全員お揃いですので、皆さんに伺いたいのですが——」

「その前に」と良子が、いきなり話の腰を折る。

「そもそも、この集まりは何のためのものなのでしょうか。顔見知りの中川刑事さんに呼ばれてやって来ましたけれど、どうして県警の捜査第一課の警部補さんたちまでもが？」

「いや……」

口籠もる吉田に代わって、黒岩が答える。

「我々は基本的に、鈴本さんたちと勇人くんから話を訊きたいだけなんです。しかし、勇人くんと麻里さんは未成年ですので、母親であるあなたと、順子さんたちのご要望で、父親代わりと聞いている鷺沼さんにもご足労いただいたというわけです」

勇人の父親の勇作《ゆうさく》は、病気で亡くなっているらしかった。今は良子が、女手一つで勇人を育てているのだという。勇人の「勇」は、父親の名前から取ったのかと奈々は勝手に想像した。

「それにしても」と湛蔵は大きく腕を組んだまま、黒岩たちを睥睨した。「子供たちのプライベートな話に、どうして周りの大人たちまで呼ばれるのかな。大体、子供たちの会話の何が問題なんだね」

いいえ、と黒岩はチラリと崇を見て言う。

「その内容に関しては、先ほど伺ったのですが、何やら学校のことで悩んでいて、お互いに愚痴を言い合っておられたということで――」

「それなら、何の問題もないじゃないか。我々も、同級生同士でしょっちゅう担任の悪口などを言い合っておった」

「一体いつから」良子も言う。「ここの警察署は、子供たちのそんな個人的な問題に口を挟むようになったのでしょうか」

「決して、そういうわけではありません」黒岩は答えて、崇を見た。「きみ！　何か言いたいことがあるんじゃないのか。皆さんお揃いなんだから、訊きたいことや言いたいことがあれば、今ここで」

湛蔵の大きな鼻息と、それに続く良子の軽い溜め息があり、その後の静寂の中、俯いていてもドキドキして心臓が喉まで上がってきそうな奈々の隣で、

「では――」

と崇が口を開いた。そして、

「実は昨日」と言って全員を見る。「こちらの奈々

くんと一緒に、石和の鵜飼を見て来ました」

「え……」

啞然とする全員に向かって、崇は昨日の様子を伝える。

石和の鵜飼は古い歴史があるが、長良川など他の地域とは違って、徒歩鵜《かちう》で——などなど。

「いや、実に素晴らしかった」

何をどう突っ込んで良いのか分からず、誰もがただポカンとしている中で、崇は続けた。

「作家の髙山貴久子《こうやまきくこ》は、鵜が捕らえる鮎についても、こう言っています。

『アユという魚は、古代日本人にとって特別な魚であった。アユが釣れるかどうかで戦勝を占ったり「御贄《みにえ》」として朝廷に献上されたりもした』

『この魚を獲るために、海人族はさまざまな漁撈《ぎょろう》道具を仕掛けるだけでなく、鵜という鳥を使役した。鵜にアユを丸飲みさせたのちに吐き出させる、「鵜飼」といわれる漁法である』

そして、鵜は海人たち、つまり綿津見にとって非常に神聖な鳥だったのだと」

「……お、おい」

呼びかける黒岩を全く無視して、崇は続ける。

「確かに、神武天皇の父神である『鸕鷀草葺不合尊』の名前も『鵜の羽を産屋《うぶや》に葺き終えぬうちにお生まれになった御子』という意味を持っていますから綿津見たちだけでなく、当時の朝廷の人々にとっても、鵜は何かしらの霊的な力を持っていると考えられていたのでしょう。同時に吉野裕子は、蛇の『カカ呑み』と鵜の『鵜呑み』についても考察を入れていますが、これは蛇も鵜も『海神』とされていたという前提の話でしょう」

「だ、だからっ——」

「では」と崇は静かに続けた。「この鵜飼という漁法は、一体いつ頃から始まったのでしょうか。これはもちろん、日本独自のものではありませんでした。長年安曇族を研究している亀山勝《かめやままさる》によれば、

『この鵜飼は、朝鮮半島、台湾、沖縄に伝わった形跡がないそうだから、鵜飼も中国大陸から直接海を渡って日本列島へ伝わったと考えられる』

　ということになるようです。もちろん、安曇族が日本へ持ち込んだのは、この鵜飼だけではありません。稲作、金属器使用、養蚕などもそうです。特に養蚕などは、朝鮮半島を経由するよりも早く日本列島に伝わったといいます。また、彼らには言いましたが」

　チラリと奈々と小松崎を見る。

「安曇氏は綿津見の子『宇都志日金析命』の子孫ですから、この神の名前の通り、特に産鉄にも長けていたでしょう。そして、これらの技術や習慣は、後の世に受け継がれていきました。特に」

　崇は一呼吸置いて言った。

「隼人たちに」

　その言葉に、部屋は重い沈黙に包まれる。

えっ。


奈々は湛蔵や順子たちを見回した。湛蔵は憮然とした顔で、鈴本三姉妹は俯いて、崇の話を聞いている……のかいないのか。

　そんな中、更に崇は続けた。

「ここで、隼人に関しても、少し説明しておきましょう。『書紀』神代下には、こう書かれています」

　いつから持っていたのか、崇は文庫本を開いて読み上げた。

「『即ち火を放《つ》けて室《むろ》を焼く。始《はじ》めて起《おこ》る烟《けぶり》の末《すえ》より生《な》り出《い》づる児《みこ》を、火闌降《ほのすそり》命と号《なづ》く。是隼人等《これはやひとら》が始祖《はじめのおや》なり』

　そして、履中《りちゅう》天皇即位前紀には、

『時に近く習《つか》へまつる隼人《はやひと》有り。刺領巾《さしひれ》と曰ふ』

と載っています」

　崇は『書紀』を閉じると続ける。

「隼人は『はやひと』の略といわれています。ごく簡単に言ってしまえば、古代の九州南部に住んでいて、風俗習慣を異にしていたために、しばしば大和政権と抗戦——朝廷側は『叛乱』あるいは『反乱』と言っていますが——した人々のことです。やがて朝廷に服属し、宮門の守護や歌舞の演奏にあたりました。『書紀』敏達天皇十四年秋八月の条には、

『三輪君逆《みわのきみさかう》は、隼人をして殯《もがり》の庭に相距《ふせ》かしむ』

とあります。隼人は、天皇の殯の庭の警備をさせられたというわけです。また、本居宣長《もとおりのりなが》などは、その著作の『古事記伝』で、

『隼人は、波夜毘登《はやびと》と訓《よむ》べし』

『隼人と云者《いうもの》は、今の大隅薩摩二国の人にて、其国人は、絶《すぐ》れて敏捷《はや》く猛勇《たけ》きが故に、此名あるなり』

と書いています。同じように中村明蔵《なかむらあきぞう》は、隼人という名前は、その敏捷性から『隼の人』であるという説を述べています。但し、一般的に隼人というと九州南部の人々を指していて、居住地域によって大隅半島の『大隅隼人』、薩摩半島の『阿多《あた》隼人』と区別していた印象がありますが、これも中村明蔵によれば『一類系としてたばねることはできず』時代と共に変遷して行ったというのが正しいでしょう。八世紀頃になると実際に『薩摩隼人』というような呼称も見られるようですしね。実際に俺が見て来たように——」

「ちょ、ちょっと待て!」さすがに黒岩が、苦り切った顔で手を挙げて止めた。「その、隼人に関する話はもういい。今は、きみの講義を聴く時間じゃないんだ。肝心の事件の——」

「俺は」崇は顔色一つ変えずに答える。「最初からずっと、今回の事件の話をしているんです。しかも、最短距離で」

「なんだと! し、しかし——」

身を乗り出す黒岩から視線を外すと、
さて、と崇は続けた。

「一説によれば、隼人の『ハヤ』は『ハエ』、つまり『南風《はえ》』と関係あるともいわれています。実際に、梅雨の初めに吹く南風は『黒南風』と呼ばれていました。それとは逆に、梅雨明けの頃に吹く南風

は『白南風《しらはえ》』と呼ばれていますしね。まあしかし、どちらにしても彼らが朝廷から非常に疎まれていたことに変わりはありません。『続日本紀』和銅七年(七一四)には、

『三月十五日。隼人(大隅・薩摩国の住人)は道理に暗く荒々しく、法令にも従わない』

と書かれていますし。しかし、と思えばその少し前の天武天皇の頃には、こちらは『書紀』ですが」

崇はまた、本を開いて読み上げる。

「『秋七月《ふみづき》の壬 辰《みずのえたつ》の朔甲 午《きのえうまのひ》に、隼人《はやひと》、多《さわ》に来《もうき》て、方物《くにつもの》を貢《たてまつ》れり。是の日に、大隅《おおすみ》の隼人と阿多《あた》の隼人と、朝廷《みかど》に相撲《すまいと》る。大隅の隼人勝ちぬ』

『丙 辰《ひのえたつのひ》に、多禰人《たねのひと》・掖玖《やく》人・阿麻弥《あまみ》人に禄《もの》を賜ふ。各 差《おのおのしな》有り。戊 午《つちのえうまのひ》に、隼人等《はやひとら》に明日香寺《あすかでら》の西に饗《あえ》たまふ。種種《くさぐさ》の楽《うたまい》を発《おこ》す』

という、一見とてものどかな記述が見えます。しかしこれらもまた、当然のように騙《かた》りです。というのも——」

「おいっ、きみ!」ついに吉田がイスを蹴って立ち上がった。「もういいかげんにして、事件の話をしろっ。さっきから一体、我々の時間を何十分無駄にしていると思って——」

しかし、

「いや」と低い声が部屋に響き渡った。「続けさせてみてくれ」

「えっ」

吉田や黒岩を始めとする全員が、声のした方を見る。奈々も驚いてそちらを見たが、確認するまでもなく声の主は鷺沼湛蔵だった。

「鷺沼さん……」

呆然と呼びかける中川を無視して、湛蔵は崇をじろりと睨みつけた。

「少し、きみの話を聞かせてもらおうじゃないか。久しぶりに、面白そうな話を語る男が現れた」

「い、いや、そんな!」

と言う吉田の言葉に耳も貸さず、

「いかがですかな、警部補さん」黒岩に向かって言う。「我々の地元の安曇氏に関連している人々の話でもありますし、もう少しだけ話してもらっては。それに何やら、今回の事件にも関わっている話題らしい」

「関わっているというわけではなく」言わなくても良い（と奈々は心の中で思った）のに、崇は湛蔵に言う。「これが、今回の二つの事件の核心だと俺は感じています」

ほう、と湛蔵は目を細めた。

「じゃあ、尚更だ。警部補さん、いかが？」

「いや……」黒岩は湛蔵を、そして崇を見た。「じゃあ、もう少し続けなさい。但し、もう少しだ」

ありがとうございます、と崇は頭を下げた。

「では、ほんの少しだけ」

嘘だ、と奈々は心の中で思う。

いや。崇にとってみれば「ほんの少し」なのかも知れないが、奈々たちからすれば、とても「ほんの少し」などではない。今までの経験上から、おそらくまだ話の入り口——それこそ「序の口」だ。それは小松崎も充分に感じたようで、チラリと奈々を見て苦笑いした。

「では、今の話の続きですが」

奈々たちの思惑を全く気に留める様子もなく、崇は口を開いた。

「ここで隼人たちに相撲を取らせたというのも、垂仁天皇七年七月七日の、当麻蹶速《たぎまのけはや》と出雲国の野見宿禰《のみのすくね》の時と同じでしょう。力自慢の者たちを呼び寄せて戦わせる。ローマのコロセウムの試合のようなものです。どちらかが死ぬまで戦わせ、力の強い勝った方を取り立てる。同時に、負けた方の領地を無条件に取り上げるという、自分たちは無傷のまま彼ら『蛮族』たちの力を半分に削いでしまった。まさに一石二鳥の作戦です」

でも、と良子が顔をしかめた。

「野見宿禰は、国技・相撲の始祖でしょう。殺し合いってそんなこと――」

「相撲は『素舞う《すま》』という言葉からきているといわれていますが、事実は違います。『広辞苑』などで『すまう』を引いていただければ一目瞭然で、この『すまう』は『争う《すま》』『拒う《すま》』、つまり『抵抗する・争う』『拒む』などであり、最後に『相撲を取る』と載っています」

「そう……なんですか」

そうです、と崇は断定する。

「特にこの時期は、百数十年ほど前に『磐井の乱』が起こり、安曇族が壊滅状態に陥りましたが、当然そこには隼人も参加していたはずです。というより――これは俺の考えなんですが、当時は、激しく抵抗を続ける強靭な人々を称しても『隼人』と呼んでいたのではないかと思うからです。その後、隼人たちは朝廷に帰順しましたが、そうはいっても情勢は非常に流動的でした。この乱の時、いわゆる安曇族はこちら、信州に逃れて来たと思われますが、まだ九州に残って勢力を保っていた隼人たちもいました。その結果、何と約百九十年後の元正天皇の御世、養老四年（七二〇）二月二十九日。隼人たちが叛乱を起こして、大隅国守の陽侯史麻呂《やこのふひとまろ》を殺害してしまいます。不満を抑えきれなくなった隼人たちによる、大反乱です」

「不満というと」湛蔵がゆっくりと尋ねた。「朝廷による、圧政が原因ということだな」

そうです、と崇は頷く。

「『続日本紀』にも、朱鳥《あけみどり》六年（六九二）に大宰府が沙門を大隅と阿多に遣わして仏教を伝えたとか、さっき言った和銅七年（七一四）には、隼人たちが野心だらけで、守るべき憲法を知らないので『導かしむ』という一文が見えます。朝廷としては何とか力ずくで、自分たちの築いた律令国家の枠組みに彼らを押し込めようとしたのでしょうが、それが結果的に大反乱を招いてしまいました。そこで大伴旅人《おおとものたびと》を征隼人持節大将軍として派遣し、一大掃討戦を開始します。その結果、一年数ヵ月にわたって『斬首獲虜合せて千四百余人』という多数の死傷者を出したこの戦いは、ようやく収束しました」

一瞬、部屋は静まりかえったが、

「無事に終結して良かったな」湛蔵は笑った。「不満な気持ちは理解できるが、大勢の人々を巻き込んでの無駄な戦闘だったというわけか」

いいえ、と崇は言った。

「一概にそうとは断定できません」

「なにい？」

「今からお話ししますが、朝廷の取った作戦は非道なものでした。蝦夷《えみし》の首領・アテルイやモレたちも、坂上田村麻呂の取った余りに残虐な作戦のために降伏せざるを得なかったんですが、こちらも負けず劣らずです。というより、朝廷の戦いの方法は、日本武尊《やまとたける》の昔から殆ど変わっていませんが」

それは、と湛蔵が顔を歪めて尋ねた。

「どんな作戦だったというのかね」

「その前に」崇は言った。「これらの戦いが後世、どのように伝わっていたかというお話をしておきましょう。『八幡宇佐宮御託宣集』にも『蜂起の隼人を伐《き》り殺し畢《おわ》んぬ』と書かれたその戦いの内容を——。実際に俺は今年の三月、隼人を追って九州へ行って来ました」

「それで色々と詳しいのですね」良子が納得したように皮肉な顔つきで微笑んだ。「細かいことを、良く知っておられると思いましたよ」

崇が、隼人についてだけ詳しいと勘違いしたらしい。奈々が心の中で思っていると、崇は全くノーコメントで続けた。

「そこでさまざまな場所を見学したり、調べ物をしたり、知り合いと会って話し合ったりしました。その時、彼女たちも驚いていたのですが——」

彼女たち！

奈々はこちらの言葉に激しく反応する。

九州に一人で行って来るという話は聞いた。

しかも、突然一泊延びてしまったということも。

そういえば、その詳しい話はまだ聞いていなかったではないか！

〝彼女たちって……誰？〟

思い切り眉根を寄せた奈々をチラリとも見ずに、崇は平然と続ける。

「宇佐神宮の近くには『百体《ひゃくたい》神社』『凶首塚《きょうしゅ》』『化粧《けしょう》井戸』という場所があります。この『百体神社』と『凶首塚』に関しては、先ほどの『御託宣集』にこうあります。

『隼人を打ち取つて、宇佐の松の隈《くま》に埋め給ふ。今凶士墓と号《なづく》るは是れなり』

と。またこの『凶首塚』は、隼人の首をさらした『梟首塚《きょうしゅ》』ではないかともいわれているようでした。どちらにしても、ここに無数の隼人たちの無残な遺体が埋葬されたわけです。ところが、やがてそれらが悪鬼となって人々に祟り、天然痘などに罹って命を落とす人々が多数出てしまった。そこで、彼らの霊を慰めるための『放生会《ほうじょうえ》』が、全国に先駆けて執り行われるようになりました。そこで『御託宣集』にも、

『合戦の間に、多く殺生を致す。宜《よろし》く放生会を修《おこな》ふべしてへり。諸国の放生会は、此の時より始まる』

『隼人を多く殺しつる報《むくい》に、毎年放生会を仕へ奉るべし』

と書かれています」

「隼人の祟りかね」湛蔵は笑った。「それはまた何とも——」

「ここでの大きな問題は」

崇は湛蔵の言葉を、あっさりと無視して続ける。

「何故彼らが祟るようになったのか。もっと言えば、突然流行した病を、人々が何故隼人たちの祟りだと考えるようになったのか、ということです」

そりゃあきっと、と小松崎が言った。

「朝廷の奴らが、隼人に対してよっぽど酷いことをしたからだろうよ」

その通りだ、と崇は頷いた。

「地域は異なるが一例を挙げれば、鹿児島県霧島市の止上《とがみ》神社には『隼人退治ノ時、止上権現鷹ト顕シテ隼人ヲ蹴殺シ給フ』という伝承があり、神社の西南には『隼人塚』があった。現在は『隼人塚伝説の碑』が建てられているようですがね。そして、そこでは昔、正月十四日には狩猟で得た猪の肉を三十二、あるいは三十三本串刺しにして地面に立て、隼人の怨霊慰撫としてそれを祀る祭事が行われていたという。しかしこれは、その昔、実際に隼人を殺害して、串刺しにした三十以上の首を地面に立てたことに由来しているという」

〝え……〟

息を呑む奈々たちの前で、崇は続ける。

「岡本雅享《おかもとまさたか》も言っているように、『二十一世紀の今でも、隼人征圧の痕跡は日常生活の中に残存している』んです。事実『御託宣集』には、

『隼人等肝尽《きもつ》きて死する所を、今肝尽（付）と云ふ』『凶賊（ハヤト）の頭を取り、串に差し給ふ所を、今串良《くしら》と云ふ』

などとありますしね。しかし、問題はここではありません」

「それもかなりの問題だが」湛蔵は言った。「では、一体何だというんだ」

「今言った『化粧井戸』なんですが、その由来としてこうありました」

崇は、くしゃくしゃの手帳をポケットから取り出すとページを開いた。

「『此の井戸は聖武天皇の神亀《じんぎ》元年「隼人の慰霊の為に放生会を奉仕する」との神話によりて始められた放生会の儀式に奉仕する』

のですが、

『古表《こひょう》神社及び（中略）古要《こよう》神社の御神体であるくぐつ人形の化粧をする為の井戸である』

とあります」

傀儡人形――。

さっきも聞いた。

必死に思い返す奈々の隣で、崇は続けて言った。

「『ちなみに此の両神社のくぐつは隼人征伐に参加し隼人等は此のくぐつにみとれている間に伐たれたと伝えられている』

もちろん、この『くぐつ』というのは『傀儡舞』のことです」

「ちょっと待て」今まで苛々と話を聞いていた黒岩が、思わず反応した。「隼人たちは、戦って敗れたというわけじゃないのか」

「はい」崇は首肯する。「停戦、あるいは休戦協定が敷かれたため、武装を解いていたところを襲われたんです」

「なんだって――」

「おそらく、想像以上に激しい隼人の抵抗に遭った朝廷軍は、これ以上の犠牲を出すことを懸念して、隼人たちと、一旦嘘の停戦・休戦協定を結んだんでしょうね。そこで和解の証拠と称して傀儡舞を見せて喜ばせ、彼らが安心してくつろいでいたところを、いきなり襲って皆殺しにした」

「そりゃあ……」小松崎が真剣な顔で訊く。「とんでもない話じゃないかっ。それは歴史上で認められているのか？」

いや、と崇はあっさり答える。

「朝廷側が、この戦略に関して正式な文書など残すはずもないからな。しかし『御託宣集』によれば、

『細男《くわしお》（傀儡子の舞）を舞はしむる刻《きざみ》、隼人等は興宴に依つて敵心を忘れ、城中より見出でしむる時、先づ五ケ所の城の賊等を伐り殺さしめんてへり』

『荒振る奴等を伐り殺す』

そしてさっき言ったように、

『蜂起の隼人を伐り殺し畢んぬ』

となったわけだ。彼ら、綿津見や安曇族、そして隼人の弱点としてこういう意見がある。彼らは全て『人を疑おうとすることなく』『人を欺くすべを知ら

なかった』」

「そいつは……」

絶句する小松崎から視線を外すと、崇は苦笑しながら全員を見た。

「しかし、隼人たちが怨霊になったと朝廷が考えたこと、そして毎年必ず『放生会』が行われていること、これらが立派な傍証になるでしょう。正々堂々と戦って朝廷側が勝利したのなら、いちいちこんな面倒なことを行わなくても良いわけですから」

でも、と良子が眉根を寄せながら尋ねる。

「今あなたは、傀儡舞と――」

「はい」と崇は答えると、手帳を閉じた。「言いました」

「それに」黒岩も尋ねる。「『細男』と言わなかったかっ」

「そちらも、言いました」崇は静かに答えた。「ここにいらっしゃる皆さんは先刻ご存知でしょうが『せいのう』『くわしお』『さいのう』などと呼ばれています」

「なんだって！」吉田が驚く。「ここの町の神楽じゃないですかっ。今回も行われるはずだった」

「宇佐神宮を始め、古要神社、八幡古表神社、志賀海神社、春日大社、石清水八幡宮、談山神社など、全国各地に伝わっている神事です」

「確かに」湛蔵も首肯した。「私もこの地での由来は知らないが、安曇氏や隼人関係の人間も多く移り住んでいるだろうからな」

「俺も、そう思います」崇は素直に認めた。「安曇氏の子孫の方々が、隼人を供養するために細男や傀儡舞を、この地にも持ち込んだんでしょう。非常に納得できる話だ」

つまり、と奈々がそっと尋ねた。

「そうやって多くの人たちが、一所懸命に隼人を供養したということなんですね……」

しかし崇は奈々を見る。

「そうとばかりは言えない」

「だって今、タタルさんは——」

「きみは『狛犬』を知っているだろう」

「え、ええ」奈々は啞然として崇を見返した。「昨日も今日も、たくさん見ましたけど……」

「この、狛犬は」崇は言う。「高麗犬とも書いて『狛』一字でも『こまいぬ』と読む。古代中国では、建築物や墳墓の前に獅子型に建てる習慣があり、わが国にも七世紀頃には伝わったと考えられている。最初は魔除けとして朝廷に置かれていたが、やがて神社の鳥居の両脇などに据えられるようになり、また寺院でも用いられるようにもなった。素材は木・石・銅・鉄・陶などさまざまだが、いずれも『開口・閉口』の姿で『阿吽《あうん》』を表している」

はい、と奈々は頷く。

「阿吽と同時に『陰陽』も表しているって……」

「ところが、この役目を実際に任わされた人々がいたんだ」

「それってまさか——」

そうだ、と崇は答えた。

「まさに隼人たちだ。沢史生《さわしせい》は、こう言ってる。朝廷が隼人を徹底的に叩いた後、

『力尽きて降伏したハヤトに対し、王権はこれを犬のかわりに、利用しようと考えた。ハヤトの性格が実直にしてすこぶる勇猛だったからである。朝廷に召されたハヤトの役割りは、刑吏・獄卒・密偵などが主であった』」

「我々の前でそんな話をするとは」黒岩が苦い顔で言った。「この職業を誉められているのか貶められているのか、どっちだか分からんな」

「当然、称賛しています。ただ、権力者たちにうまく利用され易い職業であることも事実です」

「確かに現代でも」と言って黒岩は吉田たちを見た。「良くありそうな話だ」

下を向いて苦笑する吉田と中川の前で、崇は平然と続ける。

「沢史生は更に言います。これらの隼人たちは、高

貴な人の出御に際して、

『庭前にうずくまって、犬の遠吠えの真似をさせられた。恐れ畏み、尾を垂れて恭順の意を表したときの犬の仕草である。よって、これらに従事したハヤトは狗人《いぬひと》と呼ばれた。今日でも神社で神殿の扉を開くとき、神官がウォーッと無気味な声を発するのは、こうした往昔の名残りである』

『宮廷でのハヤトの仕事で、最も狛犬に似た所作を演じたのは、天皇出御のさいに庭前にうずくまって、犬の遠吠えを真似ることとであった』

と。中村明蔵も重要な儀式の際には隼人が、

『吠声《はいせい》を発する。吠声は狗吠《くはい》ともいわれるように、犬の鳴き声に類似したもので、邪気を払う力があるとされていた』

『天皇の行幸の際にも、官人と共に大衣二人・番上隼人四人・今来隼人十人が供奉していた。そのときの天皇の駕《が》（乗り物）が国界・山川・道路之曲《まがり》などにさしかかると、今来隼人が吠声を発した。国界（大和・河内の境界など）やその他の指摘の場所には邪霊がひそみやすいので、今来隼人の吠声によって先払いをしたのである』

と言っています。まさにこれは『道祖神』の役目と同様です」

あっ、と驚く奈々の隣で更に崇は続けた。

「但し、その『吠声』が実際にどのようなものだったかは、分かっていません。しかし、おそらく神事の際に神官たちから発せられる先払いの声の『警蹕《けいひつ》』が最も近いのではないかといわれています」

なるほど。

奈々は納得したが、

「でも『いぬひと』というのは、何か嫌な呼び方ですね」

「隼人の仕事として、彼らは『代《よ》に吠ゆる狗《いぬ》して奉事る《つかえまつる》』とあるしね。隼人たちは、自ら吠声を発することによって守衛に当たっていたようだ。『記紀』にも、隼人の祖である海幸彦は、自分を懲らし

めた山幸彦に対して、『私は過ちをした。今後はあなたの子孫の末々まで俳人《わざひと》、あるいは狗人《いぬひと》として仕えますので、どうか哀れんでください』と誓ったといわれているからね。そのために、彼らの後裔である隼人たちは『吠える犬の役をしてお仕え』しているのだという。これが『吠《ほ》ゆる狗《いぬ》』――つまり、狗吠だ」

「じゃあ、狛犬はそれを表していると?」

いいや、と崇は首を横に振った。

「神社にいる狛犬の役割は、宮廷警備とは微妙に目的が違う。宮廷の隼人たちは、外部からの侵入者に対峙した。しかし神社の隼人たちは逆で、社内に閉じ込められた神々を監視していた」

「えっ」

「まさに『通りゃんせ』だな。つまらぬ庶民の願い事などを聞かせないように『ご用のない者』を通さなかった。いつ叛乱に繋がるか分からないからね。そのために設けられた施設が、横屋《よこや》だった」

「横屋?」

「よく本殿や拝殿の手前脇に、ポツンと独立して建っている社があるだろう。これも全てが『横屋』の名残というわけではないが、基本的には、人々を監視する目付け役の神祇官が常駐した場所だ。そして、彼らの『下っ端』として、隼人たちは忠実に任務を果たさせられた」

「自分たちも征服されたのに?」

「朝廷は、いつもその作戦を執ってきたじゃないか。『鬼を以て鬼と戦う』『夷《えびす》を以て夷を制する』だ。特に隼人たちは、実直な性格だったから、うまく利用されてしまったか、あるいはそうせざるを得ないような状況に追い込まれた。これも、いつもの彼らのやり口だ」

「でも……」

奈々は納得しきれなかったが……現実は、そうなっている。そこには、歴史の表には決して上ってこない数々の慟哭が隠されているのだろう。

俯く奈々の隣で、

「古い諺《ことわざ》にも」と崇は続けた。「『狛犬の足を括ると、失せ物が出る』というのがあります。神社の狛犬に見られる、いわゆる『呪《まじな》い』の類いですが、元来は、朝廷に無理矢理従わされた隼人たちが、盗難事件が起こった際に警備怠慢を叱責され拘禁されることを恐れて、必死に探索したことに始まるといわれています。またしても警部補さんたちには申し訳ありませんが、この隼人たちの様子から『権力の犬』とか『幕府の犬』という警察を貶める言葉が生まれているのも、その裏では、実は彼ら隼人たちの悲しい現実があったんです」

「じゃあ我々と」黒岩が苦笑いする。「隼人は、遠い祖先で繋がっていたのかも知れないな」

「特に」と崇は真顔で答えた。「こちらの地域でしたら、その確率はかなり高いでしょうね。どちらにしても隼人たちに残された選択肢は、二つしかなかった。殺されるか、朝廷に跪《ひざまず》くか」

「誇り高く死ぬか、それとも卑屈に生きるか、というわけか？」

「あるいは、自ら朝廷に擦り寄った人間もいたでしょう。いつの時代も同じです」

ガタリ、と音がした。

全員でそちらを見れば、湛蔵だった。

「失礼した」湛蔵が言う。「彼の話に聞き入ってしまい、杖を倒してしまった」

それを順子がすぐに拾い上げる。

「ありがとう」湛蔵は礼を言うと「そのまま続けてくれたまえ」

崇を促した。

はい、と答えて崇は口を開く。

「そんな隼人たちの様子から『犬』という言葉に、忌まわしい意味が付与されました。密告者や、あくどい警官は『イヌ』と呼ばれ、更には『犬畜生』などという差別語まで生まれた」

「三回まわってワンと言え、ってのもそれか？」

尋ねる小松崎に、

「まさにね」と崇は答えて全員を向く。「これは、江戸時代のカルタのもじりだともいわれていますが、当然『犬』に対する蔑視が根底にあります。そしてここで重要なのは『三回』まわることです」

それだ。

御船祭の宵宮や本祭で、神楽殿を三周する。

「この風習は」崇は続ける。「広島・嚴島《いつくしま》神社などを始めとして日本各地に見られます。そして意味は『あの世に送る合図』だとされています」

「あの世に送る?」

「念には念を入れて、その霊魂をあの世に送るための儀式なんです。地方によっては、死人の入った棺桶を三回まわす風習もあると聞きました。しかもここで『ワン』と言わせられるのは、もちろん隼人です。つまりこの言葉は、現代でも相手に対する侮辱と捉えられている通り、隼人に対する侮蔑です。死に体になって自分の命令に従え、という」

「なるほどな……」

「しかし隼人たちは、密偵や警護や獄卒として必死に働いても、当然ながら朝廷では全く重んじられることはなく、仕事の過程で敵に殺害されても見捨てられ、何の論功行賞もなされなかった。つまりこれが『犬死に』です。故に、後代の武士は犬死にを恥と心得るようになった。ここで、もっと言ってしまえば、この『犬死に』は『徒死に《あだじ》』とも呼ばれました。では、この『徒』というのは何に由来しているかといえば――」

あっ、と奈々は思い当たる。

「もしかして、綿津見!」

思わず叫んだ奈々を見て、

「そういうことだ」

と崇は頷いた。

また「アタ」「ワタ」だ。

じゃあ、その本来の意味は?

尋ねかかった奈々の隣で、

「一つお訊きしても良いでしょうか」

良子が言った。

崇が「どうぞ」と頷くのを見て、良子は尋ねる。

「さっきあなたが『狗人』のところでおっしゃっていた、もう一つの『わざひと』とは何でしょう？」

「まさにそれも、隼人を語る上で非常に重要な点になります」

崇は答える。

「『俳人』は『俳優《わざおぎ》』と同じ意味で『手振り・足踏みなどの面白くおかしい技をして歌い舞い神人をやわらげ楽しませること。また、その人』『滑稽な身振り手振りで、観ている相手を楽しませる人』という意味です。そしてそれが、どこからきているのかというと」

崇は『書紀』を開いた。

「『神代下第十段』です。

『是に、兄（海幸彦）、著犢鼻《たふさき》（ふんどし）して、赭《そおに》（赤土）を以て掌《たなうら》に塗り、面《おもて》に塗りて、其の弟《おとのみこと》（山幸彦）に告《もう》して曰《もう》さく、「吾、身を汚すこと此《かく》の如し。永《ひたぶる》に汝《いまし》の俳優者《わざおきひと》たらむ」とまうす』

つまり、海幸彦は褌《ふんどし》をして赤土を手のひらと顔に塗り、私は永久にあなたの俳優者になりましょう、と言いました。そして、足をあげて踏み回り、海に溺れ苦しむ卑屈な舞を面白おかしく演じて朝廷への永遠の忠誠を誓うと同時に、命乞いをしたんです」

「卑屈な舞をですか」

「これも、海幸彦が自ら申し述べたのかどうかは分かりません。というより、無理矢理やらされたと考える方が自然でしょう。岡本雅享は、こう言っています」

崇はペラペラになっている手帳を捲る。

「『大嘗祭などの折、隼人が朝廷で演じた「隼人舞」は、海幸彦が山幸彦に服従を誓った時に、掌と顔面に赤い土を塗って、水に溺れる様を演じたのが起こりとされる。隼人舞は、隼人たちが両手にもつ楯・槍を天皇の前で伏せることによって、服属の姿を再現してみせる服属儀礼が芸能化されたものともいわれる』

そして、和銅三年（七一〇）元日の朝廷の朝貢の儀式などでは、朝廷が征服した蝦夷や隼人を参列させたが、これは『一種の見せ物的なパレード』であり『天皇の権威と支配領域拡大の誇示に、屈辱的な形で利用されたのである』と」

見せ物で、屈辱的――。

奈々が眉根を寄せていると、

「確かにそうだ」小松崎が唸った。「自分たちの権力を、全員に見せつけようとしたってわけだな。同時に、反乱を全て抑えたってアピールにもなる」

「俺も今、ずっと用いてきたが」と崇は小松崎を見た。「その『反乱』や『叛乱』という言葉に関して、中村明蔵はこう言ってる。

『大和政権や律令国家からみた隼人は「夷人」であり「雑類《ぞうるい》」であった。しかし、他方で隼人の世界から大和や畿内を見れば、それはまた「東夷」に類する存在にもなりかねないであろう』」

「そりゃあ、そうだ。隼人の立場に立ってみりゃあ、大和朝廷は確かに『夷敵《いてき》』だ」

「だから、これらの戦いに関しては、

『研究者の多くは「隼人の反乱」とよんでいる。しかし、それは中央史観であって、ハヤト側に立てば、自衛のための戦いであり、外部からの侵入者に対する抵抗である』

とね。というのも、隼人たちは自分たちの居住地域で戦った。決して外に侵出してはいない。だからこれはあくまでも、

『ハヤトの生活に不安を与え、苦痛をもたらしたのは中央政権であり、律令国家制であった。したがって、私はこの戦いを「ハヤトの抗戦」とよび、よく戦ったので、大抗戦と称えている』

とまで言い切っている。そして、天平十二年（七四〇）に九州・大宰府で起こった藤原広嗣《ふじわらのひろつぐ》の乱に際しても、隼人たちが自ら積極的に参加したとは思

われないことから、

『またその理由も見当たらない。結局は広嗣に利用されたという他はないであろう』

と、他の状況証拠なども交えて考察してる。そんな隼人たちに関して言えば――」

だがここで、さすがに黒岩も我慢の限界が来たらしかった。

「もうそろそろ良いんじゃないか」言葉は丁寧だったが、絶対に反論は許さないという強い語気で、崇を睨みつける。「すでに『もう少し』の時間は過ぎた。これからは事件の話を――」

しかし、

「そんな隼人たちは」と崇は続ける。「非常に特徴的な持ち物を持っていました。それは盾《たて》です。昭和三十八年（一九六三）に、奈良・平城宮跡の井戸から十六枚も発見されました。奈々くん、ちょっと写真を検索してくれないか」

「はっ、はい」

いきなり振られて、どぎまぎと携帯を操作する奈々の向こうで、

「さすがに、もういいかげんにしてくれないかな」

黒岩は腰を浮かせたが、

「ええっ」

という奈々の叫び声で、動きが止まった。

「でも……これって！」

大きく目を見開いて、崇の横顔と携帯の画面を交互に眺める奈々を見て、

「どうしたんだ？」小松崎が身を乗り出してきた。「何がどうした――おおっ」

声を上げると、小松崎は奈々から携帯をもぎ取って画面を大きく広げ、黒岩たちに見せた。それを目にした黒岩たちも、

「あっ」

と息を呑む。

「何だこれは……。偶然か？」

小松崎が大きく広げた画面には、上下に黒と丹の

鋸歯紋《きょし》（鋸の歯の紋）があり、中央部に大きく「逆Sの字」形の紋が、赤・黒・白の三色で映し出されていた。天皇の前で、地面に伏せて服属を誓ったという「隼人の盾」だ――。

「き、きみっ」黒岩は崇に向かって怒鳴る。「まさかこれが、被害者――北川洋一郎が描き残した印だとでもいうのかっ」

「おそらくは」崇は静かに答える。「わざわざ二本の指で描かれたと聞いたもので」

「確かに、赤と黒の二本線で描かれているな……」

唸る黒岩を見ながら、奈々は思う。

その時、公民館の中にいた鈴本三姉妹に分かるように「S」の字を逆から書いたというより、こちらの方が自然なのではないか。何しろ、被害者は瀕死状態だったのだから――。

つまり、と黒岩は言った。

「被害者は、この事件の犯人は『はやと』だと伝えたかったと？」

その言葉で、全員の視線が勇人に集まる。

「な、何なんですか一体。どういうこと」

良子は全員を見返すと、

「まさか！」甲高く笑った。「北川くんを殺害したのは、うちの勇人だとでも？　あなたっ」

良子は崇を睨んだ。

「湛蔵兄さんだって、勇人のことを目に入れても痛くないくらいに可愛がっているんですからね。これは、私たちの家に対する侮辱です」

しかし崇はその問いかけをあっさりと無視して、三姉妹に向いた。

「ちょっとお訊きしたいんですが、そもそも何故あなたたち三人だけがあの時、公民館に？」

「演目に」順子が小声で答える。「少し手を入れて変更したい部分があると湛蔵さんから言われたので、一応そこまではきちんと練習しておこうと思って、一足早く三人で……」

「なるほどね」

画像提供：奈良文化財研究所

崇は頷いたが、

「今尋ねているのは私です」良子が叫ぶ。「きちんと質問に答えなさい。あなたは、この印がうちの勇人を指していると言うの？　同じ『はやと』だからって」

「ああ」と崇は冷静に答える。「そう言われれば、そうとも取れますね」

「そうともって！」良子は食ってかかる。「今までのあなたの話からじゃ、そうとしか取れないでしょう！　この辺りの人たちは、先祖を辿れば殆どの人たちが安曇氏でしょうし、直接隼人に関係している家もあります。だから、その『隼人の盾』を一度くらいは目にしているかも知れません。かといって、北川くんが『勇人』と言い残すためにそんな図を描いたなどと！」

一気にまくし立てる良子の横で、当の勇人は体を硬くして俯いていた。これは、今の黒岩の言葉が当たっているせいなのか。それとも、余りの冤罪に怒っているのか、奈々には判断がつかなかった。

「いや、渡部さん」

と黒岩が良子に向かって言葉をかけた時、

「ああ……」

と麻里が声を上げた。ぐらりと体が大きく揺れて、イスごと後ろに倒れかかる。

「大丈夫っ」理恵が抱きかかえた。「どうしたの、麻里。顔が真っ青よ！」

すると麻里は「うっ」と両手で口を押さえた。

「刑事さんっ」

理恵が黒岩を見る。黒岩が頷くと、吉田と中川が麻里のもとに駆け寄る。

「ショックのようですね」吉田が言った。「すぐに救護室へ」

しかし麻里は苦しそうに、

「……トイレに……」

とだけ呟く。

「私が一緒に行きます」

理恵が真剣な顔で訴える。

「女性警察官もつけよう」黒岩も立ち上がった。

「中川!」

「はいっ」

「手の空いている人間を付き添わせてくれ」

「了解しました!」

中川と理恵に両脇を抱えられながら立ち上がる麻里の姿を見て、

「ぼ、ぼくも麻里と——」

と勇人も立ち上がろうとしたが、

「きみはダメだ」黒岩が制した。「ここに残っていなさい。我々に任せて」

全員の見つめる中、麻里たちが退出すると、部屋はまたしても重い沈黙に包まれた。

テーブルの前には、憤懣《ふんまん》やるかたない良子と、再び体を硬くして俯く勇人。その向こうには心配そうにチラチラとドアに目をやる順子と、目を閉じて杖の上で腕を組む湛蔵。厳しい顔つきの黒岩と、吉田。そして、奈々たち三人が静かに座っていた。

暫くして、

「麻里さんも、お気の毒に」良子が冷ややかな目で崇を見た。「この子が犯人じゃないかなんて言われたものだから。あなたのせいです」

しかし崇が何も答えないので、黒岩に言う。

「警部補さん。もう、こんな茶番劇はお終いにしませんか?」

「申し訳ありません」黒岩は軽く頭を下げた。「どちらにしても、もう少しお待ちくださいませんか」

ふん、と良子は鼻で嗤うと、

「全くバカバカしいったら、ありゃしないわ。ねえ、勇人」

勇人に視線を移したが、少年は体を硬くしたまま震えているばかりだった。

「どうしたの、勇人。何かおっしゃいなさい。あなたが疑われているんですよ!」

しかし勇人は、

「……麻里が戻って来たら。それまで待って……」

としか答えず、口を閉ざしてしまった。その様子を見て、

「渡部さん」黒岩が声をかけた。「彼の言うように、もう少し待ちましょう。それほど時間はかからないでしょうから」

「そう……」良子は渋々答えると、湛蔵を見た。「兄さんも、それで良いですか」

「いいだろう」と頷く湛蔵を見て、

「分かりました」良子は、大きく嘆息する。「兄さんが良いとおっしゃるならば」

そして再び崇を睨みつけた。

「でも、私はあなたを決して許しませんからね。こんなに侮辱されたのは、五十年も生きてきて初めてです」

断言して口を閉ざす。

そんな不穏な空気を紛らわすように、

「そういえば」黒岩が崇に尋ねる。「きみが順子さんたちに尋ねた『黒・白・赤』の質問はどうなった。この『隼人の盾』のことだったのか？」

俺は、と崇が答えた。

「『三不浄』の『黒・白・赤』も、ここから来ているんじゃないかと考えています。というのも『赤不浄』と『黒不浄』は素直に納得できますが『白不浄』は、どうも後付けの感覚がある。こちらの奈々くんには、以前にその理由を詳しく説明しましたが、俺自身も百パーセント納得できてはいなかった。しかしここで『隼人の盾』の色となれば、この三色を朝廷が『不浄』と見なしたのも納得できますからね」

「そ、それで」黒岩が再度尋ねた。「彼女たちに尋ねた件は？」

ええ、と崇は答える。

「彼女たちならば、当然ご存知と思ったもので。神楽でお囃子を受け持つくらいなら、隼人に関してそ

れなりに詳しいはずだと思ったんです。そうでなくとも、この地は安曇野ですし、少なくとも隼人の盾くらいは目にしていてもおかしくない。なのに、全く口に出さない方がかえって不自然に感じました」

「そういうことだったんですか、鈴本さん」

　問いかける黒岩に順子は、

「……はい」と答えた。「でも、あの時は一体何をおっしゃっているのか分かりませんでしたけれど、途中でその方の質問の意味に気づきました。でも、変に勇人くんが疑われてもいけないと思い、ずっと黙っていようと決めました」

「波風を立てたくなかったというわけですな」

「はい……」

「――ということだそうだ」

　と告げる黒岩を見て崇は、

「隼人といえば」と口を開く。「『書紀』清寧天皇元年冬十月の条に、こんな記述があります」

「そっちの『隼人』じゃないよ！」

　怒鳴る吉田の声を無視して、崇は続けた。

「『大泊瀬天皇《おおはつせのすめらみこと》を丹比高鷲原陵《たじひのたかわしのはらのみささぎ》に葬《はぶ》りまつる。時に、隼人《はやひと》、昼夜《ひるよる》陵の側《ほとり》に哀号《おら》ぶ。食《くらいもの》を与《たま》へども喫《くら》はず。七日《なぬか》にして死ぬ』

　つまり、大泊瀬天皇――雄略《ゆうりゃく》天皇を葬った際に、近習の隼人たちは、昼夜を問わず陵の側で嘆き悲しみ、食物を与えても食べずに、七日目に全員死んだ、ということです。これは、隼人たちの朝廷に対する『忠誠心』を表している証拠として有名な箇所なんですが、現実は全く違ったでしょう」

「というと？」

　思わず尋ねてしまった奈々を見て、崇は答える。

「これは明らかに殉死だ。しかも、無理矢理の」

「えっ」

「だから『哀号』して『七日にして死』んだ。この話は、決して多くの人たちがいうような美談ではない。隼人たちの悲劇だ」

「きみはまた、一体何を言って――」

吉田が呆れ顔で崇を見た時、廊下でバタバタと大きな足音が響いて、中川と女性警察官が部屋に飛込んできた。

「警部補っ」中川が青ざめた顔で叫んだ。「大変です！」

その隣で、

「申し訳ありませんっ」

彼女が引きつったまま最敬礼した。

「どうした？」

驚きながら尋ねる黒岩に向かって、

「私が……私が、ほんの少し目を離した隙に」真っ白い顔で叫んだ。「二人に逃走されてしまいました！」

「なんだって！」

「はいっ」

そして、消え入りそうな声で説明する。

麻里を救護室に連れて行く途中で、吐き気がすると訴えたためトイレに寄った。その際に理恵も介抱のため一緒に入った。すると理恵が駆け戻ってきて、症状が酷いので医者か救護隊員の方をお願いしたいと訴えたので、あわてて救護室まで行き、係の人間と一緒に急いで戻って来ると——。

「二人の姿が消えていたんです」

名前を呼びながら辺りを捜したけれど、誰もいない。そこで念のために受付で確認すると、ついさっき若い女性二人が走って出て行ったと言われた。

「仮病だったのか！」

「はいっ。申し訳ありません。まさか私も、彼女たちが示し合わせたように、そんな演技をするとは思いもよらず——」

「我々を欺したというわけですね！」

睨みつける黒岩に順子は、

「いえ……」オロオロと答えた。「決して私たちはそんな……。きっと何かの間違いだと……」

「間違いも何も」黒岩は激昂する。「実際に、こうして二人で逃走したんだ」

黒岩は吉田たちに向かって、すぐに捜索の手配を命じ、三人は「はいっ」と答えると部屋を飛び出して行った。

その後ろ姿を見送って、黒岩は順子に詰問する。

「まさか自宅に戻ることもないでしょうし、バス停と駅、タクシー乗り場は、今押さえさせました。どこに行くにしても徒歩しか手段はないが、順子さんは彼女たちがどこに向かったか、心当たりはありませんか」

「はい……」

俯いて答える順子を見ながら、
あと、と黒岩は思いついたように言った。

「念のために、鵜ノ木川も押さえさせましょう。その他はどこか？」

「想像がつきません……」

「それなら、ボートかも」勇人が言った。「いつも行くから」

「ボート？」

「鵜ノ木川沿いの、古い小屋に停まってる」

なんだと、と黒岩は勇人に詰め寄った。

「きみは、その場所を知っているのか？」

「二人で乗ったことがあるから……」

「その小屋の場所はっ」

「土手の、バス停の近くです……」

よしっ、と黒岩は携帯を取り出すと、今度は全員に向かって言った。

「一旦解散——いや、逆だ。もう少し、このまま待っていていただきたい。もちろん、きみもだ」

崇に念を押すと、順子と勇人を見た。

「今回は、きみたちにも同行してもらう。その、ボートが停まっている場所まで」

無言のまま頷いて席を立つ順子と勇人を引き連れて、黒岩は部屋を後にした。

《憂曇華《うどんげ》》

部屋の中には、鷺沼湛蔵、渡部良子、小松崎、崇、そして奈々の五人が残された。

またしても重い沈黙が部屋を支配する中、奈々が緊張していると、湛蔵が突然、崇に向かって口を開いた。

「先ほどきみは、大分県の宇佐市にも隼人がいたと言っていたようだが、つまり彼らはわざわざ鹿児島から大分までやって来たということかね」

「それもあったでしょうが」と崇は答える。「今も言ったように、綿津見——安曇族の中でも、朝廷に対して強靭に抵抗を続けた人々も『隼人』と呼ばれた可能性はあります。しかしそれでなくとも実際に隼人たちは、かなり強制的に分断され移住させられています。ですから、その人間たちが核となって『隼人の集団』が結成されたということは、充分に考えられるでしょう」

「強制的な移住か」

「九州北部だけではなく、奈良や京都までも連れて行かれていますから。ちなみに秦氏なども、国内を転々とさせられていますね。たとえば、無理矢理に三輪から山城へなどと。隼人たちも同じ運命をたどったわけです」

「……それは、彼らの勇猛さで宮城を護衛させる、という目的のためだな」

「ご理解が早いですね」崇は言った。「先ほども言いましたように、彼らは『狗吠《くはい》』の呪術も持っていましたしね。山城国大住《おおすみ》郷——現在の京田辺《きょうたなべ》市大住なども そうだといわれています。『大住』は当然『大隅』ですから。また、大和国阿陀《あだ》郷——奈良県五條市原町も同様です。ここはおそらく『阿多隼人』が移住させられたんでしょう。そして——」

崇は湛蔵と良子を見た。

「それに伴って、こちらにも安曇族が逃亡した」

崇は奈々たちに話した説を伝える。

決して彼らは、積極的に信州にやって来たわけではなく、仕方なく移住してきた。その証拠に『万葉集』には、非常に危険な難所である「金の岬」を経由する船出をしたと歌われている。

「もちろん、私もそう考えている」湛蔵は素直に同意した。「かなり昔から徐々にこの地を目指したんだろうが、最も大挙してやって来たのは、延暦十一年（七九二）だろうともね」

「安曇氏の、中央政界失脚事件ですね」

崇は首肯した。

「その当時の安曇氏は独立王国どころか、九州では大伴旅人によって隼人たちが討たれ、安曇族の頭領の後継と目されていた荒雄《あらお》も遭難して命を落としてしまうという悲劇もあり、完全に朝廷に取り込まれていて、天皇の食事の調理や食料調達を担当する内《うちの》膳司《かしわでのつかさ》と呼ばれる機関の長官職を務めていました。しかし、ライバルの高橋氏が現れたため、長官と次官を交代で務める約束になりましたが、やはりこれは最初から無理な話で、南北朝時代の天皇家のように両者の間に争いが生じ、その年、時の桓武《かんむ》天皇の裁定によって安曇氏のトップであった人物が、佐渡に流罪になる」

「なかなか詳しいな」

湛蔵は楽しそうに笑い、崇は続ける。

「その結果として、安曇氏は完全に離散することになりました。その際に、日本海側では、糸魚川から姫川を目指す者や信濃川を遡る者。太平洋側では、尾張から美濃へ出る者や三河から天竜川を遡る者と分かれたようですね。ちなみに、その数年後にはこの地で魏石鬼八面大王たちが討伐されています。余りにも一ヵ所に集結しすぎた安曇族に、朝廷が危機感を覚えたんでしょう。一度は壊滅させて九州の地から追い払ったと思っていた安曇族たちがその怨念を胸に、自分たちに向かって再び牙を剝かないとも限らない」

その言葉に、湛蔵は不快な顔を見せた。

崇が何か変なことを言ったのだろうかと思って、奈々は湛蔵を、そして良子を見たが、やはり良子もピクリと頰を引きつらせた。

どうしたんだろう？

訝しむ奈々の隣で、全く無頓着に崇は続ける。

「彼らにも言いましたが、その結果として日本各地に、渥見、熱海、安住、渥美、海部などの姓や、また地名になると、温海《あつみ》、熱海《あたみ》、安角《あずみ》、安津見《あづみ》、小明《あす》見《み》、厚見、安曇川《あどがわ》などという地名が残された。しかし、これらの地域などでは、自分たちは安曇氏とは無関係だと主張する土地もあります」

きっと、と湛蔵は苦笑する。

「それらの人々にとっては、自分たちの出自をどうしても隠しておきたいさまざまな理由があったんだろうな」

「そういうことでしょう」

崇が同意し、一瞬部屋が静まりかえった。

もしかして、今かも！

奈々は意を決したように、崇に尋ねた。

「ずっと伺いたかったんですけど」

「なに？」

崇と、全員の視線を受けて奈々は言った。

「実は、その『あた』に関してなんです。綿津見や安曇にも関係しているとお聞きしたような気がするんですけど、具体的に『あた』というのは——？」

「そうだな」崇は一旦奈々を見て、改めて湛蔵と良子に向いた。「そのあたりのお話も、少しさせていただいてよろしいでしょうか」

「よろしいもなにも」良子は引きつった顔で笑うと、投げやりに答えた。「刑事さんとあの子たちが戻って来るまで、私たちはここに軟禁状態ですからね。どうぞ。ねえ、兄さん」

「ああ」湛蔵も大きく頷く。「時間が来るまで、好きなだけ話したら良い」

好きなだけ！

奈々は驚いて二人を見る。

そんなことを言ったら——。

しかし崇は、

「ありがとうございます」軽く礼を述べた。「これもおそらく、今回の事件と大きく関わってくる部分だと思いますので」

「何ですって！」

驚く良子を軽く無視すると、

「では」と崇は口を開く。

「安曇・住吉・隼人の大元であり『アタ』という言葉を生み出した、綿津見から行きましょう。この綿津見という名称やその起源に関しては諸説ありますが、やはり素直に『海』を『わた』と読んで、『海《わた》つ霊《み》』＝『海神』と考えた方が、これからお話しする数々の点で納得がいきます。というのも彼らの名称は『海神』『海童』『海若』などとも書き表されたからです。同時に、彼ら『海神』のいる場所という意味で『海洋・海原』も同じように『わだつみ』と呼ばれました。そして」

崇はくしゃくしゃのページに文字を書いて全員に見せる。

「この『海若』という名称は、そのまま『若神《じゃくしん》』となり『石神《しゃくじん》』に転訛しました」

「海から石に変わってしまったのですか？」

尋ねる良子に、

「そうではありません」

と、崇は答える。

「この石神は、大きな石や、珍しい石、あるいは石の剣などを神体として祀った神です。変わった表し方では『左口神』や『三狐神』などと書いて『シャクジ（ン）』と読ませたりしていますが、これらについてはかなり話が逸れてしまうので、今回は省略します。ただ共通している点は、全て『イソガミ』とも呼ばれているということです」

「イソ、ということは――」

「磯の神、つまり海神ということです。そして、ここで最も肝心な点は、これらの神は全員、あなたが今おっしゃった『石』――物言えぬ石にされているということです」

「なるほど……」

「更に今の『海若』ですが、別名があります」

「『海』を『あま』と読んで」湛蔵が笑った。「海《あまの》若《じゃく》――天邪鬼だな」

その通りです、と崇は首肯する。

「毘沙門天《びしゃもんてん》や増長《ぞうちょう》天たち四天王、彼らの足元に踏みつけられている可哀想な人々です」

そうだ！

奈々は、その光景を思い出した。昔は何とも思わなかったけれど、崇の話を聞いてからは、その姿を目にするたびにいつも胸が痛くなっていた。「天」なのに、無抵抗の鬼たちに、どうしてそんな残酷なことができるのだろうか……。


「もっとも」一方、崇は続けた。「朝廷の人々にとって『わた』つまり『灘《なだ》』などは、人の住む陸地ではなかったわけで、そこから海・川・湖を住み処《か》としている水辺の者たちは『陸《ろく》でなし』と呼ばれ、これは江戸時代の頃までも続きました。また、平安時代の『新撰姓氏録《しんせんしょうじろく》』には安曇犬養連のことを、『海神《わたつみ》、大和多罪神《おおわたつみ》』の末裔であると紹介しているほどですから」

崇の書き記した文字を見て、

「大和多罪って……」良子が顔をしかめた。「また嫌な文字を使って」

「『大和』に対して『罪多い』ということでしょう。だが実際は、大和こそが『罪多』かったわけですが――。そして『わた』が、奈々くんの言った『あた』という言葉に変遷します」

「阿多隼人の『あた』ですね」

そうです、と頷いて崇は続ける。

「この『あた』は『異《あた》』であり『仇《あだ》』であり『徒《あだ》』

でもありますが、意味はいつも殆ど同じでした。たとえば『古今和歌集』巻第十の紀貫之《きのつらゆき》の歌に、

我は今朝初《けさうひ》にぞ見つる花の色を
　あだなる物といふべかりけり

があります。これは『さうび』つまり薔薇の名前を詠み込んだ歌で『私は今朝初めて薔薇の花を見た。この花の色はうわべばかりの華やかさというべきものだったよ』ということです」

「うわべばかりの……」

そうです、と崇は首肯する。

「『あた』には『好ましくない』『忌々《いまいま》しい』という意味が付与されて行ったんです。『あた』の語源に関して、折口信夫や大槻文彦《おおつきふみひこ》は『仇《あだ》』から出たものと解釈しています。つまり『自分に害を為すもの』『仇《かたき》』という意味です。それはもちろん正しいのですが、俺は更にその根源に『海《わた》』があったんだろうと考えています」

「海人たちのことね……」

「ポルトガルのカトリック司祭のルイス・フロイスが『ヨーロッパ文化と日本文化』の中で、こんなことを言っています。

『われわれの間では魚釣は貴人の保養とされている。日本人はそれを下賤な人のする卑しいことであり、仕事であるとしている』

織田信長や豊臣秀吉の頃でさえ、そんな考えが一般的だったんですから、安曇族の頃はもっと差別が酷かったんじゃないでしょうか」

まさに「海若《あまのじゃく》」であり「鼠穴《ねずみあな》」で「徒」――無駄と呼ばれていたのだ。奈々は憤りを抑えながら、崇の言葉に耳を傾ける。

「隼人たちは『犬死に』と呼ばれたと先ほども言いましたが『徒』である彼らの死は『徒死に《あだじに》』で、そこから『徒』には『無駄』『空しい』『儚い』という意味も加えられてゆきました。『徒花《あだばな》』は、咲いて

も実を結ばない無駄な花のことであり、『徒名《あだな》・虚《あだ》名《な》』は、浮き名など事実無根の悪評であり『渾名《あだな》』といえば、他人への嘲りをこめてつけた名前になりました」

渾名もそうだったとは……。

この現代に至っても、そんなに多く『あだ』という言葉が息づいているのかと驚く奈々の隣で崇は続ける。

「京都・奥嵯峨には『化野《あだしの》』という、かつての風葬地であり、死体遺棄場であった場所があります。この地名は『徒野』『仇野』とも書かれ、やがて墓地を表す一般語となって行きました。また、その辺りは『愛宕山』と呼ばれていました。ちなみにこの『愛宕』は『仇子』であり、自分が生まれた時に、伊弉冉《いざなみ》尊の女陰を焼いて彼女を死に追いやってしまった、火の神・迦具土《かぐつち》神がそう呼ばれていました」

「迦具土神が？」

「まさに害を為した『仇子』ですから」崇はあっさりと答えた。「ちなみに愛宕山は、平安時代から鞍《くら》馬《ま》山《やま》共々『魔所』といわれた場所で、天狗の住み処と伝えられた場所でもあります」

天狗——猿田彦神だ。

奈々が心の中で頷いていると、崇は言った。

「また、平安時代に今様の歌謡集である『梁塵秘抄』を撰した後白河《ごしらかわ》法皇は、身近に遊女や白拍子や傀儡女らを侍らせていましたが、彼女たちは当時『穢れ』ているとされていた女性たちでした。では、なぜ法皇は平気だったのか。誰にも咎められなかったのか？　実のところその答えは単純で、法皇たちは彼女たちのことを『虚《あた》なる者』と呼んでいたからです」

「あたなる……者？」

「そうだ」と崇は奈々に言う。「つまり法皇は、彼女たちと——肉体関係を含むどんな交わりがあろうとも、相手が『虚』である以上、そこには何もなかったことになるからだ」

「そんな……」

絶句する奈々の向こうで、

「しかし、よくもまあそんな色々な文字を宛てたものですね。むしろ、感心してしまいます」

皮肉に笑う良子に崇は、

「そもそも『熊襲』もそうです」と答えた。「この熊襲は、大隅国を中心として薩摩・日向まで勢力を拡大していた二つの集団から構成されていたわけですが、それらは『隅《くま》』と『曾於《そお》』ではなかったかという説があります。しかしそれらがいつの間にか『熊』と『襲』と呼ばれるようになった。しかも『襲』は普通『そ』とは読めない。だから中村明蔵は、この熊襲という名称は『ことさらおぞましい字を選んだとみられる』と言っています」

「なるほどね」

「更に近年になると『あた』は『婀娜《あだ》な姿』というように浮気者・色好みの意味として使われるようになりました。最も有名なのが、歌舞伎『与話情浮《よわなさけうき》名横櫛《なのよこぐし》』から派生して、昭和の時代には歌謡曲にまでなった、

『粋な黒塀　見越しの松に　婀娜な姿の洗い髪』

という文句でしょう。これを耳にした人々は『婀娜な姿』という言葉だけで、その女性は誰かに囲われている身——愛人だと理解できたんです」

「確かにそうだ」湛蔵が素直に認める。「昔は『徒《あだ》気者《けもの》』という、全く誉められない言葉もあった」

「まさにそうですね」崇はニコリともせずに言った。「ところが、さっきも言ったように、そんな『あた』の人々は、人を欺くことを知らなかったために、朝廷の騙し討ちにあっさりと敗れてしまったんです。少しでも朝廷に逆らう『綿津見』『海神』『隼人』たちは問答無用で殺され、仕方なく従う者たちは無理矢理に取り込まれて行った。瓊瓊杵尊からしても、『書紀』神代下第九段にあるように、

『時に彼《そ》の国に美人《たおやめ》有り。名を鹿葦津姫《かしつひめ》と曰《い》ふ。亦の名は神吾田津《かむあたつ》姫。亦の名は木花之開耶姫《このはなのさくやびめ》』

つまり、隼人の女性である阿多姫を自分のものにして、阿多隼人の祖である海幸彦や、天皇家の祖先となる山幸彦をもうけたとあります。但しこの伝承は真実なのかどうか分かりません。中村明蔵の言うように、

『ここでもまた、神話は巧妙に隼人を天皇系譜の一端につなげる造作を見せている』

だけかも知れません。では、それは何故かと言えば——」

「当然」湛蔵が口を開いた。「彼らの方が、朝廷よりも正統性があったからだ。綿津見や安曇や隼人たちの方が」

その通りです、と崇は首肯した。

「小林耕《こばやしこう》は、朝廷が国王、つまり天皇となるために一番欲しかったものは、

『安曇氏が継承していた中国王朝公認の王権であった。そのために天孫氏は安曇氏の系譜を狙い、確実に取り込んだことは疑う余地がないことである』

と言っています」

ということは、と良子は顔を曇らせる。

「今の話を逆に言えば、当時の天皇家は正統なものではなかったとおっしゃるの？」

「そこはまた別の話になりますので、後に回しましょう」

崇はあっさり言うと、続ける。

「さて、ここで『安曇』です」

「ようやく回ってきたか」湛蔵は苦笑した。「待ちくたびれた」

「といっても、今までも安曇氏関連ではあったんですけれどもね。根幹は同一で『綿津見』ですから」

「確かにそうだ。続けてくれ」

はい、と崇は答える。

「『安曇』に関する俺にとっての最大の謎は、どうして『曇』を『ずみ』と読むのかということです。どうやっても『ドン』『タン』『くもり』としか読めない文字を『ずみ』と読んだ。その理由をご存知で

しょうか？」

　さあ、と湛蔵と良子は顔を見合わせ首を捻った。

「そう言われれば……」良子は眉根を寄せて尋ねる。「今まで一度も不思議に思ったことがなかったですけれど……じゃあ、それは一体、どうしてなんでしょうか」

「分かりません」崇はあっさりと答えた。「俺にもまだ」

「えっ」

「というより、その謎を追ってここまで来たのかも知れないと感じています。そして、この謎が解ければ綿津見や安曇や隼人の謎が、全て解けるのではないかと」

「住吉大神もですね」崇が言い落としたと思った奈々が、こっそりつけ加えた。「例の、墨之江の」

　すると、

「あっ」

と目を見開いて口を閉ざしたのは、崇だった。

　そのまま険しい顔でぶつぶつと小声で呟く。

「ど、どうしました！」奈々は驚いて近づいた。

「すみません、何か私、変なことを――」

「何てことだ」崇は突然叫んだ。「そういうことだったのか！　つまりこれは――いや、ちょっと待てよ。しかし、こちらがこうなると……」

「ごめんなさいっ」奈々は周りを見回しながらも、崇に向かって謝る。「急に関係ないことを！」

「奈々くん」崇は奈々の手を握りしめた。「そういうことだ」

「だ、だからっ」奈々は良子たちの視線を気にしながら、顔を赤くして頭を下げた。「気をつけますっ。余計なことを言わないように」

「えっ」

「今ようやく、全部が綺麗に繋がった」

「綿津見と安曇と住吉と隼人、そして宇佐までが」

「は？」良子は呆れたように笑った。「まあ、若いご夫婦同士で手を握り合うのは心が和む風景ではありますけれど、あなた方は一体何の話をしていらっしゃるのか」

「失礼しました」

崇は奈々の手を放すと、まるで何もなかったかのような顔つきで口を開いた。

「これらに関しては、後ほどご説明します」

「そうだぞ」小松崎も苦笑いする。「先に、安曇に行ってくれ」

分かった、と崇は続けた。

「先ほど、安曇という名称の語源がいくつか存在していると言いましたが、そのうちの一つに『あず』というものがあります」

「あず、って何だ？」

小松崎の問いかけに崇は、

「坍《あず》」

と手帳に書いた。

「何だこれ？」小松崎は首を捻る。「見たことがあるような、ないような漢字だな」

「収載している漢和辞典も殆どないからな」崇は笑った。「『崩れた崖』とか『崖または崖が崩落して危険な所』という意味を表す和字だ。『あど』とも読んで、佐賀県の方言では、川を流れてくるゴミという意味だそうだ」

「『あど』というと」湛蔵が言った。「それこそ『安曇』も、そう読むという説があるようだが」

「その通りです。というより『曇』を『ド（ン）』という、そちらの読みの方が自然です」崇は微笑んで続けた。「さて、立て続けに起こる安曇族や隼人たちの抗戦の後、敗れた彼らは強制的に移住させられ、その居住地は『あどま』と呼ばれました。これが東国を呼ぶ『東《あずま》』になったのではないかという説があります。同時に『あずみ』にも」

つまり、と湛蔵は尋ねる。

「安曇《あんど》族が、東国の危険な場所に住んだために『あずみ』族という呼び名になったと？」

「もちろんそこでは、蝦夷や隼人たちも混在していたでしょう。しかし、どちらにしても彼らは『あど住み』の『安曇』族と見なされたんです。もしくはそれこそ『あど罪』の安曇族と」

「本当かね」

「実際に『あずる』という言葉があります。これは『あがく』『もがく』『窮する』『あせる』『もてあます』『てこずる』などという意味を持っていますが、これもおそらく語源に、崖が崩落して危険な『坍』があるのではないでしょうか。ちなみにこの『あずる』は、方言として日本各地に残っているようですし、岡山県では今もそのまま意味が通じるということです」

「なるほど……」

湛蔵は腕を大きく組むと頷いた。

「そこまでの話は、分かった。それで、結局その綿津見や安曇族たちが、今回の事件にも関係しているというのかな。いや、もちろん我々も殆ど全員が綿津見の末裔だろうから、そういう意味では当事者とも言えるが」

「そこで、一つお尋ねしたいんですが」崇は尋ねる。「今回、この鵜ノ木では『細男舞《せいのお》』と『傀儡《くぐつ》舞』が行われる予定だったとか。しかも、殺害されてしまった北川洋一郎さんは、かなり重要な役割を果たすはずだったと聞きました」

「その通りだ」

「そして、その後の蜂谷明美さんの事件などもあり、天祖神社のお祭りは残念なことに中止になってしまった」

「痛恨の極みだったな」

では、と崇は尋ねる。

「もしも、その『傀儡舞』が舞われるようなことがあれば、誰が北川さんの代役を演じることになっていたんでしょうか？」

「誰が……と言われても」湛蔵は珍しく言葉に詰ま

った。しかしそれも一瞬で、崇に向かって答える。

「取りあえずは、今ここにいた勇人くんが務めることになっていた」

「住吉大神の役を？」

「どうしてそれを知っているんだ」

「あの舞で最も重要な役といえば、住吉大神しかいませんから。というより、ここにいる彼らには言いましたが、あの『傀儡舞』は、住吉大神のために存在しているようなものだ」

「色々と詳しそうだな」湛蔵は笑った。「その辺りの話も得意分野かね？」

「得意分野というわけではありません。さっきの奈々くんの言葉で気がついたことがあるだけです」

「それは一体何だ？　もし良かったら聞かせてもらえないかな」

湛蔵はにこやかに尋ねたが眼光は鋭く崇を睨み、良子も一転して硬い表情で耳を澄ませた。

＊

鵜ノ木川に漂う小さなボートの上でずっと泣き続けている麻里を、理恵は優しく慰めていた。

二人を乗せたボートは、川をゆっくり下る。しかし、もちろんこれに乗って警察の手から逃れようというわけではないし、逃げられるとも思ってはいない。どちらにしろ警察の手から逃れられそうもないなら、少しの間だけでも、誰にも邪魔されることなく、静かに話し合いたかったのだ。

あの時、麻里は本当に具合が悪くなったのかと思ったけれど、トイレで二人きりになった時、麻里に言われた。「ここから逃げだそう！」と——。

真夏の日差しは厳しいものの、周囲の喧噪は完全に遮断されて、川面には二人だけ。オールは引き上げているから、船べりを打つ波の音と時折鳴く水鳥の声だけが、二人を乗せた小さなボートを包み込んでいた。

二人は、どちらからともなく静かに口を開く。一体、何故こんな事態に陥ってしまったのかを。

私が、と麻里が沈痛な声を上げた。

「勇人に話してしまったから、いけなかったんだ。黙っていれば良かったのよ」

「でも、それは仕方ない」理恵は麻里の肩を抱き寄せる。「悪いのは、あいつらなんだから。誰が何もしなくても、必ず天罰が下った」

「それでも……」

麻里は再び涙にくれた——。


理恵たち三人の両親の死の真相を聞かされたのは、つい最近のことだった。仕方のない事故だったと言い聞かせて諦め、湛蔵の力を借りて何とか落ち着いた頃、理恵と麻里は順子に呼ばれた。

「父さんと母さんのことなんだけど」順子は、今までになく真剣な顔つきで告げた。「あなたたち、しっかり聞いてちょうだい」

「なになに、どうしたの？　いきなりそんな真面目な顔で」

おどけて言った麻里は、順子の次の言葉で凍りついた。

「あの事故はね、警察の言うような不可抗力な過失じゃなかったらしい」

えっ、と驚き「どういうこと？」と詰め寄る二人に、順子は静かに説明した。

あの時、北川は助手席に女性を乗せてドライブに行き、あんな危険な山道にもかかわらずイチャイチャとふざけていたため、対向車線にはみ出してしまった。そして気がついた時には、三人の両親の乗った車と接触。自分たちは山側だったおかげで助かり、勉と京子の車は谷底に転落してしまった——。

「嘘っ」

叫ぶ麻里に向かって、順子は更に衝撃的な話を伝えた。

しかもその時、北川の車の助手席に乗っていた女性は――。

「明美ちゃん？」

普段は冷静な理恵も大声を上げた。

「どういうことよ！　だって、明美ちゃんはとっくに北川と別れて、今は誰か新しい人とつき合っているって」

「畔倉誠一さんね」順子は苦笑した。「つまり彼女は、ずっと二股をかけていたってこと。でも、そんなことは構わない。彼女たちの人生なんだから。ところが、そのおかげで父さんと母さんは――」

唇を堅く噛みしめながら順子は泣いた。

「で、でも、それって本当なの！」

尋ねる麻里に向かって順子は、途切れ途切れの涙声で答えた。

「事故の後、北川の車からこっそり逃げ出して行く明美ちゃんを見た人がいるらしいの。すっかり服装が乱れていたから、余計に気がついたって」

「じゃあ、すぐに警察へ！」

「無理よ。こんなに時間が経っていては、証拠も何もない」

「北川の車に、指紋や彼女の痕跡が残ってる」

「北川はすぐに、縁起が悪いからって言って廃車にしたって。今は、新しい車に乗ってる」

「二人を問い詰めようよ！」

「それも無理」順子は悲しそうな顔で麻里を見た。「私もこの話を聞いた時、それとなく明美ちゃんにカマをかけてみたんだけど、全く知らんぷりされた。そして、私がいつどこで誰と会っていようとあなたには関係ないでしょ、って」

「許さない」麻里は憤る。「じゃあ、湛蔵さんに相談に乗ってもらおうよ。いつも親切にしてくれているから」

「湛蔵さんよりも」順子は答えた。「良子さんや勇作さんが良いと思った。湛蔵さんだと、きっと大事《おおごと》になるから」

「だって大事じゃない！」

「それでも――」

「そうね」理恵が割って入った。「まずは良子さんたちに相談した方が良いかも。でも、姉さん」

「なに？」

「その話、誰から聞いてきたの。信用できる人？」

「今は聞かないで」順子は顔を伏せた。「落ち着いたら、話すから。でも、間違いなく信用できる。私があなたたちを信用しているように」

「分かったわ……」

涙を拭う順子を見て、理恵は頷いた――。


でも、と理恵は言う。

「心配していた通り、勇作さんは北川と揉めてしまった。北川の父親は県議会議員だし、あいつは、その権威を笠に着ているバカ息子だからね。たとえ表沙汰になったとしても、最後は握りつぶせると思っていたんじゃない。それでなくても北川は、渡部さんを相手にしていなかった。本心では勇人くんだって、いつもそれを我慢してたのよ。きっと勇作さんが体を壊したのも、そのせいだったかも知れない。それ以来、お酒を沢山飲むようになったっていうし」

「そんなことを全部」麻里は泣く。「勇人に言っちゃったの。そうしたら彼は、自分の父親を殺したのも、私たちの両親を殺したのも、洋一郎と明美だって」

そして、と理恵は麻里を見た。

「刺したのね」

「うん」麻里は再び両手に顔を埋めた。「私が北川を呼び出して」

「あの男は、あなたにもちょっかいを出そうとしていたものね」

「それこそ、姉さんにもね」麻里がつけ加える。「それでも、相変わらずヘラヘラしてるから、私が自分で刺したいくらいだった。でも、もちろん私たちは北川を殺すつもりはなかった。ちょっと脅しておこうと思っただけ」

「結果として、死んでしまったけど」理恵は優しく言った。「それは仕方のないこと。それこそ事故だわ。運命よ」

「私もそう思ったけど」

と言って麻里は「うっ」と口を押さえたが間に合わず、船べりに飛びつくと川へ嘔吐した。

「麻里、大丈夫？」

理恵の声に麻里は弱々しく振り返ったが、再び船べりに取りつく。その様子を見て、理恵はハッと気づいた。

「あなた！　もしかして……子供？」

無言で頷く麻里を見て、

「まさか勇人くんの？」

麻里は再び苦しそうに頷いた。

「じゃあ、さっきのは全部が演技というわけじゃなかったのね！」

うん、と麻里は頷いた。

「ごめんなさい……」

「こんな時に謝る必要はないわ」理恵はあわてて尋ねる。「順子姉さんは知ってるの？」

麻里は無言のまま頷く。

「……もう少ししたら理恵姉さんにも……伝えようと思ってた」

でも、と理恵は眉根を寄せた。

「あなた、どうするつもり？」

「もちろん、産みたいけど」麻里は苦しそうに答える。「絶対に無理」

「どうしてよ」

「だって……だって私たち」

声を上げて泣いた。

「人を三人も殺してしまったんだもの！」

＊

黒岩たちは、車を降りると鵜ノ木川の土手を全員で走り、勇人の言った古ぼけた小屋に辿り着いたが、そこにはボートどころか板きれ一枚浮いていなかった。

「ここに係留されていたのか？」

黒岩は息を切らしながら勇人に尋ねたが、

「警部補」一歩先に到着していた吉田が、薄暗い小屋の中を調べ終わって報告する。「全くそんな形跡は見当たりません」

「どういうことだ」

「かなり長い間、人が入った跡がないですね」

「おい」黒岩は、勇人に尋ねる。「本当に、この場所なのか」

「……間違えたかも」勇人は視線を落として答えた。「もう少し上流の小屋だった——」

「いいかげんなことを言うな！」黒岩は詰め寄る。「正直に言いなさい。きみは、彼女たちの逃走を手助けしようとしているのかっ」

「…………」

「気持ちは分かるが、残念ながらそれは無駄だ。道路は全て検問の対象になっているし、駅の改札も同様だ。自宅にもパトカーが張りついているはずだから、逃げ場はこの鵜ノ木川だけかも知れないが、下流で穂高川と合流する地点には、今、地元の警官が大勢向かっている」

黒岩は勇人の肩を、ポンと叩いた。

「もう無理なんだから、諦めなさい。どうやっても、逃げられない」

その言葉に「わっ」と泣いてしゃくりあげる勇人に黒岩は静かに問いかけた。

「私が鵜ノ木川を押さえると言ったから、わざと上流の場所に連れて来たんだな。しかし、もう無駄だ。本当のことを言いなさい」

その時、

「警部補！」中川が走り寄って来た。「今、鵜ノ木川の下流域で、流されているように川を下っている小さなボートを発見したもようです」

「なにっ」

その声に、勇人を始め全員が中川を見た。

「しかも」と中川は続けた。「そこには、女性二人が乗っているようだとのことです。おそらく、彼女たちかと」

「署に連絡を」黒岩は命じる。「絶対に見失うな！」

「はいっ」

猛スピードで駆けて行く中川の後ろから、

「すぐに行こう！」

黒岩たちも車に向かって走った。

＊

「そうよね……」

波に揺られるボートの上で、理恵は麻里の背中をさすりながら弱々しく微笑んだ。

「あの人たちを殺したのは、私たち」

そして、ここ数週間の出来事を回想する——。

畔倉誠一には、理恵からアプローチした。

最初の罠だ。

理恵は、あんな暗い性格の男には興味などない。しかし、こっそりと何度かデートして、もちろん肉体関係こそなかったものの、唇まで許し、それを麻里が明美に告げ口した。私も心配しているんです、姉がごめんなさい、と。

自分が浮気を繰り返す人間ほど他人を信用できないから、そんな話を頭から信じ込む。予想通り、明美はキレた。理恵には誠一と二度と会わないように約束させたにもかかわらず、自分は昔のカレシの洋一郎と連絡を取って頻繁に会うようになった。

ここで再び麻里が明美に、洋一郎との件は誠一の耳に入っていると嘘を吐いた。婚約破棄になるかも知れない、と。だが、こんな小さな田舎町で、婚約まで進んだ二人が破局したとなれば、スキャンダラスなニュースになる。しかも、明美の相手の洋一郎の父親は政治家。自分のバカ息子が関わっているとなれば、名前に傷がつく。下手をしたら、次の選挙に影響しかねない。誰も、できるだけ表沙汰にせず穏便に済ませたいと考えた。

そして麻里は、この件に関して内緒の話があると言って、洋一郎を公民館の裏の公園に呼び出した。個人的な話もしたい、と。洋一郎は喜んで、のこのことやって来た。実はこの男は、明美と表面上別れてから、麻里にも興味を抱いていたのだ。

暗がりの中で向かい合って、麻里が少しだけ思わせぶりな態度を取ると、洋一郎はいきなり抱きしめようとした。さすがに驚いた麻里が「止めてっ」と叫んだ時、それを合図のようにして勇人が洋一郎を背後から刺した。殺害するつもりはなかったといっても、勇人は怒りと恐怖から、思い切り体当たりしてしまったようだった。

洋一郎はおそらく、何があったのか分からなかったろう。その場にくずおれて麻里と自分の姿を見上げる洋一郎を見て、勇人はハッと我に返り、ブルブルと震え始めた。麻里はできる限り冷静に「ありがとう。大丈夫よ」と勇人を励まして、鵜ノ木川へと逃がした。殺してしまったものは仕方ない。

いや。本当は最初から、この結果を望んでいたのかも知れない。洋一郎が死ねばいい、と。だから、予想していた以上に、こんなに冷静でいられるのだ、と思った。ただ、急所を外れていた洋一郎が、立ち上がって公民館まで歩いて来るとは予想してもいなかったが……。

次は明美だった。

勇人が彼女を鵜ノ木川の河原に呼び出して、生きていれば傀儡舞で洋一郎がつけるはずだった面を用意して待ち伏せた。勇人はその面をつけて草むらからいきなり立ち上がり、驚いて動揺する明美を背中から刺した。

その後は、麻里が用意していたこのボートで逃げるはずだったが、たまたま土手を走って来た車のライトに、勇人の姿が浮かび上がってしまった。しかし、黒い面をつけたままだったため、顔は見られずにすんだ。しかも、断末魔で頭が混乱していたのだろう明美が「黒鬼」などという意味不明な言葉を残して死んでくれたおかげで、ますます警察の捜査が混乱したらしい。これも全て、洋一郎と明美に殺された両親が自分たちを護ってくれたからだ、と理恵と麻里は話し合った。

畔倉誠一は、生かしておいても良かったのだが、理恵の件を持ち出されると少し厄介だと感じた。だから、理恵が脅した。どうやら明美を殺害したのは、彼女が遠い昔につき合っていて、今でも彼女のことを忘れられない男性らしいという噂だから、洋一郎が殺された。話がこじれて、明美も殺された。となれば、次に危ないのは誠一だ。しかも、おそらく自分たちのことも知られているし、全くとんでもない男だと思っているのではないか……と、心の底から誠一を心配しているようなフリで告げた。

それよりも、と理恵はダメを押す。警察の人たち、特に中川刑事などは、一連の事件の犯人として誠一を疑っているようだ。実際に県警の捜査第一課の刑事たちもやって来ている。そんなことをぼくがやるわけないじゃないか！　と訴える誠一に理恵は、私は信じてる。でも、問題は警察の考え。ここで、誠一が警察に訴え出ても無駄だ。かえって、そのまま勾留されてしまう可能性が高い。こっそりと湛蔵にも相談してみたが、彼もそう言っていた、と悲しい顔で伝えた。だから、逃げて。逃げたら余計に疑われる。でも、このままでは間違いなく、事情聴取から逮捕になる。冤罪だ！　冤罪でも何でも、逮捕はきっと間違いない……。

　これで大丈夫だろうとは思ったが、もしも誠一が自殺を選ばない時は、そう見せかけて殺害する予定でいた。しかし誠一は、理恵たちの思惑通り、首を吊った。しかも、事もあろうに遺書を理恵に託して。もちろん理恵はすぐに焼き捨て、灰を鵜ノ木川に撒いた。

　その結果、これら一連の事件は、婚約したにもかかわらず明美が未だに元カレとつき合っていることを知った誠一が、二人を殺害した後、自殺したという構図に納まった——はずだった。洋一郎が死の間際にあんなメッセージを残し、そしてあの、ボサボサ頭の男さえ関与してこなければ……。

　理恵が辺りを見れば、川幅は広くなってきているのに鵜ノ木川の流れは相変わらず速い。遥か上流で雨が降っているのかも知れない。もうすぐ穂高川と合流するはず。理恵はオールを握った。流れが強くて余り上手くコントロールできなかったが、きっとなんとかなる。それよりも、自分たちのこれからの方が不安だった。

　このまま黒岩たちに逮捕され、全てを自白させられてしまうのか。自分や麻里はともかく、順子は、勇人は、湛蔵や良子は、どうなるのだろう——。

「そういえば、麻里」

　理恵は、ふと思い出して尋ねた。前々から訊こうと思っていたのだが、色々な出来事が湧き起こって、すっかり忘れていた。

「でも、どうして北川の両耳を削いだりしたの？　変な猟奇殺人に見せかけるため？」

　その言葉に、ハッと麻里は顔を上げた。

「そう！　私もそれを言いたかった。あれって、本当のことだったの？」

「耳が削がれていたこと？」理恵は不審な顔で聞き返す。「私が確認したわけじゃないから何とも言えないけど、まさか警察がそんな作り話を流すわけもないでしょうから――」

「きっと本当よね」麻里は頷いた。「でもね、あれは私たち――少なくとも私は知らないの！」

「えっ」

息を呑む理恵に向かって、麻里は訴えた。

「もしかしたら勇人が戻って来て、あんなことをしたのかも知れないと思って、私も彼に尋ねてみた。そうしたら、全く知らないって。それはそうよ、だってあの時、そんなことをする余裕なんてなかった。とにかく現場から離れなくちゃって、それだけで頭の中は一杯だった」

「……じゃあ」理恵は血の気が退いた顔で尋ねた。

「どういうこと？」

「私たち以外の誰かがやったのよ！」

「一体、誰が？」

勢い込む理恵の言葉に麻里が無言で首を横に振った時、土手の向こうから、微かにパトカーのサイレン音が聞こえてきた。

＊

「あのボートですっ」

鵜ノ木川を流れて行く、一艘の小さなボートを指差して吉田は叫んだ。

「確かにそうらしい」双眼鏡を手にした黒岩が答える。「乗っているのは、彼女たちに間違いなさそうだ。下流でも待ち伏せさせてくれ。それに応援の警官と、あと念のために救助隊員も」

「了解しました！」

吉田はハンドル片手に無線のマイクを握った。

車はボートを追いかけるようにして、土手沿いの道を飛ばす。徐々に肉眼でも、理恵と麻里の姿がはっきりと確認できるようになった。だが二人は、必死にオールを漕いでいる様子もなく、ただ流れに任せて川を下っているようだった。

〝じゃあ、どうしてボートで逃げたんだ？〟

黒岩は訝しんだが、今その謎解きは後回しにして、車のスピードを上げさせると一気にボートを追い抜いて下流に進み、更に下流の鵜ノ木川に架かる橋の上に回った。赤色回転灯を点灯させたまま車を停めると黒岩たちは一斉に飛び出し、欄干に取りつき、順子と勇人らと四人並んで川を眺める。

川幅は二、三十メートル程あるが、橋はそれほど高くないため、正面から理恵たちの姿を認めることができた。順子は「理恵ーっ。麻里ーっ」と叫んだが、もしかしたら、声が届いたかも知れない。少なくとも、必死に両手を振る姿は見えただろう。

川の両岸、土手の上には何台ものパトカーが集まって来ていた。そのうちの一台は、ボートと同じ速度でぴったりと併走している。そんな姿を、順子と勇人は不安そうにじっと眺めていた。

＊

「見つかったみたいよ！」

麻里が叫んだ。

「あそこの橋の上にいるの、刑事たちと順子姉さん、それに勇人じゃないの」

「川も先回りされているでしょうね」理恵は静かに微笑んだ。「最初から覚悟してた。私は最後に、誰もいない場所であなたと話したかっただけだから」

そう言うと、麻里を正面から見た。

「ねえ、麻里。これだけはどうしても言っておかなくちゃならないことがあるの。多分、あなたは知らないと思うから、しっかり聞いて」

「何よ」麻里は身を引く。「そんなに恐い顔で……」

「あなたが勇人くんとつき合っていることを、最近まで私たちは知らなかった。でも、それを知った後でも、順子姉さんの考えで、誰にも言わないで黙ってた。だから当然、湛蔵さんも知らなかった」

「どうして、ここで湛蔵さん？　ああ……、親代わりという意味ね」

「でも、最近になってその話を知った湛蔵さんは、激怒したの」

「自分の甥……勇人がまだ、高校生だからね」

「違うっ」理恵は叫んでいた。「そうじゃない！」

「じゃあ、どうして？」

　不審な顔で詰め寄る麻里から理恵は視線を外し、呟くように答えた。

「勇人くんは……本当は良子さんの子供じゃないの。養子なの」

「そうなのね。そう言われれば良子さんたち、勇人しか子供がいないものね。でも、誰の子供なの――って訊いても、知らないか」

「知ってる……」

「じゃあ」麻里は不吉な予感に囚われながらも再び尋ねる。「誰の子供？」

　理恵の答えは川風に紛れたのか、それとも自分が聞き間違えたのかと麻里は思った。そこでもう一度改めて尋ねた。しかし、その答えは同じだった。

「順子姉さんの子供……」

　どうしてよ、と麻里は声を上げて笑った。

「なんでこんな時に、つまらない冗談を」

「本当なのよ」

「嘘……」麻里はひきつって笑う。「だって、年が合わない――」

　こともない。

　順子は、もうすぐ三十三歳になる。勇人は、今年十七歳になった。順子が十六、七歳の時の子供だと考えれば、決してあり得なくはない。

　ボートが揺れたのか、それとも自分の体が揺らいだのか。麻里は真夏の空を見上げながら、古いボートの湿っぽい床に尻餅をついた。

「そんな……バカなこと。勇人は知ってるの！」

「もちろん知らない」理恵は泣きながら首を横に振

る。「生まれた瞬間から、子供がいなかった渡部さん夫妻に引き取られたから。でも勇作さんは喜んで、自分の『勇』の字を彼につけた」

　正直に言えば麻里は、今時、父親が自分の名前の一文字を子供につけるなんて珍しいと思っていたが、そういうことならばおかしくはない。本当は血の繋がっていない子供だから、せめて名前の一文字だけでも繋がりたかった……。

「私は、順子姉さんの子供の、その子供をっ」

　麻里は自分のお腹を指差した。

「ここに宿しているっていうのね！　何とか言ってよ、理恵姉さんっ」

　無言のまま涙を流している理恵に詰め寄ろうとした時、麻里は再び「うっ」と口を押さえると、理恵に背中を向けて船べりに寄りかかった。

「麻里！」

　理恵はあわてて麻里に走り寄ろうとしたが、ボートが波を受けて、ぐらりと大きく揺れた。

　片方に二人が集まっていたボートは、鵜ノ木川の波を受けて右に左にと段々と大きく揺れ始め、

「キャアッ」

　二人の叫び声と共に転覆し——。

　理恵と麻里の体は、冷たい波しぶきを上げて鵜ノ木川に投げ出された。


「大変ですっ」

　その光景を眺めた吉田は真っ青になって叫んだ。

　黒岩も身を乗り出す。

「救助隊員はまだかっ」

「到着しておりません！」

　見回せば、土手の上を走っていたパトカーも急停止し、バラバラと警官たちが飛び出して土手を川沿いまで駆け降りたものの、そこから先はどうしようもない。バシャバシャと川面を叩く女性たちの姿を、遠く見ているだけだった。

「何か打つ手はないのかっ」

黒岩が吐き捨てるように叫んだ時、視界の横をふわりと黒い影がよぎった。何かと思ってその影を追えば、橋桁から鵜ノ木川に向かってダイビングした勇人の影だった。

「おっ、おい！」

叫んだところで既に遅い。

あっという間に川に白い波飛沫が上がり、暫くすると川面に勇人の頭が見えた。それが、浮きつ沈みつしながら、少しずつ転覆したボートに近づいて行く。土手の両岸からそれを確認した警官たちの間にも、どよめきの声が上がる。

こんな時、矢も楯もたまらずに救助に行き、かえって命を落としてしまう事例が多いことを嫌と言うほど知っているからだ。

黒岩と吉田は橋の上から川面を睨み、その横では順子が、両手を堅く握りしめたまま体を小刻みに震わせながら、欄干にすがるようにしてしゃがみ込んでいた。

＊

「能に『翁《おきな》』という演目があることは、ご存知かと思います」

崇は全員に向かって言った。

「狂言方《かた》の晴れ舞台である『三番叟《さんばそう》』と言った方が有名かも知れません。文楽や歌舞伎でも良く演じられていますから」

その言葉に、湛蔵も良子も小松崎も、そして奈々も一瞬呆気に取られたが……いや、そんなこともない。今、崇は「細男舞」や「傀儡舞」、そして神楽の話をしていたのだから、それほど大きく逸脱しているわけではない。

何とか納得する奈々の隣で、崇は続ける。

「『翁』は、能の中では一曲だけ非常に特殊です。というより『能にして能に非《あら》ず』といわれ、果たして能と呼べるのかどうかという不思議な曲目です」

「そうなのか」小松崎が言った。「俺はそもそも、能は殆ど知らねえからな。高砂《たかさご》や、って程度だ」

「それは凄いな。今の話にも通ずる」

「は？」小松崎は首を捻った。「どういうこった」

「では、能に関して少し説明しておくと——」

「また今度で良いんじゃねえか」

「いや。今の方が良い」

「じゃあ、少しだけ説明してくれ。但し、ほんの少しだけな」

念を押す小松崎を見て、崇は口を開いた。

「室町時代に、観阿弥《かんあみ》・世阿弥《ぜあみ》父子によって完成された能は、その曲目によって五種類に分けられます。脇能《わきのう》、修羅《しゅら》物、鬘《かずら》物——女物や、雑能、切能《きりのう》などに。ただこれは、百パーセントきちんと区分けされているわけではなく、例えば『源氏物語』を題材にした『葵上《あおいのうえ》』のように、流派によっては四番目物、あるいは五番目物として演じられる曲目もあります。しかし、どちらにしてもこの五種類の内に収まる。ところが、この『翁』はそのどこにも属していないんです」

「規格外ってことか？」

「というより、別格と言った方が正しい。実際にこの曲を演ずる者は、今でも別火《べっか》を行うからな」

「別火？」

「本番が近づくと、演者は穢れに触れないように、他の人間とは別の火で調理された食物を食べる。しかも当日は、神酒・洗米・粗塩などを飾った『翁飾り』の祭壇を設けて、出演者一同、神酒を飲み、洗米を噛み、粗塩で身を清め、火打ち石で切り火をしてから幕を出るのが一般的とされている」

「そりゃあ、凄い」小松崎は本気で驚いた。「確かに神事だ」

それほどまでに！

以前から「能は神事」という話は聞いたことがあったし、奈々もそう感じていた。でも、本当に毎回そこまでやる能があったとは……。

「梅原猛《うめはらたけし》も、『「翁」の舞が、猿楽すなわち能楽の根本であることは否定できない。「翁」は神事』だと断言しているし、西川照子《にしかわてるこ》も『翁舞の前に神事が行われ、そこでは「祝詞《のっと》」と呼ばれる祝詞が「白式尉《はくしきじょう》」という白い能面をつけた神主によって上げられる』と解説している。さて――」

崇は全員を見た。

「この『翁』には、必ず狂言方による『三番三《さんばそう》』あるいは『三番叟』が舞われます。一般的には、こちらの舞の方が有名かも知れません。面をつけた狂言方が掛け声をかけながら、足拍子を踏んだり、横歩きをしたり、抜き足をしたりして舞台狭しと舞った後、鈴を手にして静かに舞うというものです」

「五穀豊穣の祈りだな」湛蔵が言った。「昔は正月になると、必ずどこかのテレビチャンネルで放映されていたが、最近は全く見かけなくなってしまった。世を寿《ことほ》ぐ神事なのに、非常に残念なことだ」

大きく嘆息する湛蔵を見て、崇は言った。

「続いて梅原猛は、こんなことも書いています。

『三番叟はなぜか鈴を持つことによっておとなしくなり「鈴ノ段」という舞を舞うのである』

と。しかし、考えるまでもなくこの理由は明らかです。というのも『鈴』は『鉄』を表す象徴――シンボルとも言える物ですので」

「そうなのか？」

「神楽鈴などの起源に関しては、諸説あります。しかし『鈴』は『鉄』の標章だと考えると『鈴』に関する数々の謎が解けるんです」

「初めて聞いたが……」

「今は詳しい説明を控えさせていただきますが、一つだけ言えば、弥生期の製鉄原料である褐鉄鉱《かってっこう》が土壌中の植物の根に付着している姿が、まさに神楽鈴を逆さにした形と瓜二つなんです。しかもその塊は、振るとカラカラと音を立てたことから『スズ』と呼ばれていました。そういう地が日本各地にあり、有名な場所を一ヵ所だけ挙げておけば、伊勢の

『五十鈴川《いすず》』がそうです。ということは――」

崇は湛蔵と良子を見る。

「最後に『鉄』である『鈴』を手にして大人しくなる。つまりこの曲は、産鉄民に大いに関係していると思われます。しかも、鉄を不当に奪われてしまった人々です。そこで梅原猛は『「鈴ノ段」はどこかに世を恨む心のある』翁が『神仏の帰依者となり、貴人の長命と国家の安泰を祈る』曲目であると同時に『これはまさに、怨霊鎮めの芸である』

と言い切っています。

『「翁」はやはりなんらかの事情によって差別された人間による国家安穏を祈る舞である』と。そして人類学者の山口昌男《やまぐちまさお》は、『三番叟とは社会的劣者の記号である』

とまで言ったそうです」

「だからといって……」良子は目を細めて崇を見た。「あなたは何をおっしゃりたいんですか？」

ここで、と崇は答える。


「問題は、狂言方が三番叟でつける面なんです。この面は、ご存知ですね」

問いかけられた湛蔵は、

「もちろん知っている……」と、一瞬口籠もってから答えた。「『黒式尉《こくしきじょう》』だ」

「こくしきじょう？」

尋ねる奈々に、崇は答える。

「その名の通り、黒い顔をした翁の面だ」

またしても「黒」？

奈々は目を瞬かせた。

「黒式尉は」崇は微笑む。「『黒式《こくしき》』『黒色《こくしき》』あるいはそのまま『三番叟』とも呼ばれ、この段にしか用いられることのない、特殊な面です。外見はといえば、顎は顔面上部と切り離されて飾り紐で結ばれ、目はへの字にくり抜かれて笑っているようで、白、あるいは茶色の眉はボウボウ、額から頬、顎にかけて何本もの深い皺が刻まれている『黒い面』なんです。きっと良子さんも、どこかでご覧になっているはずです」

いいえ、と良子は眉根を寄せた。

「あいにく私は、お能に不調法で――」

「能ではありません」崇は言った。「神楽です」

神楽！

驚く奈々の向こうで、

「傀儡舞の神相撲だな」湛蔵が低く言った。「最後に登場する、住吉大神だ……」

「まさにその通りです」

崇は微笑んだ。

「俺も昔からこの『三番叟』の黒式尉が不思議でした。神といえば――『翁』の前半もそうですが――大抵は『白』です。ここにいる彼女たちにも言いましたが、柳田國男などは『白』を『忌々《いまいま》しき色』で『「神」に通ずる色』だと言っていますし、石川県の白山比咩《しらやまひめ》神社を始めとする『白山信仰』や『オシラ様』『白（百）太夫信仰』などなどの『白い神』たちが日本各地に点在しています。しかしこの三番叟では『黒い神』なんです。そこで梅原猛などは、その理由が定かではないにしても『黒い翁になる人は、最初から「神」』なのだと言っています。でも、九州に行って傀儡舞を見た時に、俺はハッと気がつきました。三番叟の『黒式尉』こそ、住吉大神なのではないかと」

えっ、と驚く奈々の向こうで、きみは、と湛蔵は尋ねた。

「八幡古表神社の傀儡舞、神相撲を見たのかね」

「いいえ」と崇は答えた。「あの神相撲は四年に一度しか行われませんから。俺が行ったのは今年の三月で、残念ながら神相撲は昨年だったんです。しかし、資料としてのビデオは観ました。非常に参考になりましたし、最後に住吉大神が勝利するという場面で確信しました。この神事は住吉大神の鎮魂に他ならない。『翁』と同じく『怨霊鎮めの芸』なんだと」

それは、と良子が笑った。

「さすがに発想が飛びすぎではありませんか？　もしくは、単なる偶然の――」

　実際に、と崇は良子の言葉に被せて続けた。

「宇佐神宮の大鳥居横に鎮座する摂社『黒男《くろお》神社』の祭神は、武内宿禰です」

「住吉大神と同一視されている！」

　思わず叫んだ奈々をチラリと見て、

「そうだ」と崇は続けた。「もちろん宇佐神宮内摂社として『住吉神社』もあります。こちらの祭神は筒之男三神ですが。また福岡県には、名前もそのままの『黒男《くろどん》神社』の祭神も、武内宿禰です。そして『傀儡舞』の『神相撲』のヒーローである住吉大神は別名『御黒男神《おんくろおのかみ》』で、赤い褌を締めた、全身真っ黒の神だ」

「やはり」と良子は言った。「凄い偶然ですね」

　しかし、

「偶然ではありません」崇は良子を見る。「『翁』では神官によって『祝詞』が上げられます。しかし西川照子によれば、昔そこにはある神の名前が入っていた」

「それは？」

「猿田彦と住吉大神だと」

　えっ。

　奈々はまたしても驚く。

　安曇氏の守り神の「道祖神」である猿田彦と、
　安曇氏の子孫の住吉大神。

「ちなみに」崇は言う。「『元出雲』と呼ばれている、京都・亀岡《かめおか》の出雲大神宮の摂社にも、猿田彦神を祀った『黒太夫社』があります」

　そうだ。崇は「猿田彦」と「住吉大神」そして「武内宿禰」は同体だと言っていた。

　しかも今回、奈々たちがずっと関わってきた神ではないか。

「俺は」と崇は言う。「彼らの名前が『祝詞』に上げられるのも当然で、三番叟自体が住吉大神だと思っています。そして同時に、武内宿禰だと。しかし、いつの間にか消えて——いや、おそらくは消されてしまった」

　一瞬の静寂の後、

「実に興味深く楽しい仮説だった」湛蔵は声を上げて笑った。「やはり私の見立て通り、きみは面白い話をしてくれる男性だったようだ。しかし残念なことに、全く現実的ではない。それに、今回の事件とは全く無関係——」

「今の話こそが」崇は湛蔵を遮る。「今回の事件の根本に関わる問題なのではないでしょうか」

「なんだとお」小松崎が声を上げた。「今までの眠くなるような能の説明がかよ！」

　崇は湛蔵を見つめ、湛蔵も目を細めて崇を見返し、その隣では良子が、

「それは……今回の明美さんの事件の『黒い顔』に繋がるからと言うの？」

　疑い深そうな目つきで尋ねたが、相変わらず崇は、じっと湛蔵を見つめていた。

　その時、廊下に足音が響いて勢いよくドアが開けられると、黒岩と吉田が、青ざめた顔でよろけるように歩く順子を労りながら部屋に飛び込んできた。

「取りあえず、我々三人だけ戻って来ました」硬い表情で黒岩は言った。「中川は現場に残っています」

「現場……というと」良子が尋ねる。「何かあったんですか？」

　その問いかけに黒岩は、沈痛な面持ちで答えた。

「実は——」

　鵜ノ木川をボートで下っていた理恵と麻里を発見して全員で追跡、先回りして待ち受けたところ、ボートはその途中で波に煽られて転覆してしまい、二人は川に投げ出された。それを見た勇人が、二人を助けるために川に飛び込んでしまい、現在捜索中だが、まだ三人共に行方不明——。

「なんですって！」良子は立ち上がった。「勇人も行方不明？」

「気づいた時には、既に川へ——」

「いくら水泳が得意だといって、水着を着たプールと、洋服のままの川じゃ違いすぎる！」

「……すみません」順子が泣き声で謝る。「妹たちのために。しかも、私が一緒にいながら……」

よろける順子の体を、黒岩と吉田が抱えるようにしてイスに腰掛けさせた。

「許してください……」

両手に顔を埋めて泣く順子を見ながら、

「いいえ」と良子は気を静めるように一つ大きく深呼吸すると、ゆっくり声をかけた。「私の方こそ、許してね、つい、取り乱してしまいました。あなたの心情を思うと……私よりも辛いでしょうね。いきなり身内が、三人も行方不明になるなんて」

え？　と吉田が不審な顔を向けた。

「順子さんに関しては、妹さんお二人ですが」

「あ」良子はハッと吉田を見た。「そ、そうでした。ごめんなさい。本当に私、すっかり動転してしまって……」

「いや、お察しします」

吉田が言ったが、それはそうだろうと奈々も思う。さっきまで一緒にここにいた自分の一人息子までもが、川に飛び込んで行方不明になってしまったのだから。

奈々が心を痛めていると——。

崇が良子を見て、目を細めた。

どうしたんだろう？

奈々は不審に感じたが、

「警部補さんっ」良子は勢いよく詰め寄る。「私も、その現場に！」

いや、と黒岩は押し留める。

「お気持ちは充分分かりますが、現在、我々の船も出て、救助隊員たちも万全の態勢を取っています し、三人を発見したら一番にここへ連絡するように指示してあります。もちろん、パトカーも表で待機していますから」

「それでも！」良子は順子に呼びかけた。「ねえ、順子さんっ」

「え、ええ……」

順子は魂が抜けてしまったように、ただ頷くだけだった。

「大丈夫ですよ」吉田が励ます。「きっと無事で見つかります。あれだけ大勢の人間が出ているんですから」

「無理です……」順子はしゃくり上げた。「これも全部……天罰です」

「天罰？」祟が聞き咎めた。「それは、どういうことですか」

いや、と黒岩は辛そうに口を開く。

「こちらに移動する間で、順子さんから今回の事件の概要を伺いました」

と言って、北川洋一郎の事件、蜂谷明美の事件、そして畔倉誠一の件などを説明した。それらは全て、理恵、麻里、そして勇人たちが計画・実行したのだ――と。

「まさか……」良子は、両眼を見開いたまま絶句する。「とても信じられません。勇人がもしもそんなことをしていたら、母親の私が一番に気がつきます。どういう意図で、そんな話を――」

「ごめんなさい」順子が深々と頭を下げた。「全部……全部が私のせいなんです！」

「私のせいって――」

「いや、渡部さん」黒岩が割って入った。「我々は、順子さんから伺ったお話をそのままお伝えしただけです。どこまでが真実で、どこからが思い違いなのか、これから検討します。ですから、もう少しだけお待ちください」

「何をそんな悠長なことを！　大体あなたたちは、さっきから――」

すると、

「落ち着きなさい、良子」湛蔵が低い声でたしなめた。「みんな必死なんだ。静かに待ちなさい」

「だって兄さん――」

「いいから」湛蔵はじろりと睨む。「そこに座って待つんだ」

「……分かりました」良子はイスに腰を下ろす。そして黒岩たちに謝罪した。「すみませんでした……つい、その……」

「お気になさらずに」黒岩は逆に慰める。「あなたのお気持ちは、痛いほど分かりますし、充分に理解できます」

と言ってから、崇を見た。

「それで、あれから事件の鍵になりそうな話は出たかね」

はい、と崇は答えた。

「今までずっと、そんな話をしていました」

え。

そうだったか？

さすがに奈々も驚いて小松崎を見ると、下を向いて軽く頭を振っていた。しかし黒岩は崇の言葉を真に受けて、

「ほう」と声を上げた。「では、現場から連絡が入るまでの間だが、その話を少し聞かせてくれないか。少しでいい」

「ええ、もちろん」

「それで、一体何の話をしていたんだ？」

「能の『翁』です」

「はあ？」

いきなり黒岩たちは変な顔を見せたが、崇は今までの話を伝えた。三番叟、住吉大神、黒い神――。

こんな状況で叱られるのではないかと、奈々はドキドキしながら聞いていたが、

「黒い神で、黒い面か……」黒岩は首を捻った。「それが、明美さんの言い残した『黒鬼』だったと言うのか？」

良子と同じようなことを尋ねる。

まさかそんなこともないだろうと思っていた奈々の横で、

「おそらく、そういうことでしょう」崇は、あっさりと答えた。「彼女を襲ったのが、本当に勇人くんだとしたら」

「何ですって！」

叫ぶ良子を、

「こら」と湛蔵がたしなめる。「大人しくしていなさい」

強く言われて、良子は仕方なく口を閉ざした。

一方、黒岩は崇に尋ねる。

「どうしてそう言い切れるんだ？」

「先ほど鷺沼さんが、北川さんが亡くなられてしまったために勇人くんが、住吉大神の代役を務める予定だったとおっしゃっていたもので」

「……というと？」

そこで崇はさっきの話——傀儡舞の神相撲のヒーローは住吉大神であり、今言ったように「黒い神」であること。そして個人的には「翁」に用いられる「黒式尉」の面も「黒男」と呼ばれた住吉大神なのではないか、と。

「故に、先ほどの警部補さんのお話も非常に納得できましたし、明美さんもそう言い残されたんじゃないでしょうか」

「どういう意味だ！」

「そのままです」息巻く黒岩に、崇はサラリと言った。「自分を襲った人間のことを告げたんでしょう。『黒男に』やられた、と言おうとして事切れてしまった」

「くろおに！」

「勇人くんに間違いないとは思っても、顔を目撃できなかったので、そう言い残した。『黒男』『住吉大神』の面をつけた人物に襲われたと」

黒男に……黒鬼……。

本当なのか。

だが、確かに明美は渾名——それこそ「徒名」——をつけるのが好きだったようだから、住吉大神も宇佐神宮などに倣って「黒男」と親しみを込めて呼んでいた可能性は充分にある。真実は、亡くなった当人にしか分からないにしても。

「なるほど」と黒岩は言った。「住吉大神か……」

そうです、と崇は頷く。

「そして、綿津見・安曇族の子孫です」

「子孫ね」

「彼らの祖先である安曇磯良は、九州北部から中国までにも及ぶ行動範囲を持っていました。その彼が、神功皇后に召された際に、博多湾沿いに古代糟《かす》屋《や》郡安曇郷を設けました。現在、玄界灘《げんかいなだ》に臨む志賀《しかの》島《しま》に鎮座している志賀海《しかうみ》神社は、その磯良が創建したといわれています」

「き、きみはまた何を——」

「神社の主祭神はもちろん、底綿津見神などの綿津見三神です。『万葉集』で『志賀《しか》の皇神《すめかみ》』と呼ばれた神たちですね。この志賀島からは、後漢の光武帝より五七年に授与された『漢委奴国王』の金印が出土しているため、小林耕は『このことから奴国王は、安曇氏であったとみられるわけである』とまで言っている重要な土地に神社が創建されたわけです。さて——」

崇は全員を見た。

「この神社には、氏子たちが『あら良い山、繁った山』などと声を上げる、山誉種蒔漁猟祭《やまほめたねまきかりすなどりのまつり》などという珍しい神事が残っています。しかもその祭りでは『君が代』の歌詞と同じ口上が、神職によって述べられるのです」

「君が代と同じ？」

つい尋ねた良子に向かって崇は、奈々たちにしたように「君が代」はもともと安曇磯良を称える神楽歌で、しかも「君が代」の二番の歌詞には「鵜」も登場することなどを話した。

「そう……なんですね」

呆れたように頷く良子に「はい」と答えて崇は続ける。

「更に志賀海神社には『わたつみ志賀島』という謡

曲が社伝として残されていて、そこには磯良が顔の前に布を垂らし、首から鼓をぶら下げて現れたという詞章が書かれているそうです」

それは、と湛蔵が反応した。

「細男舞じゃないのか」

「まさにそうです」崇は頷いた。「先ほども出ました宇佐神宮、古要神社、八幡古表神社、春日大社、石清水八幡宮、談山神社などに伝わっている舞です。そして」

崇は湛蔵を見た。

「こちらの神楽でも舞われる予定だった」

その視線を受けて無言のまま首肯する湛蔵を確認すると、崇は続ける。

「そういう意味では鷺沼さんたちも、きちんと安曇氏の伝統を受け継いでいることになります。あとは『シカ』があれば完璧ですが」

「刑事さん方は、お聞き及びかもしれないが」湛蔵は薄く笑いながら答えた。「神楽当日には、舞台上に大きな鹿の角が飾られる。代々、わが家に受け継がれてきた物だ」

「素晴らしい」崇は感嘆の声を上げた。「志賀——シカは、もちろん容易に『鹿』に転訛しました。故に『細男舞』が伝わっている、奈良・春日大社の神使は『鹿』なんです」

だが、と湛蔵が不審げに尋ねた。

「春日大社は、藤原氏の創建だ。安曇氏とは全く関係ない」

「あの大社では確かに、主祭神の一柱・建御雷神《たけみかずち》が『白鹿』に乗って現前したために鹿を神使としているといっていますが、果たして誰が本心からそう思っているでしょうか。何百年もの歴史を持つ大きな祭りである『若宮おん祭』では、あの『細男舞』が舞われるんですからね」

「『若宮おん祭』は、あくまでも摂社の若宮の祭りだ。正確に言えば、春日大社ではない」

「相変わらず良くご存知です」

崇は楽しそうに笑ったが……どっちもどっちのように感じている奈々は、黙っていた。

「春日大社には、藤原氏——中臣氏の祖神である天児屋根《あめのこやね》命の御子神の、天押雲根《あめのおしくもね》命を始めとする数々の神々が祀られていますが、ここで一般論として『若宮』という名称を持つ社の祭神は、大抵が『怨霊』なんです」

「そう……なのか」

「大津皇子《おおつのみこ》や菅原道真《すがわらのみちざね》などの有名な怨霊から、その土地で非業の死を遂げた無名の人物までさまざま、日本全国各地にあります。つまり、春日大社の『若宮』にも怨霊が祀られているはずです。長年にわたって大きな祭りが催され、そこで『細男舞』が舞われるような大怨霊が」

「なるほどな……」

納得する湛蔵から視線を外して、

「さて」と崇は続けた。「なので今は、そちらの話はそこまでにして次に移りましょう。綿津見・安曇と深く関係している宗像《むなかた》です」

奈々は、黒岩たちが何か言うかと思ったが、湛蔵が崇の話に加わっているためか、苦虫を嚙み潰したような顔のまま、時計や携帯に目を落としているばかりだった。

「『記紀』では、綿津見三神と住吉三神が、ほぼ同時に誕生したと述べられていますが、実際はタイムラグがあったはずです。俗説と言われている、宗像から住吉、住吉から宇佐という流れが正しいでしょう。これに関して、どうしてそう言われるようになったのか、また何故この言い伝えを否定したり無視したりする人々が多く現れたのかという点に関しては理由がありますので、後ほど改めて説明します。とにかく綿津見たちは、宗像、住吉、宇佐へと、その子孫も含めて伝播していきました」

「途中に隼人も加えて、だね」

口を挟む湛蔵に、

「その通りです」崇は答えた。「隼人たちは、宇佐で筆舌に尽くしがたいような悲惨な目に遭わされていますが、今は宗像から行きましょう。ここも重要な話になりますので――。この『宗像』という名称に関して大社の由緒などでは、神の形見が祀られていたために『身形』であったとか、干潟を表す『空《むな》潟《かた》』であったなどと言われていますが、俺は『記紀』に書かれているように『胸形』が正しかったのではないかと考えています」

崇が手帳に書き記したその文字を見て、

「胸形？」良子が不思議そうな顔で眉根を寄せた。「何ですか、これは」

「胸に入れ墨をしていたという意味です」

「入れ墨？」

「海人である安曇族に伝わる、一種の呪術だったと思われます。現在でも地方に行きますと、立派な入れ墨を入れている漁師たちを見ることができます。これには、海で遭難した時、すぐに身元が分かるようにとか、魔除けなどと言われていますが、それ以前に綿津見たちの習慣としての呪術でした。実際に『魏志倭人伝』にも、

『男子は大小となく、皆黥面文身《げいめんぶんしん》す』

つまり、全員が顔や身体に入れ墨をしていたと書かれています。これは、一部の女性たちの間にも行われていたようです」

「顔と体に……」

顔をしかめる良子を見て、崇は言う。

「ただし『書紀』では、履中《りちゅう》天皇即位前紀に『阿曇連浜子《むらじはまこ》』が反逆を謀ったので死罪に処そうと思ったが、大恩を垂れ、死罪を免じて『墨《ひたひきざむつみ》』に科す』とし、目の縁に入れ墨をした。人々はそれを『阿曇目《あずみめ》』と呼んだ、と書かれています。しかしこの話は、中国で行われていた刑罰の一つである『墨《ぼく》刑《けい》』――顔への入れ墨を強調したかったために書かれたのでしょう。それによって、顔に入れ墨をほどこしている安曇族全員が、最初から『墨刑』に処されていることになる」

「なるほど」湛蔵は腕を組んで頷いた。「確かに、朝廷の考えそうなことだ」

「実に嫌らしい情報作戦です」

「しかし」小松崎が声を上げた。「顔や腕への入れ墨は中国だけでなく、後の世で本当に刑罰として使われたと聞いたぞ。そんなことを安曇族は、最初から自分たちでやってたのか」

「安曇族がやっていたから、わが国でも後の世の刑罰として使われるようになったとも考えられる。後は入れ墨などを見て、こちらがどう判断するかだけの問題だ。顔の入れ墨などは安曇族だけでなく、インディアンやアボリジニやアイヌなどの原住民にも多く見られる風習だしな。それよりも」

と崇は再び全員を見た。

「俺は、神功皇后の三韓征伐の際に、遅れて駆けつけて来た安曇磯良もそうだと考えているんです」

ひょっとして、と奈々が尋ねる。

「顔に貝殻や牡蠣をつけていて醜かったという話がそれだったと……？」

そうだ、と崇は頷いた。

「磯良は当然、顔に入れ墨していたはずだ。朝廷の人間は、それを『醜貌』と表現した」

「おお！」小松崎が声を上げる。「あれは、そういう意味だったのか。それで、細男舞の時も布で顔を隠すんだ」

「もっと言えば、天孫降臨した瓊瓊《にに》杵《ぎ》尊のエピソードも、そうだと思っている」

「瓊瓊杵尊だと？ それがどうした」

「尊は降臨した後、磐長《いわなが》姫と木花《このはな》之《の》開耶《さくや》姫の姉妹を娶ったが、磐長姫の容貌が醜いといって帰してしまった。これも実は、磐長姫の顔面のどこかに入れ墨が施されていたんじゃないかな。何しろ彼女たちも、綿津見の家だったんだから」

ああ……。

そういうことだったのか。

奈々は納得する。

瓊瓊杵尊という天孫が、容貌が醜いなどという些末な理由で、磐長姫を送り返してしまうというのも、余りに酷い話だと思っていたが、それなら分かる。尊は、安曇族の入れ墨をしている姉の磐長姫を拒絶した。

伝説の全てには、それなりの理由がある――。

「なかなか面白い」湛蔵は楽しそうに、しかし注意深く崇に尋ねた。「だが、今の入れ墨の話が、どうして住吉大神と繋がって行くんだね。住吉大神は『墨』のように『黒』いといわれていたという理由だけかな？」

「それをお話しするためには、まず『墨』から説明する必要があります」崇は湛蔵を見た。「墨は現在でこそ、書道などに用いられる重要な道具の一つですが、昔は『墨』といえば、安曇族だけではなく産鉄民とも深い関わりがありました。もちろん、安曇族も産鉄民ですが、しかしここに、素戔嗚尊と同じように疫病神として恐れられていた『墨坂《すみさか》神』という神がいます」

「墨坂神か……。どこかで聞いたような名前だが」

「奈良県だけでなく、長野県の神社でも祀られていますから。それに『墨坂』は、踏鞴製鉄における重要な技術者の名称ですし。谷川健一《たにがわけんいち》も、踏鞴とこの墨坂に関して、

『三昼夜ぶっ続けて焚くのがしきたりであった。これをヒトヨと呼んでいる。そのあいだ、ムラゲはたえず炎の色で加減をはかった。（中略）ちなみにムラゲという言葉は村君、すなわち漁村で網元をさす語に由来するといわれている。スミサカはスミツカサ（炭司）がつづまったものという』

と書いています」

「ああ、それでか」

湛蔵は頷き、崇は続ける。

「ところが、神武東征に際して、この『墨坂』あるいは『墨坂神』が、産鉄用の巨大な木炭を燃やして道を塞ぎ、神武天皇を散々悩ませたという伝説が残

っています。そこで『墨坂神』は、朝廷から蛇蝎《だかつ》のように憎まれました。それに伴って『墨』自体も、忌まれ蔑まれることになります。正月の羽子板の敗者ではないですが『顔に墨（泥）を塗る』や、『表札に墨を塗る』というような、面目を失わせるという意味で使われる文言がありますね。そしてここからは、先ほどここにいる彼女に教えてもらった話なんですが——」

と言って崇は奈々を見た。

え？

自分が一体何を教えたのか想像できない奈々は、キョトンとするばかりだったが、崇は言った。

「その『墨坂神』と同じような名前を持ち、やはり朝廷から大いに忌まれた神がいました」

「それは誰だ？」

湛蔵の問いに崇は答えた。

「沢史生も言っているように『墨坂は墨栄《すみさかえ》』であり、ここで『栄』を『えい』と読めば『墨栄』は、まさに——」

「すみえ……墨之江です！」

驚いて叫ぶ奈々をチラリと見て、

「きみがそう言ったんじゃないか」と続けた。「そして彼女が言ったように『墨之江』はそのまま『住吉《すみのえ》』——住吉になります。住吉大神は、製鉄にも深く関わっていたんです。宮崎県高千穂で行われる『高千穂夜神楽』では『住吉』の舞の際に、稲荷神が登場する地区もあるようですし」

「稲荷神？」

はい、と崇は答えて手帳に記す。

「詳しい説明を省きますが、稲荷はもちろん『鋳《い》成《なり》』で、産鉄民を表していますから」

「ほう……」

「またここで、お伽話の浦島太郎は、その『墨之江』の住人で、海神たちの棲む『竜宮城』へ行き、戻って来た後に老人となってしまいますが、一説ではその後、三百歳まで生きたといいます。ところがここで、やはり三百歳まで長寿を保ったといわれている人物が一人います」

「それは誰だ？」

「武内宿禰です。昔から住吉大神に比定されている人物です」

「え……」

「まさにこうして、全ての伝承が無理なく繋がってゆくんです。昔人は非常に賢い。何重にも歴史を紡いでいる。そしてまた朝廷の人間たちも、全く逆の意味で同じようなことをしている。天照《あまてる》と天照大神を、わざと混同させてみたり、逆に武内宿禰を、塩土老翁や住吉大神に分けてしまったりした」

しかし、と湛蔵は大きく溜め息をついた。

「さすがにその話は、今回の事件と離れてしまっているようだな。安曇族の子孫である住吉大神が黒い神として登場して、梅原猛の説のように『どこかに世を恨む心のある』『差別された』住吉大神が翁になった――というだけだ」

「そこで、ちょっとお尋ねしたいんですが」崇は湛蔵と順子を見た。「先ほど順子さんは、今回行われる予定だった傀儡舞――神相撲の内容が、少し変更になるはずだったとおっしゃいましたが、どなたの演出でどのように変更される予定だったのか、ご存知ですか？」

「さ、さあ……」突然振られて、順子は口籠もる。

「ちょ、ちょっと私には……。きっと、北川さんがご自分で色々と考えられたんじゃないでしょうか」

助けを求めるように湛蔵を見る順子の隣で、

「それが」と黒岩が崇に尋ねた。「今回の事件に、何か関係があるのかね」

「あるのかないのか、それを知りたかっただけです。突然、傀儡舞・神相撲の演出を変えると言ったらしい北川さんが、勇人くんたちに襲われて命を落とした。そして最後に『隼人』と書き残す。これには何か理屈が通っているはずです」

「い、いえ」順子が震える声で言った。「妹たちや勇人くんは、私たちの両親を殺してしまった北川さんを憎んで復讐しようとして――」

「では、北川さんの両耳はどうしてあんなことに？　まるで、戦い敗れた魏石鬼八面大王の部下たちのようではないですか」

「え……」

「鷺沼さんは」崇は、今度は湛蔵を見た。「その件に関して、何かご存知ありませんか？　というより、あなたはご存知のはずだ」

はて、と湛蔵は困ったように答える。

「あいにくと、その話は何も聞いておらん」

「先ほど順子さんは、あなたから聞いたとおっしゃっていましたが」

「変えたい、という要望は洋一郎くんから受けたのは事実だし、鈴本さんたち姉妹にも伝えた。しかし、具体的な内容までは知らんな」

「内容をご存知なかったのに、演出の変更を許可されたんですか？　しかも傀儡舞という、安曇氏や隼人たちにとって非常に大切な神事の」

「刑事さんたちにも言ったが」湛蔵は笑った。「我々の神相撲は、寺社で執り行われる正式な舞ではない。神事というより、夏祭りの中のアトラクションの一つだ。そういう意味では、単なるお遊びにすぎない」

「『祭り』は『祀り』です」崇は静かに言う。「どんな祭りでも、単なるアトラクションというわけじゃない。それが祈りであるなら真剣に祈る。それが娯楽なら心から楽しむ。そういうものでしょう、あなたもご存知のように」

奈々は、笛吹川でじっと花火を見つめていた崇の姿を思い出した。花火は鎮魂……。

「きみの理屈は理解できたが」湛蔵は低く答えた。「現実問題として、知らんものは知らん。北川くんの頭の中にだけあったんだろう。むしろ私も知りたいくらいで、実に残念な結果になった」

「北川さんのお父さまはご存じないですか？」

ははっ、と湛蔵は笑った。

「奴は今、県議会議員から国会議員を目指して動いている。出来の悪い息子に構っている暇はないとばかり、全て秘書に任せっきりだ」

「そうですか」

崇が軽く頷いた時、黒岩の携帯が鳴った。部屋には緊張が走り、全員の視線が黒岩に集まる。

しかし、黒岩は電話を切ると硬い表情で告げた。

「持ち物の一部が発見されたようですが、本人たちはまだのようです」

ああ……と順子は声を上げると、テーブルに突っ伏した。

「大丈夫ですか！」吉田が駆け寄る。「救護室に行きましょうか」

「いえ……」順子は青ざめた顔を上げた。「平気です。むしろここで、皆さんたちと一緒にいさせてください……」

「そうですか。了解しました」

吉田は答えると、黒岩の指示で飲み物を取りに部屋を出た。

またしても重い空気が、部屋に充満する。

ただ、こうして待つしかないのだ。

すぐに吉田が部下と共に、全員分の飲み物を持ってきてくれた。奈々も喉がカラカラだったので、一口飲む。ミネラルウォーターのように冷たく美味しい水だった。

すると、

「それでは」と、やはり喉を潤し終わった崇が言った。「綿津見・安曇・宗像・住吉とやって来て、いよいよ最後の宇佐です」

「きみっ」吉田が声を荒らげる。「こんな状況で、まだ無関係な話を続けるつもりなのか。もう、いい加減にしなさい！」

「直接事件に関わっている話ならば構わないが」黒岩も言う。「余り関連性が認められないようだ。それと、家族の方々の心情も慮った方が良い」

「逆でしょう」崇は応える。「むしろ、今のうちに話を進めた方が良いと思います」

「どういうことだ」

「既に亡くなった方々への供養だからです」

「供養？」黒岩は思い切り顔を歪めた。「きみの話が、どうして供養になると言うんだ」

「今回の事件だけでなく、人的な被害に遭われて命を落とされた方々への一番の供養は何でしょうか」

「さあ……。何だ？」

「それはこちら側にいる我々が真実を共有することです」

「何だと」

「まさに『死人に口なし』。それなら生きている我々が、彼らの抱えていた事実を知り、彼らに寄り添うことなんです。死を美化することも貶めることもせず、そのままの事実を共有する。彼らに対する同情や憐憫、そして犯人に対する処罰は、その後の話です」

それは、と湛蔵はじろりと崇を見た。

「遥か遠い昔の人間たちに対しても、同じように適用される法則かな」

「まさにその通りです」

崇の言葉に黒岩は湛蔵を見た。湛蔵がコクリと頷いたのを確認すると、

「それできみは」黒岩は渋々崇に訊く。「ここまできて、一体何の話をしたいんだ」

「今言ったように、宇佐です。但しこういう状況ですから、宇佐神宮自体の話や、百体神社、一柱《あしひとつ》騰宮《あがりのみや》というような、興味の尽きない個々の詳細に関しては省略させていただきます。これは別に機会があればその時に譲りましょう」

「それはありがたい」黒岩は苦笑した。「では、簡単に」

促されて崇は「はい」と答えて口を開いた。

「宇佐神宮では、古代宗像三女神の市杵嶋姫命に比定される『比売《ひめ》大神』を主祭神の一柱として祀って

います。この市杵嶋姫命は古代の宇佐では、天照大神や素戔嗚尊の兄弟神である月読命《つくよみ》と同体と考えられていました。月読命は男性神なのに、女性神である市杵嶋姫命と同体という思考は奇妙だと感じられるかも知れませんが、往時、夫婦神は二人で一体と考えられていたので、取り立てておかしいことではありません」

「月読命と宗像の女神は、夫婦だったのか」

湛蔵の問いに、

「間違いなく」崇は答えた。「しかし、この話もここでは省きましょう。かなり長くなってしまいますから」

「きみの『長い』は大変なことになりそうだから、早く続きを」

吉田が苦笑しながら先を促したが、奈々は違うことを考えていた。

道祖神。

夫婦和合の神だ。あれもそういうことではないのか。猿田彦と天宇受売命と、夫婦一体で一柱の神として祀っている。

「そうなると、月読命・市杵嶋姫命という夫婦神も、綿津見・安曇族になります。先ほども出ましたが、京田辺の大住には、月読神社が鎮座していますが、事実ここでは毎年『隼人舞』が奉納されています」

「なるほど」

腕を組んだまま頷く湛蔵を見て、崇は言う。

「ことほど左様に、宇佐は安曇族と深い関係にあるのですが、これは何故でしょうか。もちろん宇佐神宮は八幡宮ですから、主祭神は第十五代天皇である応神天皇です。ちなみに、もう一柱の主祭神は、応神天皇の母である神功皇后です。では、どうして安曇・宗像の社に、応神天皇と神功皇后が祀られているのか」

「皇后が三韓征伐で安曇磯良を召して以来、主従関係があるんじゃないのか」

「それもそうですが、実はもっと深い真実が隠れている。そしてこれこそが、先ほど俺が『後に回しましょう』と言った、天皇家の話に繋がるんです」

「それは一体何だ？」

「住吉大神です」崇は答える。「安曇・宗像の子孫ともいわれ、同時に宇佐の親神であるともいわれている」

「どうして住吉大神が関係してくるんだ」湛蔵は顔を歪めた。「しかも、天皇家絡みの話で？」

「そもそも」良子が割って入る。「神功皇后自体、架空の人物だという話も聞きましたし、あなたが住吉大神と同体だと言っている武内宿禰に関しても、伝説上の人物と聞いていますけど」

逆です、と崇は断言した。

「実在していたからこそ、彼らに関してさまざまな説が生まれたんです。本当に架空の人物だったら、これほどまでに色々な話は作られなかったでしょう。種々雑多な説が流布していることこそが、神功皇后や武内宿禰たちが実在していた証拠です」


「……おっしゃっている意味が分かりませんね」

「すぐにご理解いただけます」

崇は真顔で応えると、全員を見た。

「では、その神功皇后に関して、簡単に説明しておきましょう。第十四代・仲哀《ちゅうあい》天皇皇后で、第九代・開化《かいか》天皇五世の孫ともいわれ、父は気長宿禰《おきながすくねの》王《おおきみ》。母は葛城高額媛《かずらきのたかぬかひめ》で、名前は『書紀』によれば、気長足姫《おきながたらしひめ》尊。『古事記』では、息長帯比売命です。そして、皇后でありながら『日本書紀』では、一巻丸々充てて編纂されていることが、異例中の異例といわれています」

「かなり特別視されていたんだな」小松崎が言った。「その上、特別待遇だった。どうしてだ？」

「理由は簡単に分かる」崇はあっさり言うと続けた。「その神功皇后は、良子さんもおっしゃったように、大変色々なエピソードをお持ちです。しかし、やはり特筆すべきは仲哀天皇八年に行われた、新羅討伐でしょう」

「いわゆる」湛蔵が頷いた。「三韓征伐だな。しかし、日本の圧勝ということも、朝鮮側の圧勝ということもなかったろうから、話半分だ」

「その通りでしょうね」崇は素直に認めた。「さて。その少し前、熊襲を討つために筑紫に赴いた仲哀天皇は、現在の福岡市東区香椎《かしい》の香椎宮に出向き、武内宿禰のいる前で、自ら琴を弾いて神言を求めました。すると皇后に神が降り『西の方に国がある。まずその国を帰属させよ』とお告げがありました。しかし、その神言を信じなかった仲哀天皇は、突然崩御されてしまいます。『古事記』によれば、『すなはち火を挙げて見れば、既に崩《かんあが》りましぬ』明かりを灯してみたら、既に亡くなっていたと」

怪しすぎる。

おそらくここにも、秘密が隠れている。

奈々は心の中で思ったが、崇は続けた。

「神功皇后と武内宿禰は、天皇の死を隠し、豊浦宮《とゆら》で、燈火も灯さずに仮葬しました。すると、再び皇后に神——住吉大神が憑いて『すべてこの国は、皇后様のお腹《なか》におられる御子が統治されるべき国である』と託宣したのです。そこで皇后は身重のまま新羅を攻め、高句麗、百済共に朝貢を約束させて凱旋した——とされていますが、これは鷺沼さんがおっしゃったように、どこまでが事実なのかは分かりません」

崇は言う。

「その後、新羅から帰られた皇后は、誉田別皇子《ほんだわけ》——応神天皇を筑紫で出産します。そのため応神天皇は『胎中天皇』とも呼ばれました。その際、皇后が出産を遅らせるために自分の腰につけた石は『月延石《つきのべいし》』と呼ばれて、長い間、筑紫に置かれていましたが、ある日、雷が落ちて三つに割れてしまったとされ、その一つは現在、京都の月読神社に祀られています」

その石は去年の夏、京都で見た。嵐山の松尾大社の近くに鎮座している月読神社だ。

〝でも……〟

またしても月読命。古代の宇佐で祀られていた神だ――。

そんな奈々をチラリと見て、

「こちらの彼女には話しましたが」と崇は続けた。「実はここに『住吉大社神代記』という巻物があります。住吉大社の縁起を記した巻物で、実物は全長十七メートルにもおよぶ大巻であり、この原本は、古くから神殿の奥深くに秘蔵されていたといわれています。そして、ここには――」

と言って崇は、さっきの住吉神社で奈々に話した、あの衝撃的な部分を再び口にした。

仲哀天皇が崩御されたその夜、

『是《ここ》に皇后、大神と密事《むつびごと》あり。（俗に夫婦の密事を通はすと曰ふ。）』

そして『密事』というのは、男女の密通だと。

つまり、仲哀天皇が崩御されたその夜、神功皇后は武内宿禰と男女の関係を持った――。

「なんだと！」さすがに黒岩も反応した。「密通？　神功皇后と住吉大神、つまり武内宿禰が」

その質問には答えず、崇は言った。

「『古事記』によると仲哀天皇は、八年九月の香椎宮での神託直後に崩じています。しかし『書紀』では、もう数ヵ月長く生きられて、翌年の二月五日に、突然死してしまったことになっている。そして神功皇后は、新羅凱旋後の十二月十四日、つまり天皇崩御からぴったり十月十日で御子をお産みになったことになっています」

「それも出来すぎのような気もするが……」黒岩は首を捻った。「つまり、こういうことか。産み月から逆算すると、仲哀天皇の死後に身籠もった計算になってしまう。だからそのために――『月延石』を身につけて遅らせたということにした？」

「そういうことでしょうね」崇は頷いた。「その辺りの記述に関して『記紀』は余りに不自然ですし、そう考えた方が理屈が通ります」

ということは、と小松崎が真顔で質問する。

「つまり……神功皇后と武内宿禰の間に生まれた子が、応神天皇になったっていうのか」

「素直に考えればな」

まさに「住吉の子は宇佐」じゃないか！

奈々は思う。

そしてこれが、崇の言うように真実だったとするならば、皇室スキャンダルというレベルどころの話ではなくなる。

文字通り「革命」だ。

呆然とする奈々の向こうから、
それは、と良子が割って入った。

「大変なことでしょうね。『密通』は道徳的にも問題がありますし。でも、昔の天皇には必ずと言って良いほど側室がいらっしゃいました。直系の皇統を絶やさぬように。それを考えれば——」

いえ、と崇は良子を遮った。

「そういった些末な問題ではないんです」

「とおっしゃると？」

あっ、と奈々は声を上げた。

全員の視線を受けて、おずおずと囁くように崇に言う。

「もしかして、応神天皇の父親が、天皇ではないということでしょうか……」

「父親が天皇ではない、という言葉は正確じゃない」崇は奈々を見た。「父親が皇族ではない、という表現が正しい」

「でも！」と良子は言った。「武内宿禰は確か、天皇の孫だとか曾孫だとかいう話を聞きましたよ」

「『記紀』ですね」崇は頷く。「孝元《こうげん》天皇皇孫、あるいは孝元天皇三世の孫といわれている」

「そうなると、彼は立派な皇族ではないですか」

「ところが問題は、この『宿禰』という称号です。これは、天武《てんむ》天皇が制定した身分制度の『八色《やくさ》の姓《かばね》』で、真人《まひと》、朝臣《あそん》に次いで、上位三番目に登場します。しかしこの『宿禰』を賜ったのは、あくまでも『神別《しんべつ》氏族』なんです」

「というと……？」

「皇族は『皇別』、天つ神・国つ神の子孫は『神別』。つまり、武内宿禰は、少なくとも皇族とは見なされていなかった」

しかし、と湛蔵が口を開く。

「うろ覚えだが、確か武内宿禰の子孫、紀氏や蘇我氏は『皇別』だったのではなかったかな」

「葛城氏もそうです」

「子孫が『皇別』ならば、当然本人も皇族じゃないのか」

そこが、と崇は全員を見た。

「非常に重要なポイントなので、後ほどきちんと説明します」

そんなことより！　と良子は声を荒らげた。

「今のあなたの説明だと、彼の子である応神天皇は、女系天皇になってしまうじゃないですか！」

はい、と崇は静かに答えた。

「実際に天皇家は、初代の神武天皇以来、ずっと男系による皇位継承の制度を守ってきたとされています。男系で辿れば、必ず神武天皇に行き着くんだと。たとえ天皇が女性になられようとも、その夫は必ず皇族でなくてはならない。八名十代の女性天皇の時も、そうでした。第三十三代・推古《すいこ》天皇から、第百十七代・後桜町《ごさくらまち》天皇まで、その夫となられた方々全員が歴とした皇族です。これはどういうことかといえば、女性天皇が皇族以外の男性と結婚されて、生まれた皇子がもしも皇位を継承したとなると、その時点で全く新しい王朝になってしまう。神武天皇から連綿と続いてきた皇統が、途切れてしまうからです」

ふん、と湛蔵が鼻を鳴らした。

「可能性としては、その男性が外国人という場合もあるだろうからな。そうすると、今までとは全く別物の天皇家になってしまう」

「そういうことです。男性女性云々ではなく、完全に新しい皇統が紡がれてしまうんです。ですから、女系天皇云々が女性差別だという意見をたまに耳にしますが、その指摘は大きな間違いです。これは『女性差別制度』ではなく、あくまでも『男性排除システム』なんです」

「なるほどな」小松崎は首肯する。「確かにそうだ。故に天皇家は女系天皇を避け、現在まで万世一系を保ってきたんだ」

「万世一系とは、また古くさいな」湛蔵が笑った。「あれこそ、ただ単に表向きの話で、非常に細かく正確に言えば何度も血統は断絶しているはずだ」

「そうなんですか」

尋ねる小松崎に代わって、崇が言った。

「それは良いんです。天皇家は『万世一系』で」

「なんだと?」湛蔵は崇を見る。「まさかきみは、神武天皇から始まった血統が、現在まで脈々と続いているとでも言うのか」

「そういう意味ではありません」崇は微笑んだ。「『万世一系』という言葉の本質は、あくまでも、その家に伝わる『系図』が全てだと考えれば問題ない。つまり、系図さえ繫がっていれば、その中身はともかく『万世一系』とうたっても、決して嘘ではないと俺は思っています。これは天皇家だけではなく、京丹後の海部《あまべ》氏も」

その言葉に何故か良子が嫌な顔をした。しかしそれもほんの一瞬で、奈々が見直した時には普段の冷静な顔に戻っていた。

でも……と、奈々はふと思って尋ねた。

「皇后と『密事』というのも、女系天皇云々という点では微妙ですね。何かとても中途半端な感じで」

そこが、と崇は真剣な顔で奈々を見返した。

「今回、最大の問題なんだ。その話をするために、綿津見・安曇・宗像・住吉・宇佐と辿ってきたんだから」

えっ、と奈々は驚く。

「というと……?」

「今も渡部さんがおっしゃったように、神功皇后に関しては、色々な説がある。たとえば、七世紀に在位した、斉明《さいめい》天皇をモデルとして作られたのではないかとか、持統《じとう》天皇などの功績を集めて創作されたのではないかとか、卑弥呼がそうなのではないかという説まである」

「卑弥呼ですか！」

「本居宣長だ。ところできみは『神功』という諡号の意味を知っているか？」

「い、いえ！」

奈々はプルプルと首を横に振る。そんなことを知っているわけもない。

「全く知りません」

「森鷗外《もりおうがい》の」湛蔵が口を開いた。「『帝諡考《ていしこう》』によれば、確か『荘子《そうし》』の言葉から来ているとあったようだがね。その文言は忘れてしまったが」

「『神人無功《しんじんむこう》』ですね」崇が答えた。「神人は功を立てようとする心が無い——という意味です」

「良く知っているな」

呆れたように笑う湛蔵から視線を外すと、崇は続ける。

「今の鷺沼さんの説が非常に一般的なんですが、実のところ俺は則天武后《そくてんぶこう》、つまり武則天《ぶそくてん》から来ていると思います」

「なに……」

「七〇〇年前後の唐の高宗《こうそう》の皇后であり、六九〇年に自ら皇位に就き、国号を『周』と改めました。中国史上唯一の女帝です。彼女の即位後は、専横等々でかなりの毀誉褒貶がありますが、今その評価に関しては横に置いて、この武則天の六九七年に『神功』という年号があるんです」

「神功皇后の諡号は、そこから来たと言うのか」

「おそらくは」

「その根拠は？」

「今言った点じゃないでしょうか」崇は湛蔵を見た。「中国初の女帝だった」

「何だと！　どういう意味だ」

「そのままです」崇は肩を竦めた。「神功は、皇后ではなく天皇だった。神功天皇です」

「なんだって！」小松崎も叫ぶ。「そんな話は、今まで聞いたことがないぞ」

「聞いていないのは、おまえの勝手だ」崇は続ける。「そもそも神功皇后の和名『気長足姫』の『足姫』とは本来『あめたらしひめ』で、『女性天皇を意味するものだった』という説がある」

「女性天皇だと！」

「神功を女帝――天皇としている文章は、いくらでも見つかる。奈々くん、すまないが『住吉大社神代記』を調べてみてくれ」

「は、はい」

　答えて奈々は携帯を開き、ネットで探す。

「あ。ありました、これです」

「ありがとう」と言って崇は携帯を受け取ると読み上げた。「この部分ですね。『気息長足姫《おきながたらしひめ》天皇』『神功皇后を天皇と申し上げた例は、摂津《せっつ》国風土記・常《ひた》陸《ち》国風土記・播磨《はりま》国風土記・粟鹿《あわが》大明神元記・琴歌譜その他、扶桑略記《ふそうりゃっき》等にみえる』ということです。ちなみに、この『粟鹿大明神元記』は、京都九条家文庫に保管されていた系図で『古事記』よりも古い物です」

「本当かよ」

「実際に、今名前の出た『播磨国風土記』には『息長帯日売命、韓国《からくに》に』云々と続いた後で、はっきりと『天皇《すめらみこと》勅《みことのり》して云ひたまひしく』と書かれているし、今の『神代記』には更にこうある。『三韓征伐』の後に、新羅が約束を破って裏切ろうとしたことを『天朝』つまり神功皇后は怒って、大兵を送って亡ぼそうとしたと。もちろんこの『天朝』は、天皇のことだ。あと、同じような文章が」

　と言って『書紀』を取り出してページをめくる。

「やはり、三韓征伐の際に、

『是《ここ》に、天皇《すめらみこと》、聞こしめして、重発震忿《またいかり》たまひて』とあります。

　そこで、この『書紀』の注には、この『天皇』が『誰を指すのか不詳』としています。しかし、そんなことは火を見るより明らかだ。神功天皇以外にいないのですから」

「そんなにたくさん……」

　奈々は驚いたが、崇はまだ続けた。

「史書だけでなく『御伽草子』の『さざれ石』の章には、仲哀天皇と応神天皇の間に、きちんと『神功《じんごう》天皇』と記載されている。神野志隆光《こうのしたかみつ》も『平安時代以後、神功皇后を天皇代にかぞえ、第十五代とするのがふつうでした』と言っている」

「じゃあ、本当に神功皇后は、天皇だった？」

「そもそも、仲哀天皇が香椎宮で崩御されて、次の応神天皇即位までの約七十年もの間、わが国に天皇が不在だったと考える方が、大きな無理があるんじゃないか」

　そう言われれば……確かにそうだ。

　特に、即位できないような状況だったわけではないだろう。何となくだが、むしろ人望があったようにも思える。

「では」と良子は硬い表情のまま尋ねる。「一体、いつから神功は天皇ではなく皇后に？」

「もちろん昔からずっとそういう話はあったでしょうが、取りあえずは江戸時代です」

「江戸時代？」

「当時の水戸藩主、徳川光圀《とくがわみつくに》の命を受けて水戸藩が編纂した『大日本史』において『神功皇后を后妃に列する』と明言され、神功は天皇の列から外されました。そしてそれ以降『神功皇后』と呼ばれるようになったんです。これは『大日本史』特有の大義名分論に基づく『三大特筆』といわれているものの一つです」

「それまでは、女帝だったのに」

「しかも、推古天皇以前、日本初の女性天皇だったにもかかわらず」

「なんという……」

絶句する良子に代わって、小松崎が口を開く。

「それもこれも、とにかく『女系天皇を避ける』……ことは完全にできないにしても、状況を有耶無耶にしようとしたんだな」

正式には、と崇は言った。

「大正十五年（一九二六）の詔勅で、歴代天皇の列から外されたんだが『皇后』になられても、昭和の太平洋戦争までは実在を疑われることはなかった。というよりむしろ、立派な女性として伝えられてきたんだ。しかし敗戦と共に、その存在自体すらも疑問視されるようになってしまった」

「どうしてだ？」

「戦時中は、神功皇后は敵国と勇敢に戦い、朝鮮半島を支配した女傑として扱われていたからだ。それが敗戦後には、一転して歴史から抹殺するかの如く扱われるようになってしまった」

「ああ。そういうことかよ」

小松崎は大きく頷いたが、
奈々も嘆息する。

歴史はいつも、後世の人々の「願望」や「欲望」によって、いとも簡単に改竄されてしまう。当人の意図は全く慮られず無節操に、しかも巧妙に。

こうしてみると神功皇后も、また時代に翻弄された一人の女性だったのではないか……。

それが、と奈々は尋ねる。

「神功皇后にさまざまな説があった理由になるんですね」

そうだ、と崇は答えた。

「必死に隠そうと努めてはいたが、隠しきれなくなった時のために保険をかけたんだ。それが今出てきているような説だ。本居宣長の『神功皇后＝卑弥呼説』は、神功の存在を遥か昔に追いやってしまおうとして、第十代・崇神天皇より百年以上も前の話にした。伴《ばん》とし子は、この説に関しては、

『神功皇后＝卑弥呼であると言うことによって、神

功皇后が三世紀に存在したと思わせた、すなわち、紀年の引き延ばしに一役買ったということである。そしてもうひとつは、卑弥呼女王が皇室の直系であることを主張しようとしたのである』

と言っていて、確かにこれも一理あるが、しかしもっと大きな理由は、女系天皇隠しなんじゃないかと思う。そもそも、神功皇后が卑弥呼だとしたら、皇后が征伐した新羅は存在していなかったことになってしまう。卑弥呼は、後漢から魏・蜀・呉の時代にかけての人物なんだから」

「確かに……」

「次の『神功皇后＝天照大神説』は、神功を更に昔の神話の世界に送り込んでしまった。しかも、皇室の祖神——ということにされてしまっている——天照大神だから、こうなると一般的には、表立って反論しづらくなる。そしてついに神功は、数々の女帝たちの功績を集めた『架空の人物』とまでいわれるようになった。架空の人物なら、もう恐いものは何もないからね」

皮肉に笑う崇に、奈々は言った。

「逆に考えれば、それほどまでして現実を隠したかったということですね。『密事』にしても『女系天皇』にしても、虚構の話だったら本居宣長や水戸光圀まで、こんなに必死になることもない」

そうだな、と崇は応えると湛蔵たちを見た。

「これは同時に、住吉大神である武内宿禰もそうでした。第十二代景行《けいこう》天皇から、成務《せいむ》、仲哀、応神、そして第十六代・仁徳天皇の五代にわたって仕えたといわれ、そのため三百歳頃まで生きていたという伝説があることから、全く架空の人物だったと。しかしこの件に関しては、何人もの武内宿禰が存在していたと考えれば、全く問題ありません」

「何人もの？」

尋ねる良子に「はい」と崇は答えた。

「文楽や歌舞伎や舞踊の世界と同じです。何代目市《いち》川團十郎《かわだんじゅうろう》というように」

「名前を継いだということね」

「外国でも珍しくありませんからね。あとは今言ったように、住吉大神を始めとして、塩土老翁神《しおつちおじ》、猿田彦大神などとも同体とされたため、やはり架空の人物と考えられるようになり、あるいは日本武尊だとか成務天皇だとか、果ては浦島太郎だとかいう説も登場しました。しかし、やはりこれも神功皇后と同様で、架空の人物、あるいは日本武尊のように皇族に組み込んでしまおうという話です。でも」

　崇は全員を見る。

「住吉大神とされる武内宿禰が皇族になってしまったら、塩土老翁神や、あの猿田彦大神まで皇族になってしまいます。故に、武内宿禰は架空の人物であると強調されるようになったんです。更に念の入ったことに、この『神代記』は偽書だと訴えるようになりました。過去の全てを空想の世界に押しやってしまおうという人たちが、大勢現れ始めたんです。まあ、それは仕方ないかも知れません。何と言っても『神代記』には、神功皇后の言葉として、こんなことまで書かれている」

　と言って崇は読み上げた。

「『吾は御大神と共に相住まなむ』と詔《の》り賜ひて、御宮を定め賜ひき』

　と。もちろんここでいう『御大神』とは住吉大神、つまり武内宿禰のことです。つまり、神功と武内宿禰が正式に結婚したと。ちなみに、全国の住吉神社の総本宮である大阪の住吉大社には、筒男三神が祀られている第一から第三本宮と並んで、第四本宮には神功皇后が祀られている。更に言えば、この大社は明治の神仏分離までは『新羅寺』という神宮寺を持っていた。それぞれが非常に縁が深い」

「やっぱり応神天皇は、神功天皇と武内宿禰との間に生まれた皇子ってことか！」

　唸る小松崎に「そういうことになる」と崇は答えて言う。

「山田《やまだ》昌生《まさなり》も、こんなことを言ってる。

『日本書紀に書かれているその場での会話の内容を注意深く読むと、神功皇后はこの死別以前に武内宿禰（神）の子を宿したとの理解があり得る』『実はこの子こそが後の応神天皇であって、儒教の影響を強く受けた後世の感覚では記紀がこれを書けないのは当然である』

とね。また、さっきの伴とし子も、

『応神天皇の出生は多くの謎に包まれている』『梅原猛氏も「応神天皇が仲哀天皇の子であることが疑わしいのであり」（『海人《あま》と天皇』）とし、「古事記」や「日本書紀」の描いた系譜に疑いを投げかけている』と書いている」

「そういうことだったのかよ……」

小松崎はイスに大きく寄りかかり、半ば呆然と崇を見たが――。

どうしたんだろう。先ほどからずっと湛蔵は順子と共に、口を閉ざしたままだった。順子が俯いたままなのは分かるが、湛蔵は途中まで、会話に参加していた。というより、崇に話を促したのは、湛蔵ではなかったか……。

「このようにして」そんな様子が全く気にならないのか、崇は続ける。「武内宿禰も、さまざまに言われています。しかし彼の扱いは、神功皇后と違って大きく二種類に分けられます。それは『皇族に組み入れる』か、それとも『架空の人物』として実在を抹殺してしまうかのどちらかです」

皇族に組み入れるか。

実在を抹殺してしまうか。

それって！

奈々が口を開こうとした矢先に、崇が言った。

「住吉大神が安曇族の血を引いている以上、やはり彼らと同じような運命を辿らされることになりました。朝廷に従うか、それとも滅ぼされるかの、二者択一だ」

そういうことだ。

奈々は心の中で頷く。

安曇族や隼人たちには、常にそのどちらかの選択肢しか与えられなかった。そして、安曇族の血を引いている住吉大神たちも、当然同じ。安曇族の辿った運命そのままだ……。

「しかし」良子がなおも尋ねる。「いくら一時期は隆盛を誇ったとはいえ、辺境の部族だった安曇族や住吉の人間が、本当にそこまで朝廷に食い込めたんでしょうか。相手は皇后ですよ。今なら、到底考えられません」

「むしろ逆です」祟は答える。「村井康彦《むらいやすひこ》もこう言っています。

『天皇が皇族以外の氏族と婚姻関係を結ぶのは、天皇がその氏族と親しい関係にあったから、という理由付けがなされることが多いが、そうではあるまい。むしろ事実はその逆で、敵対関係ないし緊張関係にあるからこそ婚姻が利用されたのである』

と。その一例になりますが、先ほどの本居宣長などは、卑弥呼は熊襲の女首長であるとまで言っています」

「卑弥呼が？」

「そうやって『敵対』していた氏族を、自分たちの中に取り込んでいったんでしょう。ただそうなると、宣長自らが卑弥呼に比定した神功皇后も、熊襲の女首長になってしまうんですが」

祟は苦笑いした。

「これも、ここでは詳しく説明しませんが、俺は個人的に、卑弥呼は安曇族の女性だったと思っています。なぜならば、そう考えることによって、邪馬台国を始めとする古代の数々の謎が綺麗に解けるからです。とにかく——。今言えるのは、神功天皇と武内宿禰との間にお生まれになった応神天皇は、立派な『女系天皇』だということです。同時にこれが、先ほどの鷺沼さんの問いへの答えになります」

「武内宿禰の子孫が『皇別』——皇族と考えられているということね！　つまり彼らは『天皇家』の血を引いていると」

「もっとも朝廷は、何度も言いましたように、安曇族を始めとするもともとの支配者たちを、自分たちの系統に取り入れていきましたからね。何と言っても『天照《あまてる》』であった饒速日《にぎはやひ》命すら天照大神と素戔嗚尊の孫にされて、天孫・瓊瓊杵《ににぎ》尊の兄弟になってしまった。でも『記紀』や『風土記』の話を信じるとするならば、こういうことです」

「なんという……」

呆然とする良子の前で、
いや、と小松崎は顔をしかめた。

「まだちょっと信じ難いぞ……。だってそうなると、タタルも言っていたように、その時点で王朝交代になっちまうんじゃねえか？　新王朝の設立だ」

「日本の歴代天皇で『神』という文字を謚号に持つ人物を、全員列挙してみてくれないか」

「はあ？　どうしてまた——」

言い淀む小松崎に代わって、ここでようやく湛蔵が口を開いた。

「神武《じんむ》、崇神《すじん》、応神《おうじん》の三人だ」

ありがとうございます、と崇は礼を述べた。

「その通りです。神功皇后を入れても、たった四人だけなんだ」

「その理由は？　というより、その『神』の謚号の意味は何だ」

尋ねる小松崎に、崇は告げた。

「新しい王朝を作られた天皇、といわれている」

「何だと。つまり、応神天皇も神武天皇や崇神天皇と同じく、新しい王朝を設立したっていうのか」

「そういうことだな」

「ひょっとして、神功皇后もかよ！」

「奈良時代、神護景雲《じんごけいうん》三年（七六九）。第四十八代・称徳《しょうとく》天皇が、僧侶・弓削道鏡《ゆげのどうきょう》を次の天皇位に就けようとした事件が起こった。この真相に関しても、さまざまな説があるようだが、とにかくこの事件は宇佐神宮の託宣から始まって、天皇の勅使・和《わ》気清麻呂《けのきよまろ》が宇佐に神託を伺いに行って収束するまで、全てに宇佐神宮が登場する」

「天照大神のいらっしゃる伊勢ではないのですね」

と言う良子に、

「まさにそういうことです」崇は答えた。「皇室の将来を懸けた大きな問題を解決するために、応神天皇と神功皇后、そして比売大神に神託をいただきに行っている」

それは、と良子は言う。

「朝廷が、伊勢よりも宇佐を重視していたということですか？」

「現代で考えれば、どうして伊勢に行かないんだろう、という疑問の声が上がるでしょう。しかし当時は不思議でも何でもなかった」

と言って崇は、この時代の少し後、平安時代の貴族たちの間でも、天照大神が殆ど無名だったことを『蜻蛉日記』や『更級日記』を例に挙げて説明した。奈々は以前に聞いていたが、

「……そうだったんですね」

初めて耳にして唖然とする良子に、

「ですから」と崇は応える。「当時の朝廷の誰もが、伊勢ではなく宇佐へ参ることは当然だと考えていた。というのも――」

「昔は誰もが、皇祖を応神天皇と考えていたからですか！」

「そうとしか考えられません。それ以外の理由があるならば、俺も知りたい」

崇は一つ嘆息した。

「しかし、現在の歴史家も含めて、この事実に関して疑問を投げかける人間がいない。こちらの方が不思議だ」

「確かにな……」

唸る小松崎の横で「とにかく」と崇は言う。

「このようにして、天皇家の血を受け継いでいる神功天皇と、海神《わだつみ》である住吉大神――武内宿禰との間に誕生した応神天皇は、どうみても『女系天皇』だ。つまりわが国は、一千五百年以上もの遠い昔か

ら『女系天皇』を戴いていたわけになる」

「おお……」

故に、と崇は全員を見た。

「わが国の天皇家を『神武天皇からの万世一系』と考えるならば、応神天皇の代から『女系天皇』に代わっていたことを認めなくてはならない。また『女系天皇』の存在を認めないというなら、今度は『神武天皇からの万世一系』という考えを諦めなくてはならない。応神天皇以降——やや怪しい部分はあるにせよ——の『万世一系』ということになるからです。こちらも、二者択一です。しかし、それを誤魔化し続けているから、話がおかしくなる。だから、神功皇后と武内宿禰は架空の人物なのに、その皇子である応神天皇は実在していたというような、支離滅裂な話になってしまっているんです。そして、この話が——」

崇は全員を見た。

「今回の事件の根幹だと感じています。単なる直感ですが」

「何だって！」黒岩が叫ぶ。「どこでどう関わっていると言うんだっ」

さあ、と崇は惚けた。

「分かりません。直感ですので」

きっと解く気がないのだ。

そう感じた奈々が小松崎を見れば、またしても下を向いて頭を振っていた。

「だが」と黒岩が苦い顔で言った。「そんな話が、この事件のように人の命に関わるほどの大事《おおごと》になるのかね。とても信じられないが」

「居酒屋での話や小説ならばともかく、公の場で口に出せますか？　誰彼構わずに、こんな話ができますか？」

「そう言われてしまうと……」

鼻白む黒岩に代わって、再び湛蔵が静かに低い声で尋ねた。

「もしかしてきみは」崇をじろりと睨む。「わが国に、天皇家は必要ないと思っている人間の一人なのかね」

全く逆です、と崇はきっぱりと答える。

「俺ほど、この国における天皇の重要性と、天皇家を必要欠くべからざる存在だと考えている人間はいないのではないかと個人的に思っています」

「では、なぜ——」

湛蔵が問いかけた時、黒岩の携帯が鳴った。同時に外も、バタバタと物音が聞こえ始める。

発見されたんだ！

奈々は目を輝かせて黒岩を見る。湛蔵も、順子も、良子も、全員が固唾を呑み、腰を浮かせて黒岩の口元を注視した。

黒岩が何事か話し、それが終わるとすぐに吉田に目で合図を送る。吉田は大きく頷くと、脱兎の如く部屋を飛び出して行った。

「黒岩さんっ」良子がたまらず叫んだ。「どうだったんですか！　勇人はっ、理恵ちゃんと麻里ちゃんはっ」

奈々も、ゴクリと息を呑む。

その前で黒岩は、一度目を閉じて深呼吸すると、ゆっくり全員を見回して、静かに口を開いた。

「三人共に発見されたようですが」

えっ。

叫びながら駆け寄ろうとした順子を、黒岩の沈痛な言葉が押し留めた。

「実に残念ながら、既に全員亡くなられていたとのことでした」


部屋は阿鼻叫喚状態となり、呼び寄せた女性警察官たちに抱きかかえられるようにして良子と順子は、彼らの遺体と対面するべく大慌てで現場へと向かって行った。

そんな良子たちの後ろ姿を言葉もなく見送りながら、奈々たちは静かに座っていた。湛蔵はすぐに動くことができないため、黒岩がつき添って少し遅れて現場まで行くことになった。

「では」崇が立ち上がり、奈々も一緒に席を立つ。

「俺たちは、これで失礼します。もう何もお手伝いできることはないでしょうから」

「小松崎くんはどうする。取材で残るか？」

　尋ねる黒岩に、

「いや」と崇が小松崎の代わりに勝手に答えた。

「少し落ち着いてからまた改めて、という方が良いでしょう」

　確かに、今くり広げられているであろう悲劇的な愁嘆場を取材したところで全員の迷惑になるばかりで、誰一人喜ばないだろう。一段落してから取材するというのが思いやりであり常識だ、などと奈々が思っていると、

「また、明日以降にでも出直します」小松崎も立ち上がった。「ご連絡させていただきますので」

「分かった」黒岩は頷く。「連絡をもらえれば、その時に対応しよう。事件はまだ、全て解決したわけじゃないからね」

　すると崇が、

「解決しないことが解決になる、という場合もあります」

　などと言ったので、

「は？」と小松崎が首を捻った。「そんなこと、あるわけねえだろうが」

「そうかな」

「そうに決まってる、神代の昔から」

　いや、と湛蔵も杖にすがって立ち上がると、静かに崇を見た。

「最初から感じていた通り、きみは賢い男だ。これはもちろん、頭の中に知識を大量に蓄積しているという意味じゃない。きちんとした信念を持っているようだ」

「お言葉はありがたいですが」崇は答える。「いつも、これで良いのかと悩むことばかりです」

　その言葉に湛蔵は嘆息した。

「私の息子も、きみのような男だったら良かった」

「鷺沼さんにも、息子さんが？」

「遥か遠い昔にな」湛蔵は苦笑した。「ではまた――といっても、これが最後かも知れないが」

差し出された手を握って崇は尋ねる。

「最後とおっしゃると？」

「いつお迎えが来ても、おかしくないんだよ。数年後か、それとも今夜か」

「そうですか……」手を放しながら崇は頷いた。

「それは存じ上げませんでした」

それと、と湛蔵は自嘲するように告げた。

「きみがまだ知らないことが一つある。遺言代わりに伝えておこうか」湛蔵は一度咳き込むと「失礼」と言って続けた。

「良子が嫁いだ渡部家の本来の苗字は『海部《あまべ》』だった。戦後のどさくさで『渡部』に変えたんだよ。そして、私の家も本来は『鷺沼』ではなく『鵜沼』だった」

鵜！

奈々が驚いていると、

「私の家は明治維新の混乱に乗じて、鵜から鷺に変えたんだ。黒を白と言いくるめたんだな」湛蔵は苦笑いした。「きみに言わせれば、逃げた人々の家だ」

「そういうことだったんですね……。全て理解できました」

逃げた、と言っても――。

安曇野の人たちの祖先は、誰もが戦い敗れて朝廷から追われ、九州の故郷を捨てて逃げて来たのではないか？

黒岩につき添われてドアに向かう湛蔵を見ながら、奈々が不審に感じていると、

「最後に一つ、訊いても良いかね」湛蔵が崇に振り向いた。「答えてくれるかな」

「何なりと」

「先ほどの天皇家に関する二者択一話だが……きみ自身は『神武天皇からの万世一系』と『女系天皇』

のどちらかを選べと言われたら、どうするつもりかね？」

　はい、と崇は答える。

「その問題に関して最も重要な点は、天皇家の存続を望むのか望まないのかということで、『万世一系』も『女系天皇』も、その一次元下の問題です。ですから俺は、本来の祭祀の家としての天皇家が存続するのであれば、どちらでも構いません。それ以外はこちら側の勝手な都合、些末な問題です」

「なるほど」

　湛蔵は楽しそうに笑った。この部屋で会って以来初めて見せた、子供のような笑顔だった。

「では失礼する」湛蔵は奈々たちに向かって一礼する。「色々と世話になった。私も、良い冥土の土産ができた」

「そんなことを！」黒岩が苦笑いしながらたしなめる。「さあ行きましょう」

　と言ってから奈々たちを振り返った。

「ああ、そうだ。最後に一つ、きみたちにお願いしたい書類上の手続きがあるんだが」

「それは彼が」崇は小松崎を指差した。「代表で、三人分済ませてくれます」

　その言葉に、肩を竦めて頷く小松崎を見て、

「じゃあ頼む」黒岩は言う。「あと約束通り、きみたちを松本駅まで送らせよう。良かったら甲府駅まででも」

「松本で結構です」崇が勝手に答えた。「三人とも」

「分かった」黒岩は頷くと一礼した。「協力を感謝する。こちらからも岩築警部にお礼の連絡を入れておくが、きみたちからもよろしく伝えてくれ」

「承知しました」

　崇が答えると、湛蔵と黒岩、そして小松崎は部屋を後にした。

＊

三人が出て行ってしまうと、部屋には崇と奈々の二人が残された。小松崎の書類記入が終わるのを、この部屋で待つのだ。

しかし――。

携帯を手に何かを調べている崇の隣で、奈々は今回の事件を振り返る。

公民館での北川洋一郎も、鵜ノ木川土手の蜂谷明美も、そして畔倉誠一の自殺も、全てあの若者――鈴本理恵と麻里、そして渡部勇人の犯行だったとは。もっとも、両親を殺害されたも同然のようにして失い、しかも知らぬ顔で暮らしている犯人を見れば、そういう感情が湧き上がってくるかも知れない。若者であれば、なおさら。

そして順子が「天罰」と言った、彼ら三人の死。

だが、いくら「天罰」にしても、いきなり身内と知人の三人を失ってしまった順子の心情は、察するに余りある。これからは湛蔵と良子が力になってくれるのだろうか。といっても、良子も自分の一人息子を亡くしている――。

沈痛な面持ちで回想していると、奈々の携帯をいじっていた崇が声を上げた。

「やはり、そうか」

イスに寄りかかって大きく嘆息すると、ボサボサの髪の毛に指を突っ込んでボリボリ掻く。

「どうしました、タタルさん？」

「謎が解けた」

崇は携帯に目を落としたままで答えた。

「謎？」奈々は見返す。「今回の事件の――」

「もちろん」崇は奈々の言葉を遮る。「安曇だ」

「えっ」

「有明山神社に行った時に、戸隠山が『石戸《いわと》山』という別名を持っているように有明山も『戸放《とばなし》ヵ嶽』という別名を持っている、と言ったのを覚えているね」

「はい」奈々は頷く。「戸隠山、という名称も不思議ですけど、戸放カ嶽という名前は、もっと変わっていると感じました」

「何故？」

崇の問いかけに、奈々はあの時不思議に思ったことを、この時とばかり一気に伝える。

「以前にタタルさんから伺ったように、天照大神の天岩戸隠れの際に、手力雄神が洞窟を塞いでいた岩の戸を剝ぎ取って放り投げた。その岩の戸が信州まで飛んだんですよね」

天岩戸神話だ。

太陽神である天照大神が「天岩戸隠れ」したために、高天原と葦原中国《あしはらのなかつくに》は暗闇に包まれてしまい、昼夜の区別もつかず、その結果さまざまな禍事《まがごと》が起こってしまった。この状況に困り果てた八百万の神々は、天安河原に集まり、善後策を練った。その結果、天宇受売命が、神懸かりしたように喋って踊り、胸乳を掻き出し、着ている裳の裾を陰部まで押し下げた。それを見ていた八百万の神々が、どっと笑って大騒ぎすると、天照大神は不思議に思って、外を覗き込もうとした。

その瞬間、側に隠れていた手力雄神が、天照大神の手を取って外へと引き出し、大きな岩戸も放り投げてしまった。同時に太玉命は、注連縄を大神の後ろに引き渡して、

『もう、後ろへはお戻りにならないでください』

と懇願し、ようやく高天原や葦原中国は、再び以前の明るさを取り戻した。

これが「天岩戸神話」だ。

「じゃあ」と奈々は尋ねた。「その時、岩の戸が飛んで来た戸隠の人々は、何故その『戸』を、わざわざ『隠』したんでしょうか。その理由は？」

「なるほど」

「それと同時に、こちらの『戸放』です。まさか、ここまで岩戸が放られたという意味の地名ではない

でしょうから、飛んで来た戸を放り投げたんですか？　戸隠では『隠』すし、こちらでは『放』るし。天岩戸は、それほどまでに嫌われるような、忌むべき物だったんでしょうか。まさか、そんなこともないと――」

「それも全て、安曇族や安曇氏に関係しているんだよ」崇は答えた。「そして俺は――今ここでの詳しい説明は省くけど、天照大神は卑弥呼だと考えている。ということは、さっきも言ったように、天照大神は安曇族ということになる。また、きみもそう理解していると思うが、ここで言う『戸』というのは、安曇族のことだろうね。天照大神の側にいて、彼女を護っていた。しかし、手力雄神たちによって破られ、放り投げられた。その結果、彼らは日向や信州にまで逃げた。それが、いわゆる天岩戸伝説なんだが、奈々くんは『戸隠』の『隠』の意味を知っているかな」

「隠れる、というくらいにしか……」

「『記紀』などには、天孫から国譲りを迫られた出雲国では、大国主命の子・事代主神《ことしろぬし》が海中に作った青柴垣《あおふしがき》に『隠りましき』と書かれている。これはもちろん、自ら海に沈んだということだ。また、関和《せきかず》彦《ひこ》は、神が鎮座するといわれる山や森を神奈備《かんなび》と呼ぶのは『「神・なび」の転訛と考えられ』ると言っている。そして『なび』というのは、まさに『隠れる』という意味だ。更に『字統』などによれば、憂え悲しむ。『神隠《かみがく》り』して静まり坐すとなる。そして「神隠り」するものは、おおむね敗北の神であるから、『隠み哀《いた》しむ義』であり常用漢字では『この字の中心的な要素である「工」をすて、また下の「手首」も切りおとされている。まことに隠痛というほかない』と載っている。これは、信州へ逃げ込んだ安曇族の姿そのものじゃないか」

「手首も切り落とされ……って」

「戸隠と言われてすぐに思い出すのは、能『紅葉《もみじ》狩《がり》』に登場して退治されてしまう鬼女・紅葉《もみじ》だが、史実としての彼女やその部下たちは心優しい女性だったため、村人たちからとても慕われていたという。それなのに『鬼女』として一方的に討伐されてしまった。有明の魏石鬼八面大王も、村人を一人も殺さず、むしろ慕われていたようだから、話としては同じだ。しかも、紅葉に関して言えば、その殲滅作戦の名称こそ現在も息づいている『紅葉狩』だからね。酷い話だな」

「確かに！」

　魏石鬼八面大王は「討伐」「征伐」。

　鬼女紅葉は「紅葉狩」。

　嫌な名前を思いつくものだ……。

「同じ信州でも」崇は続けた。「安曇野に逃げ込んできた彼らは『戸放』となった。この『放』も『字統』では、こう解説されている。『放とは追放の儀礼をいう』『祭梟《さいきょう》（首祭り）をもって境界の呪鎮とする儀礼をいう』とね」

「さいきょう？」

「その名の通り、斬り落とした敵の首を飾って祭るんだ」

「え。しかも、境界の呪鎮って、道祖神のことじゃないですか！」

「その通り」崇は微笑んだ。「まるで江戸五街道の出入り口に置かれた、罪人の獄門台のようだな。まあ、あちらも一種の『道祖神』には違いないだろうが。また、これも以前に言ったと思うが『放る』はもちろん『屠《ほふ》る』に通じる」

　はい、と奈々は頷いた。

「そして『祝《はふ》る』でもあると」

「そうだ」

　首肯する崇の隣で、奈々は思い出す。

　憎い敵を「屠」った後、皆で「祝」ったんだと。

　だから「はふる」「はふり」「ほふる」「ほふり」は全て同じ意味。敵を殲滅して、めでたいということだ。

「そんな目に遭った安曇族だが、最初から言っているように俺の疑問は、何故『安曇』と書いて『あずみ』と読ませたのかということだ。逆に言えば、どうして『綿津見』から転訛した『あずみ』という名称に『安曇』という文字を宛てたのか。この『あずみ』は、今まで話してきたように『宗像』の『胸形』と同じで、『阿墨』――入れ墨という意味だったんだろう。そこに、後から文字が宛てられた。しかし『安』は理解できる。『阿』には、余り良い意味がなかったからね」

　今回聞いた。

『阿』は『おもねる』『こびる』『へつらう』という意味があったから、『安』という好字に変えたんだと――。

　問題は「曇」だ。それほど良い印象は受けない上に、どう読んでも「ずみ」とは読めない。

「しかも」と崇は言う。「『曇』の旁の『雲』も、当時は余り良い意味で用いられなかった。さっきも言った『熊《くま》・襲《そ》』のように、朝廷に反抗する、まつろわぬ者たちという意味で『土蜘蛛』――『土雲』などと書かれたりもした」

「じゃあ、曇は……」

「『雲に覆われて空が暗くなる』『心配や悲しみで表情が暗くなる』という、こちらも余り良くはない意味だ」

「そうですね。余り明るい印象はありません」

「ところが『日光が雲に遮られる』というものもある。そして更に、この字の本義は『黒い雲の様子を形容する』ものだとね」

「黒い雲！」奈々は叫んでしまった。「黒も雲も、彼らを表す形容じゃないですか」

　そうだ、と崇は笑う。

「しかも『日』を『黒い雲』で遮るんだ。日はもちろん、朝廷を表していると考えられる」

「ああ……」

「当然この黒い雲は『出雲』の素戔嗚尊と繋がる、住吉の『黒い神』だ。それで、決して『ずみ』とは読めないこの『曇』を、自分たちの名前として持ってきたんじゃないか。もちろん『心配や悲しみ』で心が晴れない、という意味も含めてね」

「そう……なんでしょうね、きっと」

　奈々が大きく納得した時、ドアが開いて小松崎が顔を出した。

　書類上の手続きが終わったらしい。

「色々と書かされたが、何とか無事に終了した。警察の車も、表で待ってくれてる。さあ、帰るとしようか」


　三人は荷物をまとめて、穂高署から車に乗り込む。新宿行き最終には、何とか間に合いそうだ。

　奈々たち三人が後部座席に乗り込むと、

「間に合いそうもなかったら、サイレンを鳴らして飛ばしても構わないと言われてますから、安心してください」

　本気なのか冗談なのか、ハンドルを握った若い警官が笑いながら言った。

　車が走り出すと小松崎は「今、聞いてきたんだが」と言って話し始めた。

　亡くなった渡部勇人は、実は良子の実子ではなく、何と鈴本三姉妹の長女・順子の子供だったというのだ。順子が余りに若くして子供を産んでしまったため、子供のいなかった渡部が引き取って育てたのだという。

「ええっ」奈々は驚く。「じゃあ勇人くんは、順子さんが十六、七歳の頃の子供だったんですね。父親は、分かっているんですか」

「まだ、はっきりしないようです」運転席から警官が答えた。「順子さんは頑なに口を閉ざしておられますし、そっちの方は、現在の状況が少し落ち着いてからということになるでしょう」

「そうなんですか……」

　奈々は唖然としたが、ふと横を見れば崇は全く動揺していなかった。

「タタルさんは、びっくりされないんですか？」

「何が」

「今の話ですよ！　勇人くんが、順子さんの子供だったって」

ああ、と崇は眠そうに答える。

「そんなことだろうと思ってた」

「いつからですかっ」

「二人を見た時からだ。顔の骨格がそっくりだったじゃないか。あと目元と、耳の形など瓜二つだった。多分、漢方の証も同じじゃないかな。それに、順子さんが勇人くんを見る視線が姉のようだったから、彼女の弟かと思ったら、そうではないという。確かにそう言われれば、どことなくよそよそしかったし、これはきっと複雑な関係なんだと感じた」

「え……」

崇は、最初からそんなことまで考えていたのか。しかも延々と喋りながら。


「だ、だが」小松崎も言った。「俺は、どことなく良子さんの面影を宿しているようにも感じたぞ。いや、先入観かも知れないが」

「そういうこともあるだろう」

崇は、あっさりと言ってのけたが――。

奈々は、それで順子があれほど責任を感じていたのかと納得した。「私のせい」で「天罰」だと口にするほどまでに。

「だが、話はそれだけじゃねえんだよ」

小松崎は言った。今回亡くなった鈴本三姉妹の麻里が、勇人の子供を身籠もっていたらしいというのだ。これはつい最近、麻里が順子にこっそり告白したのだという。しかも、その直前に麻里は自分の足首に「勇人」という入れ墨を入れたらしい。

おそらく勇人も、今年の大会が終わったら、麻里と同じく入れ墨をするつもりだったのではないか。だから、良子たちの意見に逆らって、もう水泳を止めると宣言したのでは……などという話が出ているらしかった。

　それよりも、子供。

　奈々は驚く。

「勇人くんは、麻里さんのお姉さんの順子さんの子供ですから……。ということは、麻里さんは自分の甥の子供を？」

「そういうことだよ」

　小松崎が眉根を寄せながら言い、警官も「そうらしいです」と答えた。

「そんな……」

　絶句する奈々は崇を見たが、またしてもこの男は無表情のまま、奈々と小松崎の間の狭い空間に腰を下ろして車に揺られていた。

「これも」奈々は恐る恐る尋ねる。「驚かれないんですね」

「何が」

「今の話です！」

　ああ、と崇は言う。

「血族婚姻譚か。わが国には、天照大神と素戔嗚尊を始めとして、いくらでも見られるからね。折口信夫も、むしろそちらの方が美しい関係ではないかと言っているし」

「それは遠い昔の話でしょう」

「そうだ！」崇はハッと顔を上げた。「遠い昔の話で思い出した。今回、奈々くんは色々と協力してくれるな。お礼を言う」

「は？」

「『翁』だよ」

　崇は奈々の心中と全く無関係に話し始めた。

「『翁』の詞章の中には当初、

『離《さか》りて寝たれども、転《まろ》びあひにけりや、とんどうや』あるいは、『とうとう、離《さか》りて寝たれども、転《まろ》びあひけり、とうとう、か寄りあひけり、とうとう』という、古代歌謡、笏拍子《しゃくびょうし》・龍笛《りゅうてき》・篳篥《ひちりき》・笙《しょう》・箏《そう》・琵琶《びわ》などの合奏を伴奏にして、数名で斉唱する『催馬楽《さいばら》』の文句があった。これは梅原猛によ

れば、

『男と女が離ればなれで寝ていたが、転びあってとうとう一つになったという、あまりに露骨な性の歌であるので、現在のような文句に変えられたのであろう』

　とあり、西川照子によれば、

『これは「ミトノマグワイ」を表す言葉である』

ということだった」

「みとのまぐわい？」

「『広辞苑』によれば『男女の交合』とあり、『大辞林』には『性交』と載っている」

　ぶっ、と噴き出す奈々を気に留めず崇は続けた。

「実際に『古事記』にはこうある。『伊邪那岐《いざなき》命』と『伊邪那美《いざなみ》命』がわが国の国土を造られた時に、神聖な天《あま》の御柱をお互いに廻り合って、

『みとのまぐはひせむ』

　と言ったと。これに関して次田真幸《つぎたまさき》は、『みと』は陰部のことであろうとしているし『まぐはひ』は『夫婦の契りを結ぶこと』だと言っている。ちなみに『書紀』では『為夫婦』『共為夫婦』『合為夫婦』などと書き表されて、全て『みとのまぐはひ』と読ませている」

「そ、それが何か――？」

　奈々は運転席を気にしながら尋ねた。まさか崇でも、ここはどういう職業の人の車の中か、忘れてはいないだろうとは思ったが。

「現在『翁』では、これらの詞章は歌われない。しかし西川照子は『この言葉がないと「翁」は呪力を失ってしまう』とまで心配しているほど重要な詞章だ。では、何故こんなことになっているのかといえば、能楽師たちが世間体を気にして削除したというのが一般的な説明になっている。だが『呪力を失ってしまう』ほど大切な文言を、たかが世間体だけで削除するものだろうか」

「そう思います」

　奈々は同意する。何しろ「翁」は「神事」なのだ

から。

「となると、何故?」

「この部分も」崇は奈々を見た。「実は住吉大神と神功皇后のことが下敷きになっていたんじゃないかと思う。特に、黒式尉が住吉大神だとすれば ね。彼ら安曇・住吉の人間たちは、この『みとのまぐはひ』を寿《ことほ》いだ。しかし、それに気がついた人間が、詞章をそっくり削ってしまった」

「一体誰が?」

「もちろん、朝廷関係者だろう。安曇や住吉などの綿津見たちにとって目出度い文言は、そのまま朝廷にとって忌むべき言葉となるんだからね」

そういうことだ。

安曇・住吉・隼人たちに寿がれてしまっては、今度は逆に自分たちの身が危うくなるというわけだ。特に隼人などは、強い呪力を持っていると考えられていたのだから——。

そうだ。

隼人といえば九州。

崇に九州旅行の件を問い詰めなくてはならない。

そこで、

「そういえば」奈々は、アリバイ確認を兼ねて軽く振っておく。「今回の傀儡舞・神相撲なんですけれど、タタルさんは実際にはご覧になれなかったんですよね」

「八幡古表神社か」崇は答えた。「残念ながら一年ずれてしまったからな。次は三年後だ。チャンスがあれば、ぜひ行きたい」

「住吉大神供養の神事ですものね」奈々は大きく頷く。「ひょっとしたら、そこにも何か神功皇后関係の歴史が残って——」

いきなり崇が、ガバッと体を起こした。

「奈々くん!」

その大声に運転席の警官までが、ビクリと反応する。

「は、はいっ」

「確かにその通りだ」崇は頭を掻いた。「俺はバカだ。あれほどまでに住吉大神、つまり武内宿禰を称える神事が執り行われているんだ。とすれば、絶対に痕跡が残っていない方がおかしいじゃないか」

「と、言うと？」

「八幡古表神社はね」奈々の手の上に自分の手を置いて、崇は答えた。「奈良時代には『息長《おきなが》大神宮』と呼ばれていたんだ」

「えっ。つまりそれは——」

「もちろん、息長帯姫《おきながたらしひめ》。神功皇后だ。彼女の名が冠された神社の例祭で、住吉大神を供養する神事が盛大に執り行われている。まさに二人は特別な間柄だったというわけだ」

「そういうことですか……」

大きく目を見開いた奈々の横で、

「おお、そうだ」小松崎は崇を見た。「綿津見っていえば、例の『鵜』に関する謎がどうのこうのと言っていたが、そっちに費やす時間を奪っちまって悪かったな。謝る」

「別に謝る必要はない」崇は小松崎を見て笑った。「さっき全部、解けた」

「なんだあ？」

小松崎は驚いたが、それは奈々も同じだった。

「昔の日本では、どうして鵜が重要な鳥とされていたのかということも？」

尋ねる奈々に崇は、

「ああ」

と答える。

「何故、日本各地で鵜飼が行われていたのか？」

「ああ」

「どうして『鵜』という文字になったのかもですか！」

「ああ」

「じゃあ、それはっ」

身を乗り出して——体を密着させて問い詰める奈々に、崇は答えた。

「以前からずっと引っかかっていたことがあって、さっき奈々くんの携帯を借りて調べていたんだが」

おそらく、携帯をいじりながら「やはり、そうか」と声を上げた時だ。

「熊は『私』の意味を知っているか？」

「はあ」小松崎は、顔を歪めながら答える。「自分のことじゃねえのか。『公』の反対だ」

「そうだ。『私』という文字にはその他に『内密』『自分勝手』『他人に隠れて』などという、余り賞められない意味もあり、更には『隠す』ということから『私物《わたくしもの》』といえば、男女の陰部を指す言葉にもなった」

奈々は、ぶっ、と再び噴き出したが、やはりこの男は、ここがどういう空間なのか、全く意に介していないようだった。

「その他にも」崇は続ける。「奴隷のような身分、などとまで言われた。これはどういうことなんだろうとずっと考えていたんだが、今回のことでようやく判明した」

「ただ単に『公』の反対で個人的な問題だから、しようもないってわけじゃないのか？」

「半分正しい。確かに『公』には『国家』とか『正しい』『偏らない』という意味があるからな。しかし『私』の意味の半分は、まさに『鵜』なんだ」

「鵜だと！」

「琉球方言で、鵜のことを『アヽヽタク』と言ったんだ。そして、その鵜を飼い慣らして鵜飼をしていた人々こそ——」

「安曇で隼人か！」

「そうだ。いわゆる綿津見たちだ。だから、沢史生もこう言っている。

『ワタクシ・アタクシ・ワタシ・アタシの呼称は、鵜を使う衆、あるいはワダツミの衆』であり『ワタシ（海衆）・アタクシ（鵜衆）』なのではないか』

海衆《わたし》。

鵜衆《あたくし》――。

啞然とする奈々の隣で崇は続けた。

「それゆえに『私』は、非常に貶められた。まさに『公』――朝廷とは真逆に位置していたからな。そして、この『私』たちが日本全国に分散させられたことで鵜飼が各地に広まった。安曇氏や隼人たちと共にね。同時に彼らが大事にしていた鳥である鵜も、各地に知られるようになったというわけだ」

そういうことだったのか……。

ここにきてまた「鵜」と出会うとは。それに「鵜」といえば、

「タタルさん」奈々は尋ねる。「それで結局、どうして『鵜』という文字に？」

「とても単純な話だった」崇は笑った。「『鵜』の文字の左半分は『弟』だ。この『弟』という文字の意味は『なめし革の紐で物を束ねる形』だ。首に紐を巻きつけられてしまっている鵜は、この文字そのままじゃないか」

「えっ」

「同時に、首に紐をつけられて自由がきかず、朝廷の命じるままに『餌』を取らされる隼人たちも連想しただろう。何しろ、彼らが得意としていた漁法に必要欠くべからざる鳥なんだからね。だから一般の人々は、隼人を思い出して鵜を大切に扱うようになったんじゃないかな。しかも鵜の姿も『鸕鷀』も、そのまま『黒』だしね。住吉大神にも通じる。

これで――」

崇は言った。

「証明終わり《QED》」

きっと、そういうことだ……。

首に紐をつけられた鵜。

朝廷からがんじがらめにされていた隼人。

そして、安曇・宗像・住吉・宇佐の人たち。

まさに、鵜衆《あたくし》だ――。

奈々が大きな溜め息をついた時、

「お待たせしました」運転席から、ホッとした声が聞こえた。「予定通り松本駅に到着しました」

奈々たちは車を降りてお礼を述べると、真っ直ぐ駅に向かった。

「最終の『あずさ』に間に合いそうだな」小松崎が時計を眺めながら言った。「ええと、切符売り場はどこに――」

「なんだ」崇は不満気な顔で小松崎を見た。「熊はこのまま帰るのか」

「はあ?」小松崎は立ち止まって、崇を振り返る。「このまま って言っても、そこらへんで飲んで行くような時間はねえぞ。缶ビールを五、六本買って、電車の中で飲むつもりではいるが」

いや、と崇は立ち止まったまま言う。

「久しぶりだからどこかに泊まって、おまえとゆっくり飲もうかと思っていたんだ。積もる話もたくさんあるしな」

「何だと」

「今から飛び込みで泊まれるようなホテルか旅館は、ないかな。観光案内所で訊いてみるか」

「おい、ちょっと待て」小松崎は、足早に戻って来る。「タタルが、どうしても今日中に帰るって言ったんじゃねえかよ」

「あの時はあの時だ」

「あのな!」

と抗議する小松崎を軽く無視すると、崇は奈々を見て尋ねた。

「奈々くんは、どうする?」

「えっ」

急に訊かれても!

「もし何なら、一緒にもう一泊しよう。明日の朝一番の『あずさ』に乗れば、九時過ぎには新宿に到着できる」

「タ、タタルさんは?」

俺? と崇は当然のように答えた。

「もちろん当初の予定通り、諏訪の先宮《さきのみや》神社、手長《てなが》神社、足長《あしなが》神社をまわってから帰る。せっかくここまで来て、立ち寄らないという選択肢はない」

境内入り口に橋のない川が流れている神社と、手摩乳《てなずち》・脚摩乳《あしなずち》を祀っている神社だ。

「もちろん、奈々くんさえ良かったら一緒に行こう。何なら俺から外嶋さんに事情を話して、半日休みをもらおうか」

なんということ！

「熊はどうする？」

「いや、俺はもう一泊しても良いつもりで来たから、別に構わねえよ」

「じゃあ、決まりだ」

「本当におまえは勝手な奴だな」

「そういえば、諏訪にも『四賀《しが》』という名前の土地があったな」

「そうなのか」

「また『シカ』でいえば、安曇族が経由した『滋賀県』にも彼らの痕跡が残っている。大津《おおつ》市には、水神を祀る『和田《わだ》神社』があるし、食物神で龍神の豊受比売《とようけひめ》を祀る膳所《ぜぜ》神社、八大龍王を祀る『石坐《いわい》神社』などなどだ」

「ほう……」

などと楽しそうに笑い合う小松崎と崇を横目で見ながら、奈々は悩む。

どうしようか……。

でも！

崇と九州で一緒だったという「彼女たち」の話をまだ聞いていなかった。ここは、きちんと問い質さなくてはいけないのではないか。

真実を明らかにしないままではとても帰れない！

「じゃあ」奈々は崇に言った。「お願いします」

よし、と崇は駅を背にして歩き出すと、

「今回は、実に有意義な鵜飼見物だった」

真顔で振り向いた。

*

結局三人で仲良く諏訪を回り、予定になかった諏訪大社本宮まで参拝して帰京した奈々が、日本全国各地の祭りを特集していた番組に何気なくチャンネルを合わせると、何という幸運だろうか。偶然にも、八幡古表神社で行われた傀儡舞・神相撲が放映されていた。

奈々はあわててテレビの前に腰を落ち着けると、食い入るように画面を見つめる。

本来この祭りは、当日の午前中に海上に浮かべた「船」の中で一部を、そして夜には境内の神舞殿で最後まで、約一時間半にわたって執り行われるらしかったが、その番組では夜の神相撲の映像を流していた。

相撲場に見立てた舞台の東西南北の四隅には審判役の大夫と、舞台中心には行司役を務める人形が立ち、東西に分かれた左右の袖からは、まわしを締めた鹿島《かしま》大神、香取《かとり》大神、熱田《あつた》大神、松尾《まつお》大神（と名乗る人形）たちが、他にも大勢次々に土俵に上がっては相撲を取る。

その取り組み方が、とてもコミカルで、会場は爆笑の渦に包まれていた。奈々もテレビの前で、人形同士の大袈裟な取り組みを見て思わず笑った。

そして最後には、いよいよ住吉大神が登場したのだが、その姿を見た奈々は驚いた。祟の言葉通り、小さな体で全身真っ黒。そこに真紅のまわしを締めている。

しかし、それまで圧倒的に劣勢（この住吉大神を倒せば東側の勝利となる）だった西側が、小柄な住吉大神の大活躍で逆転勝利を収めてしまう。その結果に不満を爆発させた東側の神々は、十一柱一斉に住吉大神一柱に勝負を挑む。しかもその先頭に立っているのは、住吉大神の三倍はあろうかという大男の神だ。

十一対一では、さすがの住吉大神も押され、あと少しで土俵を割りそうになるが、最後の最後で踏ん張って、ついには東側の神全員を土俵の外に押し出してしまった。西側、住吉大神の大勝利である。

まさにこれは祟の言う通り、住吉大神を代表とする西の神々への「供養」だ。

そこで祭りは終わりかと思ったら、最後に「八乙女《やおとめ》舞」という、八体の人形による舞が披露された。豊受姫《とようけひめ》大神、美奴売《みぬめ》大神、広田《ひろた》大神など八柱の女神が登場し、横一列に並んで舞を舞った。

それを眺めていた奈々は、ふと思う。

もしかして、この「八乙女」も「八女《やめ》」なのではないか？　住吉大神の、そして安曇族の故郷である「八女」。

考えすぎだろうか……。

やがて舞を終えた女神たちは、一柱ずつ舞台から去って行き、ここで全ての祭りが終了した。

最初はただ滑稽で大仰な人形劇のようだったが、祟の話を聞き、じっくり見ていると、何か胸にこみ上げてくるものがある。それはきっと、この神事の寸劇に込められた無数の人々の思いなのかもしれないと感じて、奈々は番組が終了しても、しばらくテレビの前にじっと座っていた——。

その数日後。

いきなり、話があるからと呼び出されて、仕事帰りに青山の「カル・デ・サック」に行くと、祟はいつものようにカウンターで一人、ギムレットを傾けていた。

奈々もいつもと同じように祟の隣に腰を下ろすと、世界一美味しいオレンジジュース——ミモザを注文する。まだホワイト・レディには早すぎる。

二人で乾杯すると祟が、

「小松崎経由で、こんな物が届いた」

と言って、数枚のコピーを奈々の前に広げた。

「何ですか、これ？」

ミモザを一口飲んだ奈々が、キョトンとして目を落とすと、崇もグラスを傾けて答えた。

「鷺沼湛蔵さんの、遺書だそうだ」

「遺書って――」

「湛蔵さんは自宅で一人、短刀で喉をついて自殺したらしい」

えっ、と奈々は驚く。

「どうしてなんですか。それとも、重い病に冒されているっておっしゃっていましたから……」

沈痛な面持ちで尋ねる奈々に、

「そういう理由でもないらしい」崇は言う。「目を通してみてくれ」

「でも……」奈々は少しためらう。「遺書、なんですよね」

「俺たちにも見せて欲しいというメモ書きが残されていたらしい。それで、ここまで届いたんだ。だから一応」

「はい……」

奈々はコピー用紙に印刷された、おそらく太い万年筆で書かれたと思われる丁寧な文字を目で追った。その遺書は、まるで私小説のように、

〝憂曇華の花が咲いた。

三千年に一度だけ花開くという、伝説の植物〟

という文章で始まっていた。

そして湛蔵が、女性を殺害して鵜ノ木川にその遺体を流した場面から、一旦家に戻って、

〝自らの命を奪ってくれと泣きながら私に懇願し、私は最後におまえの望みを叶えてあげることができた。実に幸いなり。

順子、安らかなれ〟

と、その女性の供養をしたこと。

「順子って！」奈々は顔を上げる。「鈴本さんの長女・順子さんを殺害してしまったんですかっ」

「しかも、本人に頼まれてね」

崇は前を向いたままグラスを空け、お代わりを注

文する。

「順子さんの遺体を載せたボートは、海に流れ出る前に運良く途中の橋脚に引っかかり、無事に回収された。既に本人と確認済みだそうだ」

「でも、どうして――」

「本心は湛蔵さんにしか分からないが、少なくとも順子さんの気持ちは理解できるような気がする。妹二人と、実の息子を一人、いっぺんに亡くしてしまった。しかも彼女が思うに、自分のせいで。『天罰』でね。きっと、生きる気力をなくしてしまったんだろうな」

「自分のせいって……」

「十七年前に、勇人くんを妊娠し出産した。それが全ての原因だと自分を責め続けていたに違いない。それは、湛蔵さんも同じだったようだがね」

「湛蔵さん？」奈々は首を捻る。「ということはもしかして勇人くんは――」

そうだ、と崇は言った。

「湛蔵さんと順子さんの子供だったようだ。湛蔵さん四十三歳。順子さん十六歳の時のね」

「え……」

「だから、順子さんに顔立ちが似ていたのは当然だった」

そういえば。

あの時、小松崎が勇人の顔は良子の面影を宿していると言っていた。でも、これも当然だった。自分の実の兄の子供、甥ならば……。

「そう考えれば、勇作さんや良子さんが、すんなりと勇人くんを養子に入れたことも理解できる。何しろ彼の父親は、湛蔵さんだったんだから」

そういうことだったのか。

奈々は嘆息するとコピー用紙に目を落とし、その続きを読む。

そこには、自分と順子が理恵や麻里を扇動して、洋一郎を傷つけようとしたことが書かれていた。しかしその時湛蔵は、まさか勇人と麻里が交際し、しかも子供を身籠もっていたことを知らず、黙っていた順子を叱りつけたらしい。

だが、時既に遅く、事は動き始めてしまっていた。そこに鈴本姉妹や勇人の個人的感情も入り込み、今回のような結果を招いてしまったと書かれていた。また肝心の、洋一郎を傷つけようとした理由としては——。

崇の「直感」通り、神楽における「傀儡舞」が問題となったらしい。やはり洋一郎は、今年の「傀儡舞」のストーリーに手を入れ、戦いに勝利した「住吉大神」が「美しい女神」と「密事」を行って子供を産み、彼が国王になったという筋書きにするつもりだったらしい。もちろんその「密事」の舞自体に問題はない。日本各地にあるのだから。問題は、その意味するところだ。

洋一郎が言うには、住吉大神＝安曇族が「国王」つまり天皇になる話なので、地元の人たちには喜ばれるはずだという。

しかし湛蔵は怒り、それは絶対に許されないと止めた。我々は、伝統を守っていれば良いのだと。

それがかえって洋一郎を頑なにさせたのだろう、二回り以上も年上の湛蔵に折れることなく、強情に食い下がったらしい。そんな古くさい考えだから、いつまでも町が発展しないんだと。

町会長も間に入ったらしいが、二人の間の溝は埋まるどころか、日に日に深くなっていった。

そのため湛蔵は、鈴本夫妻の死の真相を順子たちに伝え、理恵たちを巻き込んで洋一郎と揉めさせ、怪我をさせるように話を持ちかけた。ところが、彼女たちの間で話が大きく膨れあがり、更に勇人までも巻き込んで暴走してしまった。一度転がりだした憎しみは、雪だるまのように膨れあがり、気がついた時には湛蔵にも止める術《すべ》がなかった。

故に今回、このような結果を招いてしまったのは、全て自分の責任である。他の人間に罪はない。虚静恬淡と自決する——。

と閉じられていた。

コピーから視線を外す奈々に、

「湛蔵さんは」と崇が告げた。「順子さんを殺害したその夜、自宅で自決したようだ」

奈々は嘆息する。

「そういうわけだったんですね……」

だが、

「しかし」と崇は言った。「ここに至って、まだ湛蔵さんが敢えて触れなかった部分があるんじゃないかと思う」

「えっ。それは？」

「坂本博は」崇はグラスを傾けた。「古代安曇郡には、二系統の安曇族が存在していたのではないかと言っている。それは、

『第一の系統は九州北部からやって来た安曇氏である。彼らはイワイの乱で敗れた後、六世紀の半ばに信濃西北部へ逃げ込んできた』――そして、『第二の系統は畿内からやって来た安曇《あんど》氏である』

とね」

「あんど氏、ですか」

「つまり、昔から議論されている『安曇族は南から来たか、北から来たか』というテーマは、坂本によればどちらも正論というわけだ。筑前からの日本海経由と、河内からの太平洋経由の二種類があったわけだからね。つまり、

『アヅミ氏は北から来たのであり、他方アンド氏は南から来たのである』

ということになる。更に彼は、

『「サケを追ってきた」という解答はアヅミ氏には当てはまらないが、アンド氏には当てはまるかも知れない。ただし、「ヒスイを求めに来た」、「農業経営の新天地を求めてやってきた」、「越のエミシに対する前進基地、兵站基地を築くためにやってきた」、「海人に内在する力に推進されてやって来た」などの憶測は恐らくどちらの安曇氏にも当てはまらないだろう』

と断定している。となれば、やはり安曇族は戦闘、あるいは中央の政争に敗れて、信州まで逃げ延びてきたことになる。そして『安曇氏《あんど》』は、彼らの神である穂高見命を祀った。穂高神社の安曇比羅夫の像に関しては『安曇山背《やましろ》比羅夫』と説明されている。この『山背』は当然、大阪府河内郡の『山城』だ。ここが安曇比羅夫の本拠地だった」

つまり、と奈々は眉根を寄せる。

「穂高神社の祭神は『安曇氏《あずみ》』ではなく、『安曇《あんど》氏』の神？」

「実際に」崇はギムレットを一口飲む。「河内を出て信州に向かう途中で彼らが居を構えたと思われる尾張・名古屋には、一の宮・熱田神宮の元宮と考えられている神社がある」

「熱田神宮の元宮って！　それはどこですか」

「火上《ひかみ》山と呼ばれた地に鎮座している、氷上姉子《ひかみあねご》神社だ。主祭神は宮簀媛《みやずひめ》命。日本武尊の妃神といわれている」

「でも……その神社が、どうして穂高神社と？」

「この神社は『延喜式』では『ほのかみ』と書かれているように、もともとは『火上』『火高』で『ほだか』だったといわれている」

「穂高ですね！　それが、熱田神宮の元宮」

「そういうことだ。おそらく彼らの本拠地だったんだろう」崇はギムレットを空けると、お代わりをもらう。「それがやがて『氷上姉小神社』として残った。一方彼らは信州へ入り、日本海経由でやって来た安曇《あずみ》氏と合流した。ところが時代が下り七九〇年代に入ると、先日の『鼠穴』で言ったように、新しく郡司になった仁科氏が安曇族の滅亡を画策し始めた。そして東征途上の坂上田村麻呂——あるいは田《た》村守宮《むらのやもり》を取り込んで安曇氏たちの殲滅を図った。魏石鬼八面大王たちは激しく抵抗を続けたが敗れ去り、生き残った安曇氏も処罰されてしまった。おそらくここでも、数々の権謀術数が使われたと見て間違いない」

「たとえば、安曇氏を分断するような?」

「裏切らせて帰順させて、結局は殺戮してしまう。あるいは、隼人たちのように『犬』として自分たちに仕えさせる。そして」

崇はグラスに霜が降りている新しいギムレットに口をつけた。

「その時に、朝廷側に寝返った安曇氏の末裔が、おそらく湛蔵さんたちの祖先だったんだろう」

「えっ」

「湛蔵さんも言っていたように『黒を白と言いくるめ』て『逃げた人々』だったに違いない。そのおかげで、財を成したんじゃないか。まさに朝廷に『阿』――阿《おもね》って、媚びへつらった」

「ああ……」

「常にそんな負い目を背負ってきたんだろう。だから、現在確定している歴史を改変するどころか、触れても欲しくなかった。とにかく、そっとしておきたかった。何しろ自分は『鵜沼』で、妹の良子さんは『海部』さんに嫁いでいる。どちらにしても綿津見。だから、色々な葛藤があったんだろうと思う」

「そういうことですか……」

奈々はふと思う。

ひょっとしたら湛蔵は、逆に洋一郎が羨ましかったのかも知れない。自分が決して口にできないことを、あっけらかんと話し、実行しようとしている若者が。

「順子さんたちは、どこまでご存知だったんでしょうか」

「それは分からない。ただ、言ったように『鈴本』の『鈴』は『鉄』で、そのまま安曇族から『翁』や『傀儡舞・神相撲』の住吉大神にまで通じる。もしかすると、鈴本家だけの伝承が残されていたかも知れないね」

確かにその可能性は充分にあるだろう――。

もとは、九州王朝としてあの地を支配していた綿津見の、安曇・宗像。それが神功皇后や武内宿禰の頃には、住吉大神と崇められ、やがて隼人たちとも合流して、応神天皇の宇佐神宮へと続いていった。ここでおそらく朝廷内における安曇氏としての絶頂を極めたのではないか。

しかし、やがて他の氏族たちの巻き返しに遭って中央政権を追いやられ、日本海と太平洋を漕ぎ渡って、最終的には信州まで逃げ延びてきた。だがここでも執拗に狙われて安曇氏は分断され、魏石鬼たちは朝廷軍によって殲滅されてしまう。

そんな長く深い歴史の一翼を担っていた家であるなら、何も知らずに今日まで存続してきたとは思えない。

歴史は遠い昔話ではない。現在まで連綿と続く一本の川の流れなのだから――。

奈々が静かにグラスを傾けていると、

「今回は」と崇が言った。「バタバタの旅行になってしまったけれど、実はゆっくりと行きたい場所がある」

「どこですか？」

「京都・宇治だ。平等院」

崇は奈々を見て真顔で答えた。

でも……。

宇治といえば、ゆったり流れる宇治川に、紫式部『源氏物語』の宇治十帖の物語に、美味しい抹茶。そして平等院と言えば、修学旅行の定番中の定番コース。

しかし、崇と行くとなれば間違いなく、そんなのんびりとした旅を望めるはずもない。そういえば、鵜飼に向かう「かいじ」の中で、鵺退治の源頼政が平等院で云々――と言っていた。

奈々が心の中で思いを巡らせていると、もう何杯目だろう、崇はギムレットを空けて言った。

「最近、ちょっと変なことに気づいてね。まだ一人として手をつけていない謎だ。それを調べてみたくなった」

「一般的に言われている以上の秘密が隠されているということですか？」

「一般的にも何も、表に出て来てもいない」

やはり、そっち方面か。

誰も挑んでいない謎が残っているというわけだ。

「いつになるかは約束できないが、それで良ければ一緒にどうかな」

改めて問われるまでもない。

ダウンライトに明るく映えるミモザを片手に微笑むと、

「はい。ぜひ」

奈々は大きく頷いた。

《エピローグ》

憂鬱な曇り空の下に咲いた赤い華があるとしたら、兄・鷺沼湛蔵にとっての鈴本順子は、まさにその妖艶な花だったのだろう。年の差二十七歳など、お互いにとって何の障壁にもならなかった。

そして私たちは「隼人」でありながら「安曇」や、同じく勇敢な「隼人」たちを裏切って生き残った人間の子孫。「鵜」や「海」という文字を苗字に戴くことも恥ずかしい家。特に、火《ほ》明命《あかりのみこと》=饒速《にぎはや》日《ひ》命=月読命を奉斎する「海部《あまべ》」などは、とても畏れ多く、名乗れるはずもない。

そこに現れた、正統な「住吉」の血を引く美しい少女。一目見た瞬間から兄が惹かれたのも、理解できる。これは感情でも難しい理屈でもない。私たちの体を流れている「血」だ。遠い先祖から脈々と受け継がれてきた、真紅の「血」。

それが兄を、彼女の前に跪かせたのだ。

だが、さすがの私も、子供ができたという話には驚かされた。独り身になって十年以上も経つ兄と、まだ十六歳の少女との間に生まれた子供を、どちらも引き取ることはできなかった。当初鈴本家は、自分たちの子供として育てると提案したが、ほんの一年ほど前に三女の麻里が生まれたばかり。世間的にも、家計的にも無理な話だった。

そこで兄は、鈴本の両親に平身低頭して謝罪し、順子と勇人は一生をかけて償い、面倒を見ると約束して、私たちの養子として引き取った。しかしこの話に関しては、子供がいなかった私も夫も、むしろ喜んだ。亡くなってしまった夫も、生前は兄のことを尊敬していたので嬉々として受け入れた。

やがて勇人が大きくなると、兄は地元の祭りや神楽に連れ出して一緒に楽しんだ。そんな中で、勇人は洋一郎と知り合ってしまった。運命的に。

私は、洋一郎が最初から嫌いだったし、危険な臭いを感じていた。親の権威を笠に着て威張っていた上に女癖も悪い。だが、勇人くらいの年頃の少年は、つい「悪」に惹かれてしまうのだろう。私に隠れて、しばしば洋一郎と遊ぶようになっていた。

同時に勇人は、洋一郎たちの友人を通じて、鈴本の三女・麻里とも知り合い、交際を始めてしまった。これは私と兄、そして順子が最も恐れていたことだった。それを知った順子が青ざめた顔で相談にやって来たけれど、伝えれば怒られることが明らかだった兄には、すぐに話を持って行くことができなかった。しかしその時、叱咤を覚悟で相談すれば、こんなことにはならなかったろう。後悔しても遅きに失しているが。

そして今年。

洋一郎が、神楽の演出で兄と揉めた。

兄は、洋一郎に向かって何度も諭した。傀儡舞・神相撲の演出は変えてはいけない。あれは神事なのだから神の領域での決まり事。我々のように無知な人間如きが、軽々に手を入れるべきものではない
——と怒鳴って追い返したという。

その後、洋一郎は散々勇人に文句を言ったらしい。おまえの伯父さんは、目も当てられない頑固親父だと。それに続いて、勇人自身のことまでも悪口を叩いたようだ。洋一郎は、そういう男だ。

勇人が、兄と洋一郎との間で板挟みになって悩んでいるのが、私には手に取るように分かった。たとえばここで兄も、勇人の本当の父親として振る舞うことができれば、多少は打開策があったかも知れない。しかし、どうしても奥歯に物が挟まったような、文字通り歯がゆい忠告しかできなかった。そんな鬱憤も積もっていたのだろう、兄は順子に向かって洋一郎の秘密を喋ってしまった。順子たちの両親を殺害したも同じ、どうしようもなく酷い男だと。

この事実は私たちも、たまたま現場を目撃したと

いう地元の男性から聞いた。しかしその男は、事故を起こした張本人が洋一郎だと知ると、急に口を閉ざしてしまった。もちろん警察にも告げに行かない。というのもその男は、洋一郎の父親の関係の仕事に就いていたからだった。当然、証言も拒んだ。

私たちもこの話は、半分いたたまれない気持ちのまま、ずっと胸に納めていた。手元に証拠もないまま事を荒立てるわけにもいかず、同時に鈴本家とも少し距離を置いておきたかった私たちは、いつか真相を口にできる日が来るまでと口を閉ざしていた。しかし、激情に任せた兄の口をついて出てしまったのだろう。

その時点でも兄は、麻里と勇人がつき合っていることを知らなかった。それを知っていたら、歯止めがかかったかも知れないけれど、それは分からない。最初からこうなる運命だったのかも知れない。

勇人があの夜、何かを企んでいることは、もちろん私も気がついたので、こっそり家を出た勇人の後を密かに追った。私が公民館裏の公園の暗がりで身を隠していると、麻里と洋一郎が現れて——あんな事件に発展してしまった。勇人は、あわてふためいて川へと逃げ、麻里はそれでも平静を装っていたが、かなり動揺していたようで、勇人の指紋がくっきりと残っているであろう大きなナイフを、現場に残したまま去って行ってしまった。まさか勇人が、凶器をその場に落としたまま逃げたとは思わなかったのだ。それ程までに、慌てていた。

私は周りを見回して、辺りに人の気配がないことを確認すると現場に近寄り、血まみれのナイフを取り上げた。洋一郎は、草むらに倒れ伏していたが虫の息だった。助けを呼んだところで無駄だと感じたその時、私は自分の手にしているナイフに気づき、突然ふと思い出した。

魏石鬼八面大王の部下たちへの、あの処罰を。

私は洋一郎の両耳を、一息に削ぎ落とした。

耳は目と共に「その敏《さと》きものを聖という」とまで

言われる、神に接するための重要な器官。この男さえいなければ、こんな事態にならなかった。勇人が人を刺すなどということもなかったのだ。兄の心からの忠告すら聞かなかったこの男には、耳など必要ない。というより、死んだからといっても神の声など聞かせてなるものか。おそらく仁科の人間たちが安曇氏に対して行ったであろうように、私は憎しみだけで洋一郎の両耳を削ぎ落とした。

もちろんその時は、この事件を猟奇殺人に見せかけるなどという考えは全く浮かばなかった。それは後日、警察や世間の人々が勝手に言い出したことだったが、私にとってはとても好都合だった。

私はすぐにナイフを手にその場を離れ、暗がりを伝って帰宅した。ナイフはその夜のうちに、鵜ノ木川下流の逆巻く波の中に投げ捨てた——。

もう今は、この私以外「鵜沼」の血を継ぐ者は誰もいなくなってしまった。だがこれは、私たちの祖先が安曇氏を裏切り見捨てた時から決められていた運命——呪われた暗い宿命だ。

兄の遺書によって、再び県警が動いていると聞いた。細かい齟齬を埋めるために、いずれ私の所へ連絡が入り、警察の手が伸びてくるだろう。

しかし私は、自分のことは自分で始末する。兄も夫も勇人もいなくなってしまった今、この世に何一つ未練はない。いずれ時を見て、私も海へと帰る。そう思うと気持ちが晴れ晴れとして心が安らぐ。まるで懐かしい故郷に帰るよう。そこでは、兄を始め大勢の仲間たちが出迎えてくれるに違いない。

なぜなら私たちは、遠い海から長い旅を経て、遥々とこの地へとやって来たのだから。

参考文献

『古事記』次田真幸全訳注／講談社
『日本書紀』坂本太郎・家永三郎・井上光貞・大野晋校注／岩波書店
『続日本紀』宇治谷孟全現代語訳／講談社
『続日本後紀』森田悌全現代語訳／講談社
『風土記』武田祐吉編／岩波書店
『播磨国風土記』沖森卓也・佐藤信・矢嶋泉編著／山川出版社
『万葉集』中西進／講談社
『竹取物語』野口元大校注／新潮社
『源氏物語』石田穣二・清水好子校注／新潮社
『御伽草子』市古貞次校注／岩波書店
『雨月物語』上田秋成／高田衛・稲田篤信校注／筑摩書房
『本居宣長「古事記伝」を読む』神野志隆光／講談社
『八幡宇佐宮御託宣集』重松明久校注訓訳／現代思潮社
『住吉大社神代記の研究』田中卓／国書刊行会
『新撰姓氏録の研究』田中卓／国書刊行会
『全国神社名鑑』全国神社名鑑刊行会史学センター編／全国神社名鑑刊行会史学センター

『日本の古社　住吉大社』三好和義・岡野弘彦ほか／淡交社
『隼人の古代史』中村明蔵／平凡社
『隼人の研究』中村明蔵／丸山学芸図書
『隼人の楯』中村明蔵／學生社
『神になった隼人　日向神話の誕生と再生』中村明蔵／南日本新聞社
『隼人の実像　鹿児島人のルーツを探る』中村明蔵／南方新社
『民族の創出　まつろわぬ人々、隠された多様性』岡本雅享／岩波書店
『安曇族と住吉の神』龜山勝／龍鳳書房
『安曇族と徐福』龜山勝／龍鳳書房
『弥生時代を拓いた安曇族』龜山勝／龍鳳書房
『弥生時代を拓いた安曇族Ⅱ』龜山勝／龍鳳書房
『信濃安曇族の謎を追う――どこから来て、どこへ消えたか――』坂本博／近代文芸社
『信濃安曇族の残骸を復元する　見えないものをどのようにして見るか』坂本博／近代文芸社
『安曇皇統の抹殺と八面大王の正体』小林耕／新潮社
『蛇　日本の蛇信仰』吉野裕子／講談社
『姫神の来歴　古代史を覆す国つ神の系図』髙山貴久子／新潮社
『応神天皇の正体』関裕二／河出書房新社
『磐井の乱の謎』関裕二／河出書房新社

『街道をゆく1　湖西のみち、甲州街道、長州路ほか』司馬遼太郎／朝日新聞出版
『ヨーロッパ文化と日本文化』ルイス・フロイス／岡田章雄訳注／岩波書店
『日本架空伝承人名事典』大隅和雄・西郷信綱・阪下圭八・服部幸雄・廣末保・山本吉左右編／平凡社
『日本伝奇伝説大事典』乾克己・小池正胤・志村有弘・高橋貢・鳥越文蔵編／角川書店
『隠語大辞典』木村義之・小出美河子編／皓星社
『古代地名語源辞典』楠原佑介・桜井澄夫・柴田利雄・溝手理太郎編著／東京堂出版
『鬼の大事典』沢史生／彩流社
『龍の子太郎』松谷みよ子／講談社
『図説　穂高神社と安曇族』穂高神社監修／龍鳳書房
『安曇の歴史　穂高神社とその伝統文化』青木治／穂高神社社務所
『むなかたさま』宗像大社社務所
『翁と観阿弥　能の誕生』梅原猛・観世清和監修／角川学芸出版
『能楽大事典』小林責・西哲生・羽田昶／筑摩書房
観世流謡本『神歌』丸岡明／能楽書林
『神楽　原出雲の風土に生きる』出雲神話と神楽フォーラム実行委員会編／島根県大東町
『祈りと伝承の里　高千穂の夜神楽』川﨑加奈子構成・編集／高千穂町観光協会
「神事芸能の細男について」福原敏男／国立歴史民俗博物館研究報告
「ふるさとの人形芝居」国立文楽劇場営業課編／独立行政法人日本芸術文化振興会

＊作品中に、インターネット等より引用した形になっている箇所がありますが、それらはあくまで創作上の都合であり、全て右参考文献からの引用によるものです。

この作品は完全なるフィクションであり、
実在する個人名・団体名・地名等が登場することに関し、
それら個人等について論考する意図は全くないことを
ここにお断り申し上げます。

N.D.C.913　294p　18cm

定価はカバーに
表示してあります

QED《キューイーディー》　憂曇華《うどんげ》の時《とき》

二〇一九年十一月六日　第一刷発行

KODANSHA NOVELS

著者―高田《たかだ》崇史《たかふみ》

発行者―渡瀬昌彦

発行所―株式会社講談社

東京都文京区音羽二-一二-二一

郵便番号一一二-八〇〇一

編集〇三-五三九五-三五〇六

販売〇三-五三九五-五八一七

業務〇三-五三九五-三六一五

本文データ制作―講談社デジタル製作

印刷所―豊国印刷株式会社　製本所―株式会社若林製本工場

ISBN978-4-06-517442-5

KODANSHA NOVELS
講談社ノベルス

御名形史紋の名推理！
毒草師　QED Another Story　高田崇史

御名形史紋がまたも活躍！
毒草師　白蛇の洗礼　高田崇史

論理パズルシリーズ開幕！
試験に出るパズル　千葉千波の事件日記　高田崇史

書き下ろし！　第2弾!!
試験に敗けない密室　千葉千波の事件日記　高田崇史

「千波くんシリーズ」第3弾!!
試験に出ないパズル　千葉千波の事件日記　高田崇史

「千波くんシリーズ」第4弾!!
パズル自由自在　千葉千波の事件日記　高田崇史

「千波くんシリーズ」第5弾!!
化けて出る　千葉千波の怪奇日記　高田崇史

衝撃の新シリーズスタート！
麿の酩酊事件簿　花に舞　高田崇史

本格と酒の芳醇な香り
麿の酩酊事件簿　月に酔　高田崇史

QEDの著者が贈るハートフルミステリ!!
クリスマス緊急指令　～きよしこの夜、事件は起こる！～　高田崇史

忠勇無双の歴史ファンタジー！
鬼神伝　高田崇史

飛竜乗雲の歴史ファンタジー！
鬼神伝　龍の巻　高田崇史

歴史アドベンチャー開幕！
カンナ　飛鳥の光臨　高田崇史

“神の子”天草四郎の正体とは？
カンナ　天草の神兵　高田崇史

呪術者『役小角』の実体は？
カンナ　吉野の暗闘　高田崇史

伝説の猛者「アテルイ」降伏の真相は？
カンナ　奥州の覇者　高田崇史

天岩戸で『天照大神』は暗殺された!?
カンナ　戸隠の殺皆　高田崇史

鎌倉源氏はなぜ三代で滅んだのか？
カンナ　鎌倉の血陣　高田崇史

菅原道真は本当に大怨霊だったのか!?
カンナ　天満の葬列　高田崇史

なぜ出雲大社は素戔嗚尊を追放したのか!?
カンナ　出雲の顕在　高田崇史

歴史アドベンチャーシリーズ堂々完結！
カンナ　京都の霊前　高田崇史

歴史ミステリの最高峰、シリーズ開幕！
神の時空《とき》―鎌倉の地龍―　高田崇史

歴史ミステリの最高峰、第2弾！
神の時空―倭《やまと》の水霊―　高田崇史

歴史ミステリの最高峰、第3弾！
神の時空―貴船の沢鬼―　高田崇史

歴史ミステリの最高峰、第4弾！
神の時空―三輪の山祇《やまつみ》―　高田崇史

歴史ミステリの最高峰、第5弾！
神の時空―嚴島《いつくしま》の烈風―　高田崇史

歴史ミステリの最高峰、第6弾！
神の時空―伏見稲荷の轟雷―　高田崇史

歴史ミステリの最高峰、第7弾！
神の時空―五色不動の猛火―　高田崇史

歴史ミステリの最高峰、第8弾！
神の時空―京の天命―　高田崇史

歴史ミステリの最高峰、第9弾！
神の時空　前紀―女神の功罪―　高田崇史

『QEDパーフェクトガイドブック』収録！
QED～flumen～ ホームズの真実 高田崇史

歴史ミステリの金字塔
QED～flumen～ 月夜見《つくよみ》 高田崇史

歴史ミステリ、新シリーズ開幕！
古事記異聞 鬼棲む国、出雲 高田崇史

書き下ろし歴史ミステリ！
古事記異聞 オロチの郷、奥出雲 高田崇史

デビュー20周年記念短編集
試験に出ないQED異聞 高田崇史短編集 高田崇史

書下ろし歴史ホラー推理
蒼夜叉 高橋克彦

超伝奇SF
総門谷R 阿黒篇 高橋克彦

超伝奇SF「総門谷R」シリーズ
総門谷R 白骨篇 高橋克彦

長編本格推理
匣《はこ》の中の失楽 竹本健治

奇々怪々の超ミステリ
ウロボロスの偽書 竹本健治

『偽書』に続く迷宮譚
ウロボロスの基礎論 竹本健治

人気シリーズ完結篇！
ウロボロスの純正音律 竹本健治

講談社ノベルス25周年記念復刊！
狂い壁 狂い窓 竹本健治

衝撃と翻弄の本格ミステリ
汎虚学研究会 竹本健治

青春ミステリ
ツグミはツグミの森 竹本健治

講談社ノベルス25周年記念復刊！
〈移情閣〉ゲーム 多島斗志之

第25回メフィスト賞受賞作！
それでも、警官は微笑《わら》う 日明《たちもり》 恩《めぐみ》

新米消防士・雄大が事件に奔走！
鎮火報 Fire's Out 日明 恩

待望の凸凹最強タッグが復活!!
そして、警官は奔《はし》る 日明 恩

私立伝奇学園高等学校民俗学研究会 その1
蓬莱《ほうらい》洞の研究 田中啓文

私立伝奇学園高等学校民俗学研究会 その2
邪馬台洞の研究 田中啓文

私立伝奇学園高等学校民俗学研究会 その3
天岩屋戸《あめのいわやど》の研究 田中啓文

書下ろし長編伝奇
創竜伝1 〈超能力四兄弟〉 田中芳樹

書下ろし長編伝奇
創竜伝2 〈摩天楼の四兄弟〉 田中芳樹

書下ろし長編伝奇
創竜伝3 〈逆襲の四兄弟〉 田中芳樹

書下ろし長編伝奇
創竜伝4 〈四兄弟脱出行〉 田中芳樹

書下ろし長編伝奇
創竜伝5 〈蜃気楼都市〉 田中芳樹

書下ろし長編伝奇
創竜伝6 〈染血の夢〉 田中芳樹

書下ろし長編伝奇
創竜伝7 〈黄土のドラゴン〉 田中芳樹

書下ろし長編伝奇
創竜伝8 〈仙境のドラゴン〉 田中芳樹

KODANSHA NOVELS

至高の本格推理
奇蹟審問官アーサー 柄刀 一

奇蹟と対峙する至高の本格推理！
奇蹟審問官アーサー 死蝶天国《バグズ・ヘブン》 柄刀 一

アーサーが「月と館」の謎に挑む！
月食館の朝と夜 奇蹟審問官アーサー 柄刀 一

13歳の「特任教授」Drショーイン登場！
バミューダ海域の摩天楼 柄刀 一

講談社ノベルス25周年記念復刊！
急行エトロフ殺人事件 辻 真先

時間を超える、少年少女探偵団！
未来《ミクラス》S高校航時部レポート TERA小屋探偵団 辻 真先

タイムトラベル・ミステリー！
未来S高校航時部レポート 戦国OSAKA《オーサカ》夏の陣 辻 真先

タイムトラベル・ミステリー完結！
未来S高校航時部レポート 新撰組EZO《エゾ》で戦う！ 辻 真先

第31回メフィスト賞受賞！
冷たい校舎の時は止まる（上） 辻村深月

第31回メフィスト賞受賞！
冷たい校舎の時は止まる（中） 辻村深月

第31回メフィスト賞受賞！
冷たい校舎の時は止まる（下） 辻村深月

各界待望の長編傑作!!
子どもたちは夜と遊ぶ（上） 辻村深月

各界待望の長編傑作!!
子どもたちは夜と遊ぶ（下） 辻村深月

家族の絆を描く〝少し不思議〟な物語
凍りのくじら 辻村深月

切なく揺れる、小さな恋の物語
ぼくのメジャースプーン 辻村深月

新たなる青春群像の傑作
スロウハイツの神様（上） 辻村深月

新たなる青春群像の傑作
スロウハイツの神様（下） 辻村深月

チヨダ・コーキ、鮮烈なデビュー作！
V.T.R. 辻村深月

まだ見ぬ道を歩む、〝彼ら〟の物語
ロードムービー 辻村深月

青春は、事件の連続！
光待つ場所へ 辻村深月

講談社ノベルス

講談社ノベルス25周年記念復刊！
新 顎十郎捕物帳 都筑道夫

血の衝撃！
芙路魅 Fujimi 積木鏡介

至芸の時刻表トリック
水戸の偽証 三島着10時31分の死者 津村秀介

講談社ノベルス25周年記念復刊！
火の接吻《キス・オブ・ファイア》 戸川昌子

新・本格鉄道サスペンス
鉄血の警視 警視庁鉄道捜査班 豊田 巧

新・本格鉄道サスペンス
鉄路の牢獄 警視庁鉄道捜査班 豊田 巧

ミステリ界の鬼才、ノベルス初登場!!
人事系シンジケート T-REX失踪 鳥飼《とりかい》否宇《ひう》

幻惑の本格ミステリ！
物の怪 鳥飼否宇

本格ミステリ作家クラブ会長・辻真先推薦！
憑き物 鳥飼否宇

驚異の本格〈生物〉ミステリ
生け贄《にえ》 鳥飼否宇

KODANSHA NOVELS

講談社ノベルス

一撃必読！　格闘ロマンの傑作！
牙の領域　フルコンタクト・ゲーム　中島　望

21世紀に放たれた70年代ヒーロー！
十四歳、ルシフェル　中島　望

人造人間〝ルシフェル〟シリーズ
地獄変　中島　望

著者初のミステリー
クラムボン殺し　中島　望

こどもたちに忍び寄る恐怖の事件!!
一角獣《ユニコーン》幻想《ナイトメア》　中島　望

講談社ノベルス25周年記念復刊！
消失！　中西智明

霊感探偵登場！
九頭龍神社殺人事件　天使の代理人　中村うさぎ

これぞ〝新伝綺〟！
空《から》の境界（上）　奈須きのこ

これぞ〝新伝綺〟！
空の境界（下）　奈須きのこ

妖気漂う新本格推理の傑作
地獄の奇術師　二階堂《にかいどう》黎人《れいと》

人智を超えた新探偵小説
聖アウスラ修道院の惨劇　二階堂黎人

著者初の中短篇傑作選
ユリ迷宮　二階堂黎人

会心の推理傑作集！
バラ迷宮　二階堂蘭子推理集　二階堂黎人

恐怖が氷結する書下ろし新本格推理
人狼城の恐怖　第一部ドイツ編　二階堂黎人

蘭子シリーズ最大長編
人狼城の恐怖　第二部フランス編　二階堂黎人

悪魔的史上最大のミステリ
人狼城の恐怖　第三部探偵編　二階堂黎人

世界最長の本格推理小説
人狼城の恐怖　第四部完結編　二階堂黎人

新本格作品集
名探偵の肖像　二階堂黎人

正調「怪人対名探偵」
悪魔のラビリンス　二階堂黎人

世紀の大犯罪者VS.美貌の女探偵！
魔術王事件　二階堂黎人

魔獣VS.名探偵！
双面獣事件　二階堂黎人

〈二階堂蘭子VS.ラビリンス〉最後の戦い
覇王の死　二階堂蘭子の帰還　二階堂黎人

宇宙を舞台にした壮大な本格ミステリー
聖域の殺戮　二階堂黎人

〝頭脳刺激〟系ミステリー
増加博士の事件簿　二階堂黎人

二階堂蘭子、完全復活
ラン迷宮　二階堂蘭子探偵集　二階堂黎人

作家生活25周年記念特別書き下ろし
巨大幽霊マンモス事件　二階堂黎人

合作ミステリー
レクイエム　私立探偵・桐山真紀子　二階堂黎人　千澤のり子

第23回メフィスト賞受賞作
クビキリサイクル　西尾維新

新青春エンタの傑作
クビシメロマンチスト　西尾維新

維新を読まずに何を読む！
クビツリハイスクール　西尾維新